Schauder WESTPFÄLZISCHE SAGEN

pro MESSAGE

Für Irm

Westpfälzische Sagen

Gesammelt und kommentiert von

Karlheinz Schauder

pro MESSAGE

Umschlagabbildungen
Titel: Kaiserbrunnen in Kaiserslautern von Gernot Rumpf;
Rückseite: Brunnen in Hohenecken.
Fotos: Isabelle Girard de Soucanton, Kaiserslautern

Die Deutsche Bibliothek – CIP-Einheitsaufnahme
Die Deutsche Bibliothek verzeichnet diese Publikation in der Deutschen Nationalbibliographie; detaillierte bibliografische Daten sind im Internet über http://dnb.ddb.de abrufbar.

ISBN 978-3-934845-38-1

Umschlaggestaltung, Layout und Produktionsmanagement:

pro MESSAGE oHG
67065 Ludwigshafen am Rhein

Gedruckt auf alterungsbeständigem Papier.

Erste Auflage.

Printed in Germany

Gerne informieren wir Sie über unser Verlagsprogramm. Bitte fordern Sie unseren Prospekt an:

pro MESSAGE oHG

Bruchwiesenstraße 1
67059 Ludwigshafen/Rh.

Tel. 06 21 - 66 90 09-30
Fax 06 21 - 66 90 09-39

mail@pro-message.de
www.pro-message.de

Inhalt

DER NÖRDLICHE LANDKREIS

DER WESTLICHE LANDKREIS

DER SÜDLICHE LANDKREIS

Ein Wort zuvor

Sagen enthalten die erzählte Geschichte einer Gegend und ihrer Menschen. Sie sind geprägt von der natürlichen Umwelt und dem Charakter der Bevölkerung, sie werden bestimmt von wirtschaftlichen Umständen und historischen Ereignissen. Die Pfalz mit ihrer wechselvollen Vergangenheit und ihrer vielgestaltigen Landschaft hat deshalb besonders viele Sagen hervorgebracht, die vor allem im ausgehenden Mittelalter und zur Zeit der Romantik entstanden sind. Die Region bildete mit ihren zerfallenen Burgen und ehrwürdigen Klöstern, mit verwunschenen Plätzen und versunkenen Schätzen einen idealen Hintergrund für unheimliche Geschichten.

Mehr noch als in der Vorderpfalz finden sich im Westrich die meisten und schönsten Sagen unseres Landes. Der Pfälzerwald und die westpfälzische Moorniederung erwiesen sich als eine besonders günstige Gegend für spannende Erzählungen, als ein Sagenland voller Geheimnisse. Berge und Täler, Felsen und Wege, Höhlen und Quellen, Feld und Wald, Wiese und Moor, Haus und Hof, Kammer und Keller dienten dabei als faszinierende Szenerie. Neben die landschaftlichen Schauplätze traten die Ereignisse der Geschichte, die zu zahlreichen sagenhaften Überlieferungen führten.

Nach ihrer Form ist die Sage eine volkstümlich knappe Erzählung, ein auf mündlicher Weitergabe beruhender Bericht über eine Person, einen Ort, eine Begebenheit oder eine Erscheinung. Eine Sage kann aus einem auffälligen Geschehen, einem historischen Ereignis, einer literarischen Vorlage oder einem persönlichen Erlebnis entstehen. Die Darstellung ist dabei sprachlich und stilistisch anspruchslos, zumal sie ganz auf den Inhalt gerichtet ist. Manchmal handelt es sich nur um eine Episode, die oft skizzenhaft und mundartlich gefärbt dargeboten wird. Die Erzählungen erwachsen ohne strenge Beachtung von Formgesetzen aus dem unmittelbaren Erleben. Die Sage ist wie das Volkslied ein Stück Volkspoesie: zwar dichtete nicht das Volk selbst, doch die Verfasser einer Geschichte blieben unbekannt.

Die Themen der von einigen Generationen überlieferten Erzählungen sind weit gespannt. Sagen handeln von allem, was im menschlichen Leben eine Rolle spielt: von Angst und Hoffnung, Glück und Tragik, Liebe und Treue, Bosheit und Verrat, Ernst und Humor, Streichen und Schwänken, von üblen Taten und gerechten Strafen. Neben den Geschehnissen aus dem persönlichen Umfeld werden allgemeine Unglücksfälle und große Naturkatastrophen, Ereignisse der lokalen und regionalen Geschichte geschildert. Dabei beschreiben die Sagen eine zwiefache Welt: vordergründig zunächst einmal die heimatliche Umwelt im Wechsel der Jahreszeiten. Neben diesem vertrauten Bereich gibt es in den Sagen jedoch eine zweite Sphäre, denn die Umgebung ist in ihnen von allerlei Geistern bewohnt: von Riesen und Zwergen, Dämonen und Gespenstern, Hexen und Teufeln, Nixen und Zauberern.

In der Sage verbindet sich das Natürliche mit dem Übernatürlichen, bricht das Außergewöhnliche in die alltägliche Welt ein, geschehen Zeichen und Wunder. In

Erscheinungen am hellen Tage und im nächtlichen Spuk lüftet sich der Schleier des Geheimnisvollen, wirken überirdische und jenseitige Kräfte auf unser Dasein ein, wird das Übernatürliche als Realität erfahren. Nun kommt es für den Betroffenen darauf an, die geheimnisvollen Mächte durch List oder Gebet zu bannen.

Die Stoffe und Motive der Sage nehmen dadurch oft märchenhafte Züge an. Das Märchen ist indessen poetischer, die Sage hingegen historischer. Während das Märchen meist gut endet, nimmt die Sage oft einen düsteren und tragischen Ausgang. Das Märchen hat ein anderes Weltbild und eine andere Lebensauffassung. Die Sage bietet ein Stück bewußt erlebter Wirklichkeit, sie unterscheidet durchaus zwischen diesseitiger und jenseitiger Welt, zwischen dem Realen und dem Übernatürlichen. Die Sage beansprucht, greifbarer zu sei; sie will Dinge erzählen, die wirklich geschehen sind. Im Unterschied zum Märchen haftet die Sage an etwas Bekanntem, an Beobachtungen und Erlebnissen. Sie bezieht sich auf Fakten, ist mit dem Schicksal eines Ortes oder eines Menschen verbunden. Im Unterschied zum phantasievollen Märchen verlangen die schmucklosen Texte der Sage, geglaubt und für wahr gehalten zu werden, weil sie auf ihre Weise Wirklichkeit vermitteln. Tatsächlich enthält die Sage viel Wahres, vergegenwärtigt sie die Stimmung einer Zeit, kennzeichnet sie den Charakter eines Ortes. Die Sage erzählt letztlich eine ungewöhnliche Begebenheit mit einem historischen Kern. Sie knüpft an einen bestimmten Anlaß, den sie umgestaltet und ausschmückt; große geschichtliche Gestalten steigern dabei noch das Geschehen.

In der Sage äußert sich schließlich der urtümliche Mensch. In ihren mythischen und religiösen Elementen bekunden sich seine Naturvorstellung, seine Erkenntnis und Deutung der Welt. Die Sage ist Ausdruck seines erlebten Daseins, seiner Begegnung mit dem Geheimnisvollen und seines Versuchs, das Übernatürliche zu verstehen. Nicht zuletzt spiegelt die Sage das Leben der Gemeinschaft wieder. Sie artikuliert das allgemeine Empfinden ihres Bereichs, in dem sie die Auffassungen der dort lebenden Menschen anhand realer Begebenheiten zum Gegenstand einer phantasievollen Handlung macht. In einer bestimmten gesellschaftlichen Situation entstanden, bemüht sich die Sage, den Sinn historischer Entwicklungen und Zusammenhänge zu erfassen. Dabei wird die Moral der Geschichte, das Gute hervorzuheben und zu ermutigen, das Schlechte aber zu verabscheuen und zu verdammen, durchweg unauffällig und unaufdringlich mitgeteilt.

Die meisten Sagen und Überlieferungen wurden erst im 19. Jahrhundert gesammelt und aufgezeichnet. Angeregt durch die Brüder Grimm und Karl Simrock, die in Deutschland die Sagenforschung begründeten, ging man auch im Südwesten daran, Sagen und Legenden zusammenzutragen und zu veröffentlichen. Karl Geib publizierte 1836 in Mannheim „Die Sagen und Geschichten des Rheinlandes“. Friedrich Baader und Laurian Moris ließen 1844 in Stuttgart „Die Sagen der Pfalz“ folgen. 1912 erschien in Kaiserslautern das „Pfälzische Sagenbuch“ von Friedrich Wilhelm Hebel, der vorher schon zwei Teilbände herausgegeben hatte. Die derzeit bekanntesten Sammlungen sind die „Pfälzer Sagen und Legenden“ von Viktor Carl, die nach vier Einzelbänden in einer umfangreichen Gesamtausgabe (Edenkoben 2000) vorliegen, sowie die beiden Sagenlesebücher von Helmut Seebach (Annweiler 1996 und 2003). Viele der Geschichten wurden im Lauf der Zeit neu gefaßt und nachgedichtet; dabei ergaben sich auch manche Umbildungen altbekannter Sagen. Die Menschen unserer Heimat haben sich immer wieder für die hiesigen Sagen interessiert und begeistert. Sie schätzten und liebten die anmutigen und düsteren, innigen und schaurigen Geschichten, die harmlosen und geheimnisvollen, übermütigen und traurigen Erzählungen, die zugleich erschüttern und belustigen, unterhalten und belehren wollen. Über die vorhandenen Sammlungen hinaus habe ich daher in Bibliotheken und Archiven aus Anthologien und Jahrbüchern, Zeitschriften und Zeitungen weitere Sagen und Legenden über die Westpfalz zusammengetragen. Dabei zeigte es sich, daß trotz der genannten Standardwerke immer noch Funde möglich sind.

Aus einem Vortrag „Landstuhl und Umgebung in Sage und Legende“ erwuchs eine Zeitungsserie in der Kaiserslauterer Ausgabe der „Rheinpfalz“, die in den Jahren 1999 bis 2007 in 34 ganzseitigen Folgen als „Thema am Samstag“ erschien. Ich danke Anke Herbert und Rainer Dick, den stellvertretenden Leitern der Lauterer Redaktion, daß sie mich zu dieser Serie ermutigt und immer wieder zu neuen Beiträgen aufgefordert haben.

In dem vorliegenden Buch habe ich die Zeitungsartikel überarbeitet und zu Kapiteln umgeformt. Es wird in Kauf genommen, daß sich manche Angaben gelegentlich wiederholen und überschneiden, damit jedes Kapitel für sich gelesen werden kann. In dem Gesamtüberblick ist auch zu erkennen, daß bei den Sagen einiger Orte ähnliche Motive oder verschiedene Varianten auftreten.

Die Quellen werden nicht erst in einem besonderen Anhang, sondern jeweils bei den zitierten Sagen angegeben. Das macht das Echo der Texte in der Literatur deutlich und erhöht außerdem die Lesbarkeit des Buches. Für wissenschaftliche Ansprüche ist gleichwohl eine Bibliographie angefügt.

Es kommt mir bei meinen Beiträgen darauf an, die gesammelten Sagen nicht nur einfach wiederzugeben, sondern ihren Inhalt mit dem geschichtlichen und landschaftlichen Hintergrund zu verbinden. Ich bemühe mich, mit diesem Buch so etwas wie eine Topographie der westpfälzischen Sagen zu liefern, indem ich die mündlichen Überlieferungen von den historischen Fakten und den örtlichen Schauplätzen her deute und kommentiere.

Die Sagentexte zählen zu den ältesten poetischen Zeugnissen unseres Raumes und gehören als solche zu den Quellen des pfälzischen Volkstums. Als ein Mittel der landläufigen Unterhaltung, der gesellschaftlichen Information, des geschichtlichen Wissens und des einfachen Glaubens können sie uns ein anschauliches und unverzichtbares Bild vom Leben und Treiben in unserer Region geben. Manche Figur und manches Ereignis mag im Lauf der Zeit umgestaltet und umgedeutet worden sein. Die symbolische Bedeutung der heimatlichen Sagen und Legenden wird dadurch nicht beeinträchtigt. Sie bleiben auch in veränderter Gestalt wertvolle kulturhistorische und literaturgeschichtliche Dokumente, in denen sich bekundet, wie unsere Vorfahren die Welt gesehen und erlebt haben.

„Im unterirdschen Schlosse hält er verzaubert sich"

KAISER BARBAROSSA IN LAUTERN

Die Stadt verdankt ihm ihren Namen: Kaiser Friedrich I. (1125–1190), der wegen seines roten Bartes auch Barbarossa genannt wurde, hatte eine Vorliebe für den Ort im waldigen Westrich. Zwischen 1158 und 1187 weilte er wiederholt in Lautern und hielt sogar zwei seiner Hoftage hier ab. Der Königshof Lutra erhielt durch ihn eine Burg, die er angeblich zu seiner Lieblingsresidenz machte. Durch die Kaiserpfalz gewann der Ort recht früh an Bedeutung. Barbarossa starb während des dritten Kreuzzuges, als er in dem Fluß Saleph in Kleinasien ertrank.

Das Volk wollte indes nicht so recht an den Tod des geliebten Herrschers glauben. In seiner Vorstellung schläft er lediglich in einem Berg, wo er auf seine triumphale Wiederkehr wartet. Diese werde aber erst geschehen, wenn die Raben nicht mehr fliegen, wenn Neid und Zwietracht gewichen sind. Die Gestalt des rotbärtigen Kaisers fand bald ihren Widerschein in Sage und Legende, in dichterischen Zeugnissen und

Kaiser Friedrich zu Kaiserslautern

volkstümlichen Flugschriften. 1537 erschien ein Flugblatt mit dem Titel „Neue Zeitung“, in dem sich ein römischer Senator mit dem deutschen Parzival unterhält:

„Nu wöllen aber etliche, daß dieser Keiser Friderich als er vom gefenknus der Türken erledigt, gen Keiserslautern kommen sei, do er seine wonung lange zeit gehabt, als man noch zu Lautern wol spürt an seinem Schloß, das er da gebauet hat, dabei einen schönen See oder weiher, der nach des Keisers genant. Item im bemelten Keiserschloß hangt des Keisers bett an vier eisern ketten, und als man sagt, so man das bett abends wol gebett hat, sei es morgens wiederumb zurbrochen. Item bei Keiserslautern ist ein stainern fels, darin ist eine große höhl oder loch, so wunderbarlich fundirt, daob sich viel Menschen verwundern, und hat niemants gewust, wohin das loch geht. Ist doch allenhalben das Gerücht gewest, daß Keiser Friderich der verlorene seine wonung darin haben solte. Also hat man einen an einem seil hinab gelassen und oben an das loch ein schell gehangen, wenn er nimmer weiter künne, das er die schell läute, so wöllt man wider ufferziehn. Und als er gar hinab kommen, hat er Keiser Friderichen in eim gülden sessel sehen sitzen mit eim grauen bart.“

Die Pfälzer Barbarossa-Sage bekam in der Folge einige Konkurrenz, denn einige Autoren sahen ihren Schauplatz auch im Kyffhäuser in Thüringen. Kaiserslautern als Hintergrund nannte jedoch Johann Fischart in seiner „Affenteuerlichen und Ungeheuerlichen Geschichtsschrift“ von 1575, ebenso Georg Draud und Werner Gebhardt in den von ihnen herausgegebenen „Fürstlichen Tischreden“ von 1642. Gewährsleute für die pfälzische Szenerie sind auch die Brüder Jakob und Wilhelm Grimm. In ihren „Deutschen Sagen“, 1816–18 in zwei Bänden erschienen, bezeugen sie den Kaiser Friedrich gleichfalls zu Kaiserslautern. Auch Karl Simrock und Karl Geib bezeichnen in ihren Sagen-Sammlungen Lautern als Ort der wundersamen Geschichte.

Inzwischen hatten überdies die Dichter damit begonnen, Barbarossa und die alte Herrlichkeit zu besingen. Ludwig Uhlands bekannte Ballade „Schwäbische Kunde“ hebt mit den Zeilen an: „Als Kaiser Rotbart lobesam zum heilgen Land gezogen kam“. Friedrich Rückert, ein spätromantischer Lyriker, verfaßte in der Zeit der deutschen Einigungsbewegung eine poetische Bearbeitung der Sage, die in seinen „Gesammelten Gedichten“ (Erlangen 1834) enthalten ist:

Der alte Barbarossa,
Der Kaiser Friederich,
Im unterird'schen Schlosse
Hält er verzaubert sich.

Er ist niemals gestorben,
Er lebt darin noch jezt,
Er hat im Schloß verborgen
Zum Schlaf sich hingesezt.

Er hat hinabgenommen
Des Reiches Herrlichkeit,
Und wird einst wiederkommen
Mit ihr zu seiner Zeit.

Der Stuhl ist elfenbeinern,
Worauf der Kaiser sizt,
Der Tisch ist marmelsteinern,
Worauf sein Haupt er stützt.

Sein Bart ist nicht von Flachse,
Er ist von Feuersglut,
Ist durch den Tisch gewachsen,
Worauf sein Kinn ausruht.

Er nikt als wie im Traume,
Sein Aug' halb offen zwinkt,
Und je nach langem Raume
Er einem Knaben winkt.

Er spricht im Schlaf zum Knaben:
Geh hin vor's Schloß, o Zwerg,
Und sieh, ob noch die Raben
Herfliegen um den Berg!

Und wenn die alten Raben
Noch fliegen immerdar,
So muß ich auch noch schlafen
Verzaubert hundert Jahr.

Franz Weiss druckte den Text des Gedichtes sogleich in seinem Buch „Die malerische und romantische Rheinpfalz“ ab. Es wurde außerdem in die Anthologie „Die Sagen der Pfalz“ aufgenommen, die Friedrich Baader und Laurian Moris 1844 zusammenstellten. In dem gleichen Band finden sich zwei weitere Gedichte, die sich mit dem im Berg von Kaiserslautern schlafenden Kaiser befassen. Sie stammen von Laurian Moris und Gustav Mühl; sie tragen die Titel „Die Totenfahrt“ und „Die Sage von der Zukunft“. Die Bevölkerung war gerade in Zeiten der Not bereit, die Sage von des Kaisers Wiederkehr mit der ersehnten Befreiung und der erhofften Einheit zu verbinden. In manchen Situationen erschien Barbarossa als eine Art Nothelfer, der dem Reich als Retter gesandt wird. So ging einst das Gerücht, Napoleon habe auf dem Marsch zu der Leipziger Schlacht in der Lautrer Kaiserburg übernachtet und in dem Bett Barbarossas geschlafen. Am Morgen sei er seltsam verstört gewesen, so daß seine Generäle sehr besorgt waren. Er sprach kein Wort und ritt tief in Gedanken aus der Stadt. Niemand hat jemals erfahren, was ihm in jener Nacht zugestoßen oder ob ihm gar der Hohenstaufe im Traum begegnet ist. Der in den Berg entrückte und wiedererweckte Kaiser spielte auch eine Rolle in einem Volkslied, das seinerzeit in die pfälzischen Lesebücher einging. Es handelte sich um das Gedicht „Der Roßkauf“ des Berliner Schriftstellers Wilhelm von Walbrühl, der als Verfasser zahlreicher Volksweisen bekannt wurde.

Durch den Wald hin ritt der Müller,
will verkaufen seinen Schimmel;
finster ist's kein Mondenschein,
und die lieben Sternelein
halten sich verborgen.

Aus dem Busch tritt da ein Alter:
„Müller, mag dich Gott erhalten,
Ist der Schimmel dir nicht feil?
Vierzig Taler sind dein Teil,
so du ihn willst geben.“

Voran geht der Alte schnelle,
und der Müller folgt zur Stelle:
„Schau hier an das Felsenhohl,
hier ist unser Stall so wohl:
folge mit dem Schimmel!“ –

„Sag, was sollen all die Rosse
an der weißen Marmortafel?
in dem ungeheuren Raum,
und daneben Sattel, Zaum:
geht es bald zum Reiten?

Sag, was sollen all die Krieger,
die dort in den Zelten liegen?
All in Waffen fein und blank
schlafen sie auf harter Bank:
wollen sie ans Fechten?

Sag, wer ist dort eingeschlafen
auf der weißen Marmortafel?
Und sein Bart wie Feuerschein
wächst ihm durch den festen Stein:
Sag es mir, du Alter?"

„Der da schläft, ich will ihn nennen,
sollst den römischen Kaiser kennen!
Wenn es an der rechten Zeit,
wacht er auf und sein Geleit,
auf wohl zu den Waffen!

All die Roß in diesen Höhlen,
viele tuen uns noch fehlen,
laufen dann in weiter Welt,
und der Herr die Fahne hält,
unser römischer Kaiser!"

1862 erinnerte unser Landsmann Konrad von Bolanden mit seinem Buch „Barbarossa", einem historischen Roman in fünf Teilen, an die große Zeit des pfälzischen Mittelalters. In der zweiten Hälfte des 19. Jahrhunderts verglich man den künftigen deutschen Kaiser oft mit dem alten staufischen Herrscher. Dies wurde auch manchmal übertrieben, so daß es selbst den Zeitgenossen zuviel wurde. Johannes Hüll stellte daher in seinen „Dichtungen eines pfälzischen Poeten" im Jahr 1882 selbstkritisch fest:

Laß ruhen den alten Kaiser im Grab!
Man hat ihn schon weidlich geschüttelt
Und mit der Dichtung Zauberstab
In Versen gezwickt und gerüttelt.

Laß ruhen ihn endlich! Es ist vorbei,
Erstehen soll er nicht wieder;
Und hört' er um sich das tolle Geschrei –
Er läge erst recht darnieder.

Und käm' er aus dem Berg hervor,
Er riefe mit mächtiger Stimme
Zum Kampfe der Heuchler eklen Chor,
In patriotischem Grimme.

Er spräche wohl vieles, was man darf
Nur denken, aber nicht sagen;
Es klänge gar manchem Ohre scharf,
Nach Enkenbach Hunde zu tragen!

Ludwig Schandein teilte im vierten Band des Sammelwerkes „Bavaria", einer Landes- und Volkskunde des Königreiches Bayern, alle Variationen der Kaiserslauterer Sage mit. Er bemerkte dazu: „Nach dem Tode des Kaisers, gleichsam als wolle man sein Andenken ewig lebendig erhalten, gewinnt die Sage einen tiefmythischen, an die Götterdämmerung gemahnenden Zug. Er erscheint in den Attributen der höchsten, altgermanischen Götter." Der Heimatdichter Schandein versäumte es ferner nicht, einen eigenen Beitrag zu der Sage zu liefern. Seine Verse über Barbarossa sind in dem Band „Gedichte in westricher Mundart" enthalten und werden an anderer Stelle zitiert.

Auch die Autoren der jüngsten Vergangenheit haben sich in Gedichten und Erzählungen über die legendäre Gestalt geäußert. Lorenz Wingerter schildert in seinen „Pfälzischen Gedichten" Barbarossas Sterbetag. Ernst Noeldechen berichtet in einer seiner Spukgeschichten von dem Umzug mit Barbarossas Haupt. Leopold Reitz veröffent-

Kaiserbrunnen, von Gernot Rumpf

lichte in der Reihe „Bayerischer Sagenhort" ein Bändchen, in dem er von Kaiser Friedrich in Kaiserslautern, von dem Bett des Herrschers und dem Zug der Toten erzählt. Elisabeth Kirch hat in ihrem Buch „Eines Tages" das Geschehen reizvoll ausgeschmückt, indem sie zwei Jägersburschen die Höhle im Kaiserberg entdecken läßt. Helmuth A. Ulrich beschreibt in seiner Sammlung „Wo es immer noch umgeht" das unterirdische Schloß, das Bett des Kaisers und den Geisterzug um die Barbarossaburg.

Schließlich hat auch Paul Münch in seiner „Pälzisch Weltgeschicht" dem Kaiser Barbarossa ein gereimtes Kapitel gewidmet. Dem Mundartdichter und Zeichenlehrer, der an der alten Oberrealschule in Kaiserslautern, dem heutigen Hohenstaufen-Gymnasium wirkte, ist dabei aber in poetischer Freiheit ein kleiner Fehler unterlaufen. Er verlegte nämlich den letzten Aufenthalt des Kaisers nicht in die Barbarossastadt, sondern in einen wohlgefüllten Weinkeller unter dem Trifels:

Heit hockt de Rotbart immer noch
Do unne in seim Kellerloch
Dief mitte drin im Trifelsberg;
Hat niemand bei sich als en Zwerg,
Dem er vun Zeit zu Zeit als winkt,
Daß er e neier Schoppe bringt. –
Sei roter Bart, der ist em stracks
Dorch die ganz Dischplatt dorchgewachs,
Weil er zu keem Balwierer geht,
Wo em de Vollbart stutze dät.

Paul Münch fügt hinzu, daß er dem Kaiser gerne dabei geholfen hätte. Er habe schon am ganzen Trifelsberg herumgesucht, aber nirgends eine Kellertür gefunden. Hätte er doch nur gleich in Kaiserslautern nachgeforscht ...

„Ich bin jener Fisch, der unter allen zuerst ..."

DER HECHT VOM KAISERWOOG

Das Stadtwappen von Kaiserslautern zeigt einen Fisch, bei dem sich die Gelehrten darüber streiten, ob es sich um einen Hecht oder einen Karpfen handelt. Die heraldische Beschreibung gibt dazu an: „In Rot ein silberner Pfahl, belegt mit einem steigenden blauen Fisch." Das silberne Gewässer im roten Feld sollte wohl die fischreiche Lauter symbolisieren, die man zusätzlich durch einen Bewohner des Wassers kennzeichnete. Tatsächlich spielte die Fischzucht seit dem 12. Jahrhundert in Kaiserslautern eine große Rolle. Die Klöster der Barfüßermönche und der Prämonstratenser züchteten sie, weil sie während der Fastenzeit als Speise erlaubt waren. Auch Friedrich I. Barbarossa hielt sich unterhalb seiner Burg einen Fischteich. Der Mönch Rahewin, ein Zeitgenosse des Kaisers, gibt 1160 dazu den folgenden Bericht: „ Zu Lutra hat er aus rotem Stein einen königlichen Palast erbaut und mit großer Pracht ausgestattet. Auf der einen Seite hat er ihn mit einer sehr starken Mauer umgeben, die andere Seite umspült ein, einem See ähnlicher Fischweiher, der jede ergötzliche Art von Fischen und Enten enthält, zur Weide der Augen und des Gaumens. Daran stößt auch ein Park, der eine Menge von Hirschen und Rehen hegt. Die königliche Pracht all dieser Dinge und ihre reiche Menge, die größer ist, als daß man sie schildern könnte, erweckt das Staunen der Beschauenden."

Der vom Lauterbach durchflossene Teich, in dem die größten und schmackhaftesten Fische genährt wurden, erhielt den Namen Kaiserwoog. Einer seiner Insassen ist als der Hecht vom Kaiserwoog in Sage und Geschichte eingegangen. Ein Flugblatt „Neue Zeitung" von 1537 bezeichnet den Fisch zwar noch als Karpfen: „In dem selbigen see soll der Keiser auf ein zeit einen großen karpfen gefangen haben und im ein gül-

Der Lautrer Hecht

den ring von seinem finger an ein or gehangen, zu einr gedechtnüs. Derselbig fisch soll, als man sagt, ungefangen in dem weiger bleiben biß uff Keiser Friderichs zukunft. Und wie man den weiger uff ein zeit gefischt, hat man zwen karpfen gefangen, die mit güldinen ketten umb die Hels zusamen verschlossen gewest, welche noch bei menschen gedechtnüs zu Keiserslautern an der metzler pforten in einen stein gehawen."

Der pfälzische Rat und Historiker Marquard Freher tritt jedoch in seinem 1599 erschienenen Werk „Origines Palatinae" nachdrücklich für einen Hecht ein und läßt ihn von Friedrich II., dem letzten großen Kaiser der Hohenstaufen, höchstpersönlich in den Woog einsetzen. Vorher habe er ihm einen goldenen Ring angelegt, der sich mit dem zunehmenden Wuchs des Tieres ausdehnte. Der Ring habe eine Inschrift in griechischer Sprache getragen, die Friedrich selbst verfaßt hatte. Sie lautete in deutscher Übersetzung: „Ich bin jener Fisch, der unter allen zuerst durch die Hände Kaiser Friedrich II. in diesen Teich gesetzt worden, am Tage des 5. Oktober 1230." Vermutlich ließ sich Freher durch die zwei in Stein gehauenen Fische an der Metzlerpforte zu seiner phantasievollen Erzählung anregen. Im übrigen ist festzustellen, daß sich Friedrich II. 1230 gar nicht in Deutschland aufhielt, sondern in Apulien weilte.

Am 6. November 1497 veranstaltete Kurfürst Philipp im Kaiserwoog ein großes Fischtreiben, bei dem man angeblich einen seltsamen Fang machte. Matthäus Merian gibt in seiner „Topographie der Pfalz" von 1645 die Geschichte folgendermaßen wieder:

„Kaiserslautern hat den Namen von dem klaren Flüßlein Lauter, so dadurch, und folgend in die Wog oder See der Kaysers Wog oder Wag, genant, fleußt; und beede das Flüßlein (so der Stadt Wappen zieret, und auch dem Schloß Lautereck den Namen gibt) und der See herrlich, und wolschmackende Fisch, haben. Und ist ein solcher Kaysers Wag im November Anno 1497 ein Hecht 19 Schuch lang, gefangen, nach Heydelberg gebracht, auf Pfalzgraf Philips Churfürsten Tafel getragen und gegessen worden, als er in solchen See vom Kayser Friderico II. Anno 1230 gethan worden, und sich darin 267 Jahr aufgehalten hat; wie die Histori im Schloß allhie zu Lautern abgemahlt und beschrieben; auch von andern erzehlt wird. Auch viele schwarze Streimen gehabt. Der mössene Ring, vergüllt, mit kleinen Kettlein, und eingesetzten oder gedruckten Griechischen Buchstaben, oder Schrift, so er am Halß gehabt, ist vor der Zeit zu Hof zu Heydelberg, in der Schatzkammer, auffgehoben und dabey geschrieben gewesen: Dieß ist die Form des Rings, oder des Kettleins, so der Hecht an seinem Halß 267 Jahr getragen. Die besagte Griechische Schrift aber des Rings lautet auf Teutsch also: Ich bin der Fisch, so am allerersten in den See kommen, durch des Kaysers Friederichs des Andern Hand, den 5. Weinmonat im Jahr tausend zwey hundert und dreyßig."

Das wundersame Ereignis von dem 19 Fuß langen und 350 Pfund schweren Hecht wurde auch von Seobald Fabricius kritiklos in seine Stadtgeschichte übernommen, die 1656 in Heidelberg herauskam. Dabei waren die Größenverhältnisse des Fisches völlig unmöglich – ein Hecht wird keine sechs Meter lang und überschreitet auch kaum das Gewicht von 50 Pfund. Das Geschehen, das vielleicht einmal einen geschichtlichen Kern aufwies, hatte sich vollends in Sage verwandelt.

Mauerreste der Kaiserpfalz

Näher an der Wirklichkeit bleibt der Historiker und Geograph Johann Goswin Widder im vierten Band seines bekannten Werkes über die Kurpfalz. Er schreibt dort 1788, daß vor zwölf Jahren im Kaiserslauterer Stadtwoog ein kupferner Ring mit einer lateinischen Inschrift gefunden worden sei. Die Inschrift besagte: „Durchlaucht Franz Ludwig, Bischof und Kurfürst von Trier, hat mich am 23. April 1721, acht Pfund schwer, eingesetzt." Der Ring, der vermutlich an einem Hecht befestigt war, wurde nach Widder an den kurfürstlichen Hof nach Mannheim geschickt.

Der Kaiserwoog, der sich an der Stelle der heutigen Burgstraße befand, wurde 1733 trockengelegt. Damit war dem legendären Hecht endgültig die natürliche Grundlage seiner Existenz entzogen. Er lebte jedoch fort im Gedächtnis und in der Phantasie der Menschen. Die Hechtsage war im 18. Jahrhundert bei den einfachen Leuten und auch bei den Gebildeten weit verbreitet. Selbst englische und französische Autoren übernahmen die ungewöhnliche Geschichte und schmückten sie mit etlichen Varianten aus. Sie fehlt denn auch nicht in den Sagensammlungen, die nun nach und nach über die Westpfalz herauskamen. Georg Friedrich Blaul erwähnt die Sage in seinem Buch „Träume und Schäume vom Rhein" (1838) und fügt hinzu: „Das wird hoch beteuert, steht auch gedruckt zu lesen und ich will's in Gottes Namen glauben." Ludwig Schandein zitiert sie 1867 in dem großen Sammelwerk „Bavaria", an dem er als Volkskundler mitarbeitete. Friedrich Wilhelm Hebel bringt die wunderbare Mähr in seinem Buch „Pfälzische Sagen" (1908). Leopold Reitz nahm die Geschichte in seine Anthologie „Sagen um Kaiserslautern und Donnersberg" (1929) auf und bemerkt am Schluß: „Nicht jede Stadt hatte einen so merkwürdigen Anlaß, für ihr Schild das Wappentier zu finden wie Kaiserslautern." Hermann Kohl erzählt die Sage in seinem Buch „Die deutsche Pfalz am deutschen Rhein" (1929) ebenso wie Helmuth A. Ulrich in seiner Sammlung „Wo es immer noch umgeht" (1962). Ulrich ergänzt die Wiedergabe mit der Bemerkung: „Sie hatten in Heidelberg ihre Arbeit mit dem großen Fang. Doch der Stadt Lautern blieb das Andenken, das sie mit einem Fisch im Wappen ehrte."

Schließlich haben auch die Kaiserslauterer Karnevalisten, die sich „Die Hechte" nennen, den Fisch als Wappentier erkoren. Schon kurz nach ihrer Gründung im Jahr 1838 ließen sie durch den Schlossermeister Conrad einen sechs Meter langen Fisch aus Blech anfertigen und führten ihn im Fasnachtszug durch die Straßen. Das metallene Sinnbild vom Hecht im Kaiserwoog hing danach noch lange Zeit in der Fruchthalle.

„Sie ziehen in schwarzen Reihen den Rittersberg entlang“

BARBAROSSAS TODESTAG AM 10. JUNI

Er gilt als der besondere Freund und Gönner von Lautern, denn hier baute er eine Kaiserpfalz, mit deren Gewölben und Kellern mancherlei Sagen verknüpft sind. Als er angeblich einst aus der Gefangenschaft der Türken zurückkehrte, residierte er darin. In den Gemächern der Burg hing an vier Ketten das eiserne Bett des Herrschers, das auch nach seinem Tod jeden Abend für ihn gerichtet werden mußte. Wer sich in die Felsenhöhle im Kaiserberg wagte, kam zu seinem unterirdischen Schloß, wo er von Rittern und Knappen umgeben in einem goldenen Sessel schlief. Sein langer Bart war durch die Platte des Tisches gewachsen; hin und wieder wachte er auf und fragte einen Zwerg, ob die Raben noch um den Berg fliegen.

Friedrich I. stammte aus dem Geschlecht der Staufer, das von 1138 bis 1254 die deutschen Könige und Kaiser stellte. Um 1123 geboren, war er zunächst Herzog von Schwaben, 1152 deutscher König und wurde drei Jahre später in Rom zum Kaiser gekrönt. Seine rotblonde Haarfarbe trug ihm in italienisch den Beinamen Barbarossa, Rotbart, ein. Als 67jähriger nahm er am dritten Kreuzzug teil und ertrank am 10. Juni 1190 in dem kalten Bergfluß Saleph, der in der heutigen Türkei liegt und jetzt Göksu heißt. Friedrichs Gebeine wurden von den Kreuzfahrern mitgeführt und sind auf dem Weg nach Jerusalem verschollen.

Der schlafende Kaiser

Nach dem Tod des großen Kaisers wollte das Volk sein Andenken lebendig erhalten. In der Trauer um ihn entstand die Sage, er sei nicht gestorben, sondern schlafe nur in der Tiefe eines Berges; von dort werde er mit neuer Kraft und in einstiger Herrlichkeit wiedererstehen. Die Gestalt Friedrichs I. nahm mythische Züge an, neben Karl dem Großen wurde er der eigentliche Held der deutschen Kaisersage. Als der Berg, in dem er auf seine Rückkehr wartet, wurde von den einen der Kyffhäuser in Thüringen angesehen, von den anderen jedoch der Kaiserberg bei Lautern, schließlich auch der Trifels bei Annweiler oder die Burg von Hagenau.

Vor allem in Kaiserslautern jedoch blieb das Andenken an Barbarossa, den Förderer, wenn nicht gar Gründer der Stadt, besonders nachhaltig. In diesen Geschichten um den Kaiser besteht die vornehmste und eigenste örtliche Überlieferung. Außer den erwähnten Mythen über den unvergessenen Herrscher gibt es eine weitere Sage, die nicht nur von einer Begegnung mit dem alten Rotbart im Innern des Berges, sondern sogar von einem Umzug durch die Straßen der Stadt berichtet. Die Geschichte, die sich alljährlich am Todestag des Kaisers ereignen soll, hat fast ein Dutzend literarischer Bearbeitungen gefunden. Alexander Schoeppner bringt sie in seinem „Sagenbuch der Bayerischen Lande“ (1852) als mündliche Überlieferung.

DIE FAHRT DER TODTEN ZU KAISERSLAUTERN

„Längst ruht kein Stein mehr auf dem andern, wo weiland die stolze Veste Barbarossas prangte. Nur einmal im Jahre, an dem Sterbetage des großen Kaisers, erhebt sich um Mitternacht die untergegangene Burg aus der Erde und leuchtet im alten Glanze. Alsdann steigen Ritter und Knappen aus ihren Gräbern hervor und versammeln sich in stummer Trauer. Auf den zwölften Glockenschlag setzt sich des Kaisers Trauerzug in Bewegung. Lange Reihen von schwarzen Rittern ziehen ohne Sang und Klang aus den geöffneten Thoren des Schlosses. Der erste derselben trägt Barbarossas Haupt; oft glaubt man dumpf den theuren Namen des Kaisers aussprechen zu hören. Also bewegt sich der feierliche Zug durch alle Straßen der Stadt ungefähr bis zur Zeit der Hahnenkrähe, dann nimmt er seinen eiligen Rückzug in die Veste, die Gestalten verschwinden, die Ritter legen sich wieder in's Grab, die Kaiserburg ist wieder versunken, und nur die Raben bezeichnen flatternd und krächzend die Stelle, wo weiland Barbarossa in seiner Herrlichkeit thronte.“

Die Erzählung nimmt den Grundgedanken aller Barbarossa-Sagen auf, wonach der in den Berg entrückte Kaiser in den Schlaf sinkt, bis die Zeit seiner Auferstehung gekommen ist. Die späteren Sammlungen von Friedrich Wilhelm Hebel „Pfälzisches Sagenbuch“ (1905), von Leopold Reitz „Sagen um Kaiserslautern und Donnersberg“ (1929), von Helmuth A. Ulrich „Wo es immer noch umgeht“ (1962) und Viktor Carl „Pfälzer Sagen“ (1967) übernehmen diese mündliche Fassung weitgehend. Die Episode von den Rittern, die aus ihren Gräbern steigen und sich zu einem nächtlichen Umzug vereinigen, erinnert noch an ein anderes pfälzisches Sagenmotiv. Der Chronist Ekkehard von Aura berichtet zum Jahr 1123, es sei „im Wormsgau mehrere Tage hindurch eine große Schar von Rittern in Waffen gesehen worden, die hin und her zogen und wie zu einem Gerichtstag bald hier bald dort sich zusammenfanden, um Mitternacht aber zu dem Berge, von dem man sie ausziehen sah, zurückkehrten. Endlich faßte einer der Bauern den Mut, sich mit dem Kreuzeszeichen zu schützen und der wundersamen Versammlung sich zu nähern. Einen der gespenstigen Ritter beschwört er unter Anrufung des allmächtigen Gottes, ihm den Grund der nächtlichen Versammlung kundzutun, und der Angesprochene gibt ihm die Auskunft: Wir sind weder, wie ihr meint, Gespenster noch eine Ritterschar, wie wir auch erscheinen, sondern die Seelen von Rittern, die vor kurzem den Tod gefunden haben."

Noch vor Schoeppner hatte Franz Weiss in seinem Buch „Die malerische und romantische Pfalz" (1840) auf die Sage hingewiesen. Obwohl er Geschichte und Landschaft meist poetisch verbrämt, macht er doch präzise Angaben über den Schauplatz des Geschehens: „Von der Kaiserburg zog sich in östlicher Richtung eine schöne, freundliche Straße hin, der jetzt noch sogenannte Rittersberg, wo sich die Wohnungen der Burgmannen befanden. Durch diese Straße zog, so erzählt das Volk, früher jedes Jahr, am vorgeblichen Todestag Barbarossas, eine lange Reihe von schwarzen Gestalten in feurigen Wagen, welche aus dem Schloßthore hervorkamen, und von einem Ritter, der seinen Kopf im Arme trug, angeführt wurden. Nachdem sie ihren Umzug durch die Stadt vollendet, kehrten sie auf demselben Wege in stürmischer Eile wieder in das Schloß zurück. Wie und wodurch diese Sage entstanden sei, wissen wir nicht anzugeben."

Dazu ist festzustellen, daß um 1840 an der Stelle des ehemaligen Schlosses bereits das Lautrer Zentralgefängnis, die spätere Justizvollzugsanstalt, erbaut war. In der von Weiss erzählten Version der Sage sind übrigens zwei Bemerkungen recht aufschlußreich: der Zug führte einen feurigen Wagen mit und kehrte in stürmischer Eile ins Schloß zurück. Es ist möglich, daß sich in diesen Details verschiedene Überlieferungen und Motive verbinden und verschränken. In den Sagen von der wilden Jagd zieht nämlich gleichfalls ein feuriger Wagen mit, außerdem läßt die stürmische Eile der Rückkehr an die Fahrten des wilden Heeres denken. Während das wilde Heer allerdings über das Land lärmt und tobt, bewegt sich hier ein stiller und stummer Zug durch die Stadt.

Bei der Sage vom wilden Heer handelt es sich bekanntlich um die Gefallenen, mit denen der germanische Gott Wotan in finsteren Nächten durch die Lüfte braust. Der jährliche Umzug am Todestag Barbarossas ist unter anderem ein Widerschein dieser uralten Vorstellungen, des mythischen Glaubens unserer Vorfahren. Nach der Ansicht der Germanen leben die Verstorbenen im Totenberg weiter, den die Raben, die Vögel des Schlachtfeldes, krächzend umkreisen. Wotan reitet in Zeiten der Not mit seinen Helden und Walküren aus, um dem Land beizustehen. Die Barbarossasage wäre demnach in ihrem ursprünglichen Kern eine mittelalterliche Umschreibung Wotans. Denkbar ist überdies eine christlich geprägte Überlieferung, bei der die Prozession durch die Stadt auf einen Kultumzug aus früherer Zeit zurückgeht. An die Stelle der toten Helden treten dann düstere Mönche, die im Totentanz den mitternächtlichen Reigen der Entschlafenen anführen.

Der nächtliche Trauerzug in Kaiserslautern bot mit seinen ungewöhnlichen Umständen freilich auch ein Thema für die Dichter der Romantik. Zu Beginn des 19. Jahrhunderts beschäftigten sie sich zunehmend mit den Zeugnissen des Mittelalters, die sie in ihren Werken poetisch gestalteten. Um romantische Verklärung des römisch-deutschen Kaisers geht es deshalb in einem Gedicht von Laurian Moris, das er in seine Sammlung „Die Sagen der Pfalz“ aufnahm, die er 1844 zusammen mit Friedrich Baader herausgab.

DIE TOTENFAHRT

Ich weiß ein einsam Plätzchen,
Da ist es ewig stumm,
Da zieh'n bei Nacht die Raben
Gespensterisch herum.

Da stand die Kaiserveste
Des deutschen Friederich,
Wo er seit langen Jahren
Nun hält verzaubert sich.

Kein Stein mehr auf dem andern
Zeugt von dem einst'gen Glanz,
Der Trümmer stolze Reste
Sind selbst verschwunden ganz.

Doch an dem Sterbetage
Des großen Friederich,
Da hebt neu aus der Erde
Die stolze Veste sich.

Die Ritter aus dem Grabe
Versammeln sich alldort,
Sie steh'n in stummer Trauer,
Verlier'n kein einzig Wort.

Doch wenn vom nahen Thurme
Die zwölfte Stunde schlug,
Dann bilden sie zusammen
Des Kaisers Trauerzug.

Sie zieh'n in schwarzen Reihen,
Und ohne Spiel und Klang,
Wohl aus dem feur'gen Thore
Die Ritterburg entlang.

Der erste von den Rittern
Trägt Barbarossas Haupt,
Und oft den theuern Namen
Man dumpf zu hören glaubt.

Sie zieh'n durch alle Straßen,
Wohl um die nahe Stadt,
Bis, zu dem Morgengruße,
Der Hahn gekrähet hat.

Dann geht's in Sturmeseile
Dem Schlosse wieder zu;
Sie liegen bald dann wieder
In ihrer Grabesruh.

Die Veste ist versunken,
Und alles still und stumm
Nur noch die Raben flattern
Dort bis zum Tag herum.

1845 nahm Friedrich Blaul den Stoff der Sage auf und bearbeitete ihn in seiner Novelle „Die Nacht auf dem Kaiserberg“. Die Erzählung „Nächtliche Heerschau“ von Zetlitz ist hingegen wohl mehr durch die Geisterschlacht bei Neuleiningen angeregt. Die Beliebtheit des Kaisers bei der Bevölkerung, besonders in der Barbarossastadt, bekundet sich überdies in Versen von Ludwig Schandein, die in seinem Buch „Gedichte in Westricher Mundart“ (1891) enthalten sind.

BARBAROSSA

Es geht e' Rufes dorch die Nacht
Zu Laut're leis erum:
'So wachen uf! Der Sterwesdah
Vum Käser, der is kumm!'
Aus Gruft un' Gräwer alsofort
Erhewe dann sich do un'dort
Die Gester all' alswie gefeit –
Aus Barbarossas Zeit.

Un' uf den erste Hammershub
Hebt a' die Mitternacht,
's ersteht zegleih aus altem Schutt
Sei' Schloß in alter Pracht:
Un' 's sitzt im Sal uf hohem Tron
Der Käser un' 's erglänzt sei' Kron
Wie Sunnegold – 's ergeht ke Froh',
Ob noch die Rawe do?

Un' 's Rufes ruft die Schatte bei,
So husche hin im Flug
Die wo zum Käser treigehall,
Sie samm'le sich zum Zug,
Zum Trauerzug am Rittersberg;
Vun dort a' geht's zur Käserkerch,
Die wo gestift sei' Sinn so mild –
Der Fehrer traht sei' Bild.

Un' weirer geht's vun Gaß zu Gaß
Un' aus der Stadt in's Feld,
Zum Käserwog, zu Wed un' Wald
Un' wo die Lauter quellt:
So nemmt im Zug die Schatteschar
Sei' Herrlichket uf's nei gewar;
Un' 's geht, ob ah die Trauer stumm,
Sei' Name miterum.

Doch mit dem erste Haneruf
Is alles das verfloß,
Der Zauwer hi', 's is mitverschwunn
Der Käser un' sei' Schloß.
Dann sitzt im Berg, es wachst sei' Bart,
Der Käser, doch er trämt un' wart
Uf's Weckerwort – 's ergeht die Froh',
Ob noch die Rawe do?

So wär's geschieht vor alte Dah'
Nor e'mol als im Jor;
Dann hätt sich mit der kummend Zeit
Der Trauerzug verlor;
Draus sieht m'r, daß Treiherzigket
In Laut're heit noch fortbesteht,
Daß u'vergeßlich dort de' Leit
Die Barbarossazeit.

In der Epoche der Reichsgründung und in der Wilhelminischen Ära entwickelte sich ein regelrechter Kaiserkult. Bei den damaligen Bestrebungen um die deutsche Einheit wurde die Erinnerung an Barbarossa erneuert und wach gehalten. Er gemahnte an eine ruhmreiche Vergangenheit und weckte die Hoffnung auf eine bessere Zukunft. Von dem Erwachen des schlafenden Kaisers erwartete man die Besserung der Verhältnisse, wenn nicht gar den Beginn eines neuen Weltreiches. Das wird selbst in den dichterischen Texten deutlich, die nach dem Ersten Weltkrieg und in der Zeit der Weimarer Republik entstanden. Otto Wenz schreibt 1923 in seinem Lyrikband „Knospen und Blüten“:

TOTENZUG

Wenn sich der Junirosen Duft
verschwistert lauer Sommerluft,
zu Lautern um die Mitternacht
erglänzt aufs neu in Prunk und Pracht
die Burg des Kaisers Friederich.
Der Gräber Pforten öffnen sich
und aus der dumpfen Erdenhaft
steigt Barbarossas Ritterschaft.
Kein Streiter bleibt dem Rufe fern
zu trauern um den teuren Herrn. –

Wenn dann die zwölfte Stunde klingt,
weit auf das schwere Burgtor springt
und sang- und klanglos, feierlich,
gemess'nen Schritts, bewegen sich
der schwarzen Ritter lange Reih'n
zur Burg hinaus, die Stadt hinein. –
In dürrer Hand der erste trägt
das Haupt des Kaisers, bartumhegt.
Dumpf wiederholen Lippen bleich:
„Schirm, Barbarossa, du das Reich!“

Die Hähne kräh'n. Die Stadt erwacht.
Entschwunden ist der Spuk der Nacht:
Versunken ist das Kaiserschloß,
im Grabe ruht des Kaisers Troß. –
Doch flattern ob versunk'nem Thron
die Raben fort in ernster Fron
und warnen ohne Unterlaß
vor Bruderzwist und Stämmehaß. –

Ebenso erinnerten zwei andere pfälzische Schriftsteller in den Notjahren der Weimarer Republik an die alte Kaiserherrlichkeit. Lorenz Wingerter veröffentlichte 1924 seine „Pfälzische Gedichte", darunter die Strophen:

BARBAROSSAS STERBETAG

Das ist die zwölfte Stunde
Alljährlich um Mitternacht:
Da taucht aus verzaubertem Grunde
Das Schloß in der alten Pracht.

Die ranken Zinnen steigen
Und streben zum Himmel hinauf.
Ernst steh'n aus der Gräber Schweigen
Vielhundert Gestalten auf.

Von Deutschlands glücklichen Tagen
Ein Flüstern geht in der Rund'.
Den Kaiser zu Grabe tragen
Die Ritter und Knappen zur Stund'.

In trägem Zug sie schreiten
Dahin mit verhaltener Klag',
Den Kaiser zu geleiten
An seinem Sterbetag.

Schlägt dumpf die erste Stunde,
Verschlingt der Gräber Nacht
Die Ritter und Knappen im Grunde,
Jäh sinkt der Schlosses Pracht.

Mauerreste am Rittersberg

Mit Kaiser Friedrich beschäftigten sich in dieser schweren Zeit die Sehnsüchte und Träume der Menschen. Ernst Noeldechen gab 1926 unter dem Titel „Die Glocke um Mitternacht" sagenhafte Spukgeschichten aus der Pfalz heraus. In der Erzählung „Barbarossas Haupt" phantasiert er: „Wenn dem deutschen Lande Unheil droht, geschieht zu Kaiserslautern Seltsames um Mitternacht. Schattenhaft wächst die Burg aus Zwielicht und Finsternis; ihre wuchtigen Türme ragen, wie sie einst geragt. Durch abgelegene Straßen wallt ein feierlicher Zug von Schemen. Riesen tragen ein ungeheures schlummerndes Haupt, welches ein knisternder Feuerbart umrahmt. Grimmige, schwerbewaffnete Zwerge bewachen es, lassen die Augen forschend hin- und herhuschen. Dem flammenden Haupt folgen Paar um Paar, viel kühne Recken in blinkender Wehr und holdselige rosengeschmückte Frauen. Barbarossa warnt das Land."

Kaiser Rotbart

„Die Stiftskirche kündete die zwölfte Stunde"

LAUTERER SAGEN RINGS UM BARBAROSSA

Schon sein Vater, Herzog Friedrich II. von Schwaben, hatte 1120 in Lautern eine salische Burg errichten lassen. Kaiser Friedrich I. baute die Burg von 1152 bis 1158 aus und erhob sie zur Kaiserpfalz. Das Schloß war so bedeutend, daß Barbarossa insgesamt fünfmal herkam und sogar zwei seiner Hoftage hier abhielt. Die enge Verbindung zwischen Friedrich I. und Lautern gab der Stadt ihren Namen und regte im 19. Jahrhundert den bayerischen König Ludwig I. dazu an, Kaiserslautern den Beinamen „Barbarossastadt" zu geben.

Über die legendäre Gestalt Friedrichs I. haben sich im Lauf der Zeit einige Sagen entwickelt, die schon in anderen Kapiteln vorgestellt wurden: Barbarossa schläft in einem unterirdischen Schloß im Kaiserberg, um dereinst das Reich wieder zu seiner alten Herrlichkeit zu führen. Sein roter Bart ist durch den Tisch gewachsen; er muß weitere hundert Jahre schlafen, wenn draußen noch die Raben um den Berg fliegen. Eine zweite phantasievolle Erzählung berichtet, daß alljährlich am Todestag Barbarossas sich um Mitternacht ein Geisterzug durch die Straßen der Stadt bewegt, bei dem Ritter und Knappen das Haupt des Kaisers an der Spitze feierlich vorantragen. Die dritte Geschichte handelt schließlich von dem Hecht im Kaiserwoog, den allerdings sein Enkel Kaiser Friedrich II. angeblich 1230 in den Teich einsetzte. Neben diesen Sagen, bei denen der Kaiser im Mittelpunkt des Geschehens steht, gibt es einige andere Geschichten, in denen der Herrscher gleichsam als Echo und Widerschein im Leben der Bevölkerung auftritt. Nach der mündlichen Überlieferung wird ein tollkühner Sprung mit dem Kaiser Barbarossa in Verbindung gebracht. Dabei könnte es durchaus auch ein anderer Herrscher gewesen sein, dem eine Nachricht auf schnellstem Weg überbracht werden sollte. Helmuth A. Ulrich bringt dazu in seiner Sagensammlung „Wo es immer noch umgeht" (Otterbach 1962) den folgenden Text.

DAS HUFEISEN VON KAISERSLAUTERN

„Die alte Stadt war in großer Not. Feinde rückten gegen die turmbewehrten Mauern vor. Die Bürger konnten sich ihrer allein nicht wehren. Wer aber vermochte und sollte helfen? – Der Kaiser! Er weilte jedoch zu Speyer. Ein junger Reitersmann wollte ihm die Nachricht bringen. Er sprengte auch schon zum Tore hin. Mitten drin aber stand eines Bäuerleins Wagen, mit Heu hoch beladen, und die Pferde zogen nicht mehr. Es half kein Fluchen und kein Schelten.

Der junge Reiter besann sich nicht lange, gab seinem Pferd die Sporen und setzte über den hochbeladenen Wagen fort. Er eilte und hatte nicht bemerkt, daß sein Pferd vom Huf ein Eisen verlor. Dem Kaiser brachte er die Kunde von der Not der Stadt. Noch vor dem Feind war Hilfe da. Den jungen Reiter zu ehren, setzte man in Lauterns Wappen jenes Eisen vom Huf eines Pferdes."

Die Geschichte ist älteren Lesern vielleicht in der Form eines Gedichtes bekannt, das Fritz Claus in „Fröhlich Pfalz, Gott erhalt's" (Zweibrücken 1901) veröffentlichte. Seine Verse wurden zudem in den „Pfälzer Sagenquell" aufgenommen, ein Leseheft für den 3. und 4. Jahrgang der hiesigen Volksschule.

DER HUSARENSPRUNG

Ein Eisen! Wie? – Im Wappen
der Barbarossastadt?
Wer sagt mir, was das Zeichen
wohl zu bedeuten hat?

Es war vor vielen Jahren,
da war die Stadt in Not.
Laut jammerten die Bürger,
vom Feinde arg bedroht.

Der Kaiser kann nur helfen,
es durch die Reihen dringt.
Doch wer ist's, der nach Speyer
ihm schnell die Botschaft bringt?

Da öffnen sich die Reihen.
Heraus tritt ein Husar.
Ich, spricht er, will es wagen.
Mich schreckt nicht die Gefahr.

Der junge Reitersmann

Schon sitzt er auf dem Rosse,
in Eile aufgezäumt.
Dumpf dröhnet rings die Erde.
Hei, wie es wild sich bäumt.

Nun gibt er ihm die Sporen.
Fort geht's zum Tor hinaus.
Doch halt! – Dort steht ein Wagen
mit Heu beladen drauß!

G'rad' wo der Weg am engsten,
steht mitten drin er quer.
Ein Bäuerlein schimpft und fluchet.
Die Pferde zieh'n nicht mehr.

Von fern schon winkt der Reiter:
Hinweg! Hinweg! 's pressiert.
Doch's Bäuerlein verzweifelnd
auf seine Mähren stiert.

Da – Himmel! – in dem Grase
liegt's Bäuerlein nun dort.
Hoch über Heu und Wagen
setzt Roß und Reiter fort.

Nicht hört er auf der Mauer
der Stadt den Jubelruf.
Nicht merkt er, daß dem Rosse
ein Eisen sprang vom Huf.

Fort geht's. Er scheint zu fliegen. –
Und eh' der Feinde Schar
noch kam – da brachte Hilfe
vom Kaiser der Husar.

Drauf ward dann jenes Eisen
im Wappen angebracht
zur Ehr' und zum Gedächtnis,
wie er den Sprung gemacht.

Von Lautern und Barbarossa handeln vor allem die Sagen, die den Kaiserberg zum Schauplatz haben. Die Gemarkung des Berges ist eine verhältnismäßig späte Rodung auf dem Gebiet des Reichslandes, wo früher der König und die Ministerialen ihre Güter hatten. Bis ins 15. Jahrhundert hinein bestand hier viel Wald, die steilen Hänge sind heute noch mit Bäumen und Büschen bedeckt. Auf den Feldern des Kaiserberges lagen lange Zeit die Schanzen, die im November 1793 von den Preußen während der Schlacht von Morlautern errichtet wurden. Man ebnete die Schanzen nach und nach ein und verwandelte die Hochfläche wieder in Äcker und Wiesen. Hier spielt die Sage

DER HIRT VOM KAISERBERG

„Droben auf dem Kaiserberg nördlich des alten Lautern hütete ein Hirte seine Schafe. Zwei gute Hunde hielten die Tiere beisammen, und der Schäfer fand Zeit und Muße zum Spiel auf seiner Flöte. Es gelang ihm ein Lied schöner denn das andere. Er saß auf einem Stein und bemerkte nicht, daß ein alter Mann seinem Spiel lauschte. Der Greis aber redete den Schäfer an, wem er denn all die schönen Lieder spiele. ‚Unserem Kaiser Friedrich, dem Rotbart, der hier im Berge ruht.' – ‚Glaubst du dies wirklich?' – ‚Warum soll er denn nicht da unten in seinem Schlosse sein?' – ‚Willst du, so führe ich dich dahin.'

Der Schäfer folgte dem Alten auf einem einsamen Pfad und stieg mit ihm eine geheimnisvolle Treppe hinab. Sie kamen in einen gewölbten Saal tief drunten. Viele Ritter, Pagen und Knechte standen um und um. Vor dem Alten aber verbeugten sie sich tief. Nun wußte der Schäfer, wer ihn geführt hatte und erschrak darob nicht wenig. Aber der Kaiser reichte ihm vom Eichentisch eine goldene Flöte und ermunterte ihn zu seinem Spiel. Der Hirte stieg wieder die Treppe hinauf, und dann war alles wie vordem.“

Die Sage ist gleichfalls in dem Bändchen von Helmuth A. Ulrich enthalten. Die Geschichte regte den Mundartdichter Ludwig Frölich zu einigen Strophen an, die in seinem Gedichtband „Plaudere wie in Lautere“ (Otterbach 1980) erschienen.

DE SCHOOFHÄRT VUMM KAISERBERG

De Kaiserberg hat gudi Wääd
for Gääße, Gäns unn Scheef.
Besonnersch in soim Summerklääd,
wann alles voll in Bliete steht,
do wirkt es Gras wie Hef.

Dort hat emol an some Daa
e Hirt soi Scheef gehiet.
De Hund' braucht er kää Wort zu saa,
die wissen ohne Peife aa
die Grenz vumm Päädgebiet.

De Scheefersmann hockt uffme Stää(n)
unn spielt uff soiner Fleet.
Unn wie er spielt! Ach, klingt das
schää(n)!
Unn nor de Scheefcher ehr „Mäh, Mäh“
alsmol denääwe geht.

Jetzt setzt er ab unn macht e Paus.
E Mann steht hinnedra(n).
So stolz unn stattlich sieht der aus.
Er saat zum Schäfer frei eraus
unn guckt ne freundlich a(n):

„Moi Lob is e geringer Lohn;
ich hann's dodrin gefiehlt,
den innige, den zarte Ton.
Hopp, saa mer's doch, moi liewer Sohn,
for wen hasch du gespielt?“

„For wen? Ei, for de Kaiser nor,
der in dem Berg do ruht.“
„Ja, glaabsch du, däß is wärklich wohr?“
„Ei allemol, schun wieviel Johr!“
„Na, schää(n), dann isses gut.

Du meeschd'ne sicher gärn mol sieh?!
Kumm laaf merr hinnenoo!
Den Paad entlang fehr ich dich hi(n).“
Die Hehl, die Trepp – er wääß nätt wie –
korzum, sie sinn schunn do.

Sie stehen im gewölbte Saal.
Die Pracht, ehr liewe Leit!
So hell aa ohne Sunnestrahl!
Die Page, Ritter iwwerall,
die treten uff die Seit,

veneigen sich dann allegar,
glei, wie sie kummen roi.
Was vorher noch e Zweiwel war:
Der Mann, däß issem jetzt ganz klar,
kann nor de Kaiser soi!

Er grieht's doch mit de Angscht zu duh.
Wie alles weitergeht?
De Kaiser saat in aller Ruh
unn fehrt ne uff de Disch druff zu:
„Do, spiel uff dere Fleet!“

E goldni Fleet! Däß is zu viel!
Wer kann das fasse, wer?
De ganze Dank leht er ins Spiel.
Soi Fleet, die jubelt nor ääm Ziel.
Zum Kaiser soiner Ehr. –

Gäll, froon mich nätt! Ich wääß nätt mää,
ich hann's selbscht nor geläs.
Ich denk als aa, ob säller Stää(n),
de Ingang in de Berg, der klää(n),
zu finne is? Wer wääß?

Der Hirt am Kaiserberg

Der Kaiserberg im Norden der Stadt und der östlich gelegene Kahlenberg bilden den Hintergrund für eine weitere phantastische Erzählung. Der Kahlenberg war schon verhältnismäßig früh abgeholzt und erhielt wohl dadurch seinen Namen. An seinem südlichen Abhang wurden 1571 von einigen Bürgern sogar einmal Weingärten angelegt, wobei der Rat der Stadt den wagemutigen Unternehmern zwölf Jahre Zinsfreiheit gewährte. Luise Rösinger, die im vorigen Jahrhundert Sagen um Kaiserslautern sammelte, veröffentlichte 1936 in der Zeitschrift „Unsere Heimat“ die folgende Geschichte.

DAS IRRKRAUT

„An einem Vorsommertag ging ein altes Mütterchen mit einem Sack auf den Kaiserberg, um für die Ziegen Futter zu grasen. Über der Arbeit hatte es sich verspätet. Erst, als vom Lautertal herauf die ersten Frühnebel stiegen und über den Kahlenberg langsam die Nacht kam, erinnerte es sich der Zeit. Schwerfällig hing der Grassack auf dem Buckel, mühsam tappte es den Feldweg hin. Doch aus Wiesen und Ackerland, Büschen und Bäumen konnte es sich nicht wieder zurecht finden. Wie es auch die Gedanken anstrengte, um den gegangenen Weg ins Gedächtnis zurückzurufen, ängstlich irrte es in der aufsteigenden Nacht.

Plötzlich leuchtete ein schwacher Schein aus einer Höhle, die es zuvor nicht bemerkt hatte. Im Weiterschreiten gelangte es in das Innere des Kaiserberges und sah die Pracht des verzauberten Schlosses. Kaiser Rotbart saß über den Marmortisch geneigt und hielt sein Haupt in die Hand gestützt. Der Purpurmantel hing ihm um die Schulter und die Raben flogen ab und zu. Vor dem Tisch kniete der Zwerg. Von dem Geräusch des Mütterchens aufgeschreckt, fuhr er aus Träumen auf. Doch zur gleichen Zeit verschwand vor den Augen der Alten Kaiser und Pracht. Das Mütterchen fand den rechten Weg zur Stadt zurück und wußte, daß es auf Irrkraut getreten war."

Ludwig Frölich hat dieser Sage ebenfalls ein Gedicht gewidmet, in dem er das wundersame Geschehen zu deuten versucht.

ES ERRKRAUT

Es war im Mai e Nummedaa
so mild unn voller Vochelsang,
do is e ziemlich aldi Fraa
de Kaiserberg enuffergang.

Unn ball denoo, do siehschde, wie
die Fraa sich bickt unn Gras abrobbt.
Sie brauch's doch for ehr Gääßevieh,
was se in ehren Sack ninstobbt.

Sie guckt nätt uff unn bleibt nätt steh'.
Sie robbt unn stobbt bei jedem Schritt
vunn sällem Gras unn weißem Klee
und zerrt de Sack als schwerer mit.

Unn wie so schunn fascht nix mää sieht,
do heert sie erscht mit Grase uff.
Ach, was se for e Schrecke grieht!
„Oh, Gott!" saat se vegälschdert druff.

Die Aue ärren in die Quer:
Vehext is alles um se rum.
Wo kummt de schwache Schimmer her?
Des Licht is aus rer Hehl rauskumm.

Sie geht eninn unn immer zu
unn kummt ins Schloß im Kaiserberg.
De Kaiser Rotbart sieht se ruh',
unn vor em kniet e klääner Zwerg.

De Kaiser isses! Allemol!
Well Lautrer hett den nätt gekennt!
Ehr Herz, däß klobbt vor Frääd wie doll!
Jetzt awwer uff ne zugerennt!

Beim erschde Schritt – wie schad, wie lääd –
de Zwerg wärd wach unn guckt aa schunn.
Do is mit ääm die Herrlichkäät,
de Kaiser unn de Zwerg verschwunn.

O jä, was is dann nor bassiert?
Kää Raach, kää Fauche unn kää Knall. –
Lang hat sich's Frääche nätt geriehrt
unn nor de Sack ganz feschtgehall.

De schwere Sack zum Kobb geschob;
unn noch e ganz veschäächter Blick;
de Rock e bißje hochgehob
unn dabber in die Stadt zerick. –

Was war's?: Ei, wo se vorhin steht
unn sich scheinbar dorthi(n) veärrt,
hat se uff so e Kraut getret,
däß wo de Sinn unn Geischt vewärrt.

Sell Kraut, däß wachst schunn lang
nimmi.
Die Leit hann's Errkraut, glaab, genennt.
Vunn eich hat's sicher känns gesieh.
ich mecht gärn wisse, wer's noch kennt.

Das Irrkraut oder die Irrwurz spielte in den abergläubischen Vorstellungen der Bevölkerung eine gewisse Rolle. Nach einem weit verbreiteten Glauben kam jeder, der auf die geheimnisvolle Wurzel trat, vom Weg ab, verirrte sich und fand nicht mehr zurück. Gelegentlich wurde das Irrkraut auch als der Farn gedeutet, der an abseitigen Stellen im Wald wächst. Wer einmal auf das Irrkraut getreten war, konnte seinen Weg angeblich wieder finden, wenn er die Schuhe auszog und barfuß weiterlief.

Ebenso wurden manche kriegerischen Ereignisse in unserer Region mit der Gestalt des großen Kaisers verknüpft, der zeitlebens in langwierige Kämpfe verwickelt war und auf dem dritten Kreuzzug den Tod fand. Nach einer hiesigen Überlieferung liegt in einem Gewölbe unter der Barbarossaburg in Kaiserslautern das Skelett eines Pferdes. Von ihm berichtet die Sage

DAS TOTE PFERD IM UNTERIRDISCHEN GEWÖLBE

„Im Dreißigjährigen Krieg war es, als Kroaten von Norden her die Mauern der Stadt sprengten und raubend und plündernd in die Gassen eindrangen. Auf dem Gelände der Kaiserburg wurde erbittert gerungen. Ein Soldat wurde auch schwer getroffen. Er wankte hinab in einen der unterirdischen Gänge, wo er seitab sein Leben verblutete. Doch sein Pferd war ihm gefolgt, auch nicht von ihm gewichen, als er sich nicht mehr rühren konnte. Die Treue hielt es bei dem Toten fest. Dann aber ermattete es, sank um und legte seinen Leichnam zu dem anderen."

In wohl späterer Zeit wurde ein junger Krieger durch die Begegnung mit dem mitternächtlichen Umzug an Barbarossas Todestag ermutigt, einen aussichtslosen Kampf fortzuführen. Viktor Carl bringt dazu in seiner umfangreichen Sammlung „Pfälzer Sagen und Legenden" (Edenkoben 2000) die traumhafte Episode

DER STRAFENDE BLICK DES HAUPTES

„Draußen standen sie und wehrten mit ihren Leibern den anstürmenden Feind: Junge und Alte, Arbeiter und Bauern, wer nennt sie alle? Sie trieben den Gegner zurück. Der Abend brach herein. Ein junger Krieger schlief vor Ermattung ein. Da suchte ihn der Teufel heim. Holde Bilder von der Heimat, von der Braut gaukelte der Böse ihm vor.

Der Jüngling erlag. Der Dämon trug ihn zurück in seine Heimat. Über Kaiserslautern wurde der Satan müde. In einer engen Gasse der Stadt rasteten sie. Die Stiftskirche kündete die zwölfte Stunde. Ein Geisterzug nahte. Riesen trugen das Haupt Barbarossas, Zwerge beschützten es. Den Flüchtling traf ein strafender Blick des Hauptes. Er wandte sich vom Verführer ab. Aufheulend entfloh der Teufel. Geister hoben den jungen Krieger auf ein schattenhaftes Pferd. Zurück ging es zum blutigen Streit."

Die Erzählungen, in denen Barbarossa im wahrsten Sinn des Wortes als „Geist des Ortes" auftritt, enthalten das Bild, das sich die städtische und ländliche Bevölkerung von ihm machte. Der Herrscher wird als Vater des Volkes in einer ungewöhnlichen Situation oder einer beispielhaften Handlung geschildert. Das geschichtliche Ereignis erhält dabei einen unfaßbaren und unbegreiflichen Hintergrund. Gleichzeitig werden die hiesigen Menschen in der Begegnung mit dem Kaiser aus ihrem gewöhnlichen Leben herausgehoben, verwandelt sich alltägliches Geschehen in eine bedeutsame Geschichte.

Der Kaiserberg in Lautern

„Um diese Zeit floh eine fromme Frau mit Namen Lutrina ..."

ALT-LAUTERN IN PHANTASIEVOLLEN GESCHICHTEN

Die Anfänge der Stadt liegen naturgemäß in Dunkeln. In den Chroniken ist die Rede von einer vorgeschichtlichen Wohnstätte im Bereich des Grübentälchens und einer römischen Siedlung in der Gegend der heutigen Stiftskirche. In den folgenden Jahrhunderten zogen die Hunnen und nach ihnen die Ungarn auf dem Weg nach Lothringen durch die Kaiserslauterer Senke. Dabei zerstörten sie auch den Königshof Lutra, der unter den Merowingern gegründet wurde und auf dem jetzigen Altenhof lag. Aus dem Gehöft, dem Mittelpunkt eines großen Königswaldes, entstand allmählich das Dorf Lautern. Eine vom Volksmund überlieferte Erzählung, die Friedrich Wilhelm Hebel in seinem Buch „Pfälzische Sagen" (Kaiserslautern 1906) wiedergibt, nimmt einige dieser historischen Elemente auf und schmückt sie phantasievoll aus.

DIE ENTSTEHUNG VON KAISERSLAUTERN

„Kaiserslautern, das zum ersten Mal im 9. Jahrhundert genannt wird und seine größere Wichtigkeit dem edlen und mächtigen Hohenstaufen Friedrich I. verdankt, soll einer der urältesten Plätze der Pfalz sein. Nach einer alten Chronik hat Julius Cäsar die Stadt erbaut, die aber nachmals von dem Hunnenkönig Attila wieder zerstört wurde.

Eine andere Sage weiß zu berichten, daß während der Christenverfolgung unter Diokletian und Maximilian zu Trier 20 000 Menschen den Märtyrertod starben, wodurch das Wasser der Mosel sechs Meilen Wegs von ihrem Blute gefärbt war. Viel Volk drang deshalb in die Wüste und Öde, um sich zu verbergen. Zu dieser Zeit floh eine fromme Frau mit Namen Lutrina aus dem edlen Geschlechte der Assyrer, welche Trier erbaut hatten, mit ihrem Hofgesinde in die Wälder. Als sie lange umhergeirrt waren, fanden sie zuletzt in einer von einem Einsiedler bewohnten Wildnis – die Stelle heißt jetzt noch Einsiedel – einen Ort, wo sie sich eine Wohnung errichteten, die sie Lutrea (Lautern) nannten."

Von 1152 an ließ Friedrich I. gegenüber dem Altenhof am Hochufer der Lauter eine Kaiserpfalz für seine Hofhaltung erbauen. 1269 feierte Richard von Cornwall, ein deutscher König, in Lautern seine Hochzeit mit Beatrix von Falkenburg. 1276 verlieh König Rudolf von Habsburg der Siedlung das Stadtrecht und erteilte ihr die Reichsfreiheit. Wenige Jahre später begannen die Bürger mit dem Bau der Stiftskirche. Das Gotteshaus ist das einzige Bauwerk der Pfalz aus der klassischen Zeit der Gotik. Es handelt sich um eine Hallenkirche mit langgestrecktem Chor, der genau nach Osten gerichtet ist, während der übrige Bau den Bodenverhältnissen angepaßt wurde. Das Langhaus stammt aus der ersten Hälfte des 14. Jahrhunderts. Um den Turm rankt sich eine Sage, deren Geschehen wohl erst in späterer Zeit spielt und die gleichfalls in der Sammlung von Hebel enthalten ist.

DER BLUTSCHWITZENDE STEIN

„In Kaiserslautern wettete einer um Wein, er werde in der Geisterstunde eine brennende Laterne zum Schalloche des Glockenturms heraushängen. Damit ihm dabei nichts Schlimmes zustoße, nahm er einen schwarzen Kater in den Arm. Auf der Schneckenstiege trat ihm eine weiße Gestalt in den Weg mit den Worten: „Hättest du nicht die Ritze-Ratze, hättest du nicht die schwarze Katze, so wollt' ich dir das Weinwetten vertreiben!" Oben am Schalloche entsprang ihm die Katze und beim Abstieg kam er zu Fall und brach das Genick. An der Stelle der Turmmauer soll noch heute zum Wahrzeichen dessen ein Stein Blut schwitzen."

In Alt-Lautern spielt auch eine Geschichte, die Julius Küchler in seiner Chronik der Stadt mitteilt und die Helmuth A. Ulrich in sein Bändchen „Wo es immer noch umgeht" (Otterbach 1962) aufnahm. Darin wird die Heiligengasse oder auch Heiligenstraße erwähnt, die wohl nach einer dem Kloster Werschweiler oder dem Deutschordenshaus Einsiedel gehörenden Kapelle ihren Namen erhielt. Der ebenfalls genannte Osterturm oder Turm „hinter Ostern" war ein städtisches Gefängnis für leichte Vergehen. Die Scherbrücke führte über den Scherbach, wie die Lauter vor der Kanalisierung vom Einfluß an der Stadtmauer oberhalb der Spittelmühle bis zur Schloßbrücke am ehemaligen Lauerwoog hieß. Die Scherbrücke verband die Ober- und Unterstadt und war zudem die öffentliche Verkaufsstelle für Backwaren.

Frauen in Alt-Lautern

VOM WEIBERKRIEG IN DER HEILIGENGASSE

„Von der Marktstraße in Kaiserslautern führt heute noch ein schmales Gäßchen gen Norden, zu allen Zeiten die Heiligengasse genannt. Damals wohnte da Hannes Braun und seine Familie und ihm gegenüber in ebenso niederem Haus Matthes Haberkorn. Dessen Frau aber wurde von der Braunin ob ihres wenig gepflegten Aussehens eine Hexe genannt, was diese prompt in derselben Weise erwiderte. Man schrie es von Fenster zu Fenster über die enge Gasse, und so erfuhren es alle in der Nachbarschaft.

Hexen unter sich zu haben war auch damals nicht angenehm. Dem Rat der Stadt aber wurde der Streit bekannt. Er versuchte Ordnung zu schaffen, zumal es in jener sonst so friedlichen Gasse jetzt gar Raufhändel gab und Hannes Braun seiner Ehehälfte und Matthes Haberkorn seinem Weib beistand. Man sperrte alle vier in den Turm „hinter Ostern" in zwei getrennte Kammern. Am nächsten Morgen standen die beiden Frauen mit Lasterkragen um den Hals vor der Stiftskirche, und Hannes und Matthes machten im Schnappkorb mit dem Wasser der Lauter an der Scherbrücke Bekanntschaft. Die Buben hatten ihren Spaß dabei.

Wer aber glaubte, der Friede in der Heiligengasse sei damit wieder herbeigeführt gewesen, der irrt. Sie riefen sich erneut Schimpfnamen zu und lebten einander zum Trotz. Bürgermeister Lindenmeyer ordnete an, daß die Streithähne miteinander in die kleinste Kammer des Knappenturmes einzusperren seien. Dort sollten sie so lange bleiben, bis sie alle Bosheit von sich geschleudert hatten. Nach 24 Stunden schon gaben sie dem Turmwächter Nachricht, sie hätten allen Streit zwischen sich begraben."

Seit dem 16. Jahrhundert zeigte das malerische Stadtbild 18 stolze Türme und ein stattliches Rathaus. Die Häuser der Bürger bestanden aus Fachwerk, die Kirchen und Klöster waren aus gehauenen Steinen errichtet. 1569 kam Pfalzgraf Johann Casimir nach Lautern und baute hier sein Schloß; die Stadt war fortan Residenz eines kleinen Fürstentums. Der Rest der Pfalzgrafenburg mit dem Casimirsaal dient heute der Stadt gelegentlich als „Gute Stube" bei besonderen Anlässen. Im Dreißigjährigen Krieg besetzten 1621 die kaiserlichen Truppen die Stadt, die zehn Jahre später den Schweden weichen mußten. 1635 wurde Lautern erneut von den Kaiserlichen unter Gallas und Hatzfeld nach vierwöchiger Belagerung erstürmt. Die Kroaten machten das schwedische „gelbe Regiment" nieder und richteten auch unter der Bevölkerung ein großes Blutbad an. Von dem furchtbaren Gemetzel soll die Jammerhalde bei Dansenberg ihren Namen bekommen haben. In einem alten Geschichtswerk heißt es dazu: „Gemahnt sie nicht an die jammervolle Zeit Deutschlands in dem männermordenden Dreißigjährigen Kriege? Hier wurde nämlich nach der am 17. Juli 1635 mit stürmender Hand durch die Kaiserlichen erfolgten Einnahme der Stadt ein Trupp Schweden zusammengehauen." Eine örtliche Sage läßt dagegen den Namen erst anderthalb Jahrhunderte später entstehen. In der Zwischenzeit besetzten die Franzosen 1688 die Stadt, im Verlauf des Spanischen Erbfolgekrieges zerstörten sie 1703 einen Großteil des Schlosses und den Rest der Kaiserpfalz. 1793 fand um Kaiserslautern die erste Schlacht zwischen den Preußen und der Revolutionsarmee statt, der vom Januar bis März des

Die Stiftskirche

folgenden Jahres eine strenge französische Besatzung folgte. Darüber berichtet bei Hebel die Sage

JAMMERHALDE UND HAHNENFALZ

„Das Jahr 1793 war für die Bürger von Kaiserslautern eine Zeit des Jammers. Schrecklich gestaltete sich der Winter, der mit Recht als der Plünderwinter bezeichnet wird. Nichts war mehr sicher vor den beutegierigen Franzosen, keine Habe und kein Eigentum, ja selbst das Leben nicht. Da taten sich einige Familien zusammen und flüchteten mit allem, was sie mitnehmen konnten, in den Dansenberger Wald, wo sie in einer Höhle wohnten. Um nicht zu verhungern, hatten sie allerlei Nahrungsmittel, darunter einige Hähne an sich genommen.

Doch es dauerte nicht lange, so kamen die Plünderer und durchsuchten den Wald nach den Flüchtigen. Bald fanden sie ihre Spur; denn die Hähne fingen an zu krähen und ließen sich durch nichts ruhig bringen. Man wollte sie doch nicht alle gleich töten. Die Franzosen gingen dem Schalle nach, die Hähne krähten immer weiter und die Bürger lebten in der größten Angst. Endlich drangen die Feinde in die Höhle ein, betäubten die Flüchtlinge und nahmen ihnen noch oberdrein das Leben.

Von der Zeit an heißt der Wald Jammerhalde, ein angrenzendes Gebiet trägt den Namen Hahnenfalz bis heute. Beide liegen an der Pirmasenser Straße kurz vor der Roten Hohl. Die Leute erzählen, in dem Wald höre man alle sieben Jahre ein großes Jammern."

Armut und Not hielten in der Stadt noch einige Jahre an, zumal das Kriegsvolk ständig wechselte und Lautern immer wieder geplündert wurde. Nach der zweiten Schlacht von Kaiserslautern zogen 1794 die Österreicher ein, die zwei Jahre später wieder von den Franzosen vertrieben wurden. Vom wechselnden Schicksal der Stadt in den verschiedenen Zeitläuften erzählt der Hungerbrunnen, der nur in nassen Jahren fließt. Er liegt an einem Ausläufer des Dammberges und hat mehrere Öffnungen, aus denen in trockenen Jahren ein kalter Luftzug strömt. Luise Rösinger veröffentlichte 1936 in der Zeitschrift „Unsere Heimat" einige Sagen um Kaiserslautern, darunter auch die folgende.

DER HUNGERBRUNNEN

„Draußen vor der Stadt, wo die Wege nach Mölschbach und Waldleiningen auseinandergehen, ist der Hungerbrunnen. Aus dem Wurzelgeflecht eines starken Baumes sprudelt das Wasser hervor. Der Volksglaube weiß von dem Brunnen zu erzählen, daß man die guten und schlechten Jahre durch ihn erfahren könne; nicht jedes Jahr gibt der Hungerbrunnen Wasser. Liegt er trocken, kommen Hungerjahre; fließt sein Wasser, dann darf man mit fruchtbaren, guten Jahren rechnen."

Die französische Verwaltung brachte wohl einige Freiheiten für die Region, aber auch viel Leid durch die wiederholten Kämpfe und Requirierungen. Nach dem Vertrag von Lunéville wurde Kaiserslautern 1801 Sitz einer französischen Unterpräfektur, 1811 wurde die von Napoleon angeregte Kaiserstraße vollendet. Napoleon hatte bei seinem Feldzug gegen Rußland auch viele Pfälzer zu seinen Truppen eingezogen, die auf dem Schlachtfeld starben oder schwerverletzt und todkrank heimkehrten. An die vielen Opfer dieses Krieges erinnert ein Denkmal, das auf dem „alten Friedhof" errichtet wurde. Luise Rösinger bringt dazu die Geschichte

DER TEUFEL AM FRANZOSENSTEIN

„Bei einem Schoppen Wein prahlten junge Leute mit ihrem Mut. Ihr Wortgeplänkel kannte keine Grenzen und einer unter ihnen trat besonders hervor und wollte seinen Mut mit einer Wette bezahlen. Zur mitternächtlichen Stunde wollte er um den Franzosenstein auf dem alten Friedhof laufen und die Worte ausrufen: Wenns ein Herrgott gibt, dann soll er kumme; wenns ein Teufel gibt, dann soll er brumme. Zur festgesetzten Stunde hatte sich der Mutige auf dem Friedhof eingefunden und Glock zwölf Uhr lief er um den Franzosenstein und rief aus: Wenns ein Herrgott gibt, dann soll er kumme; wenns ein Teufel gibt, dann soll er brumme. Aus dem Gebüsch löste sich etwas Dunkles und unter lautem Gebrüll stürzte sich die fantastische Gestalt auf den jungen Mann. Die Uhr hatte noch nicht ausgeschlagen mit ihren zwölf dumpfen Tönen, da lag der Mutige tot am Boden. An seinem Körper zeigten sich Male, als hätte ein Feuer ihn verbrannt."

Friedhöfe eignen sich in besonderer Weise als Hintergrund und Schauplatz sagenhafter Geschichten. Der älteste Gottesacker in Kaiserslautern lag um die Stiftskirche. Er wurde 1677 durch den Ankauf einiger anliegender Gärten vergrößert. Der sogenannte „alte Friedhof" entstand 1835, der heutige neue Friedhof im Jahr 1874, der Waldfriedhof wurde schließlich 1912 angelegt. Auf einer dieser Begräbnisstätten spielt die folgende Geschichte, die in der Sagen-Sammlung von Ulrich zu finden ist.

DIE ALT' WEISSEN

„Man saß in Kaiserslautern in froher Runde beisammen, Männer und Frauen. Dann packte sie der Übermut einer Wette: Wer wagt es, auf dem Friedhof um Mitternacht von einem Grab ein Kreuz wegzuholen und es eine Stunde später wieder auf seinen Platz zu bringen?

Es meldete sich eine Frau, in der Stadt unter dem Namen „die alt' Weißen" bekannt. Sie hing sich um die Mitternachtsstunde ein Bettlaken um und wandelte so im Friedhof umher. Dann holte sie das Grabkreuz und trug es – o Graus! - zu jener ausgelassenen Runde. Mit der zu Ende gehenden ersten Stunde des neuen Tages kehrte sie zum Friedhof zurück und wollte das Kreuz wieder auf den Grabhügel setzen. Sie fiel aber der Länge nach darüber und – war tot. Erst am kommenden Morgen fand man sie. Das weiße Laken deckte ihre Schuld."

„Aber beim dritten Umgang erlosch das Licht"

RÄUBERISCHE RITTER UND GEHEIMNISVOLLE ZWERGE AUF DEM BEILSTEIN

Der seltsame Fels hat einen breiten Rücken und eine scharfe Kante an der Seite gegenüber. Er steht auf einer kleinen Bodenerhebung mitten im Wald östlich von Kaiserslautern und südlich der B 37 nach Hochspeyer. Die ungewöhnliche Form des senkrecht aufragenden Felsens läßt an ein altes Beil denken, so daß er in grauer Vorzeit den Namen „Bilenstein" bekam, den auch die um ihn errichtete Burg übernahm. Die heutige Ruine Beilstein liegt 313 Meter hoch unterhalb des westlichen Heiligenberges und ist auf einem Wanderweg, der in Kaiserslautern hinter der Panzerkaserne in Richtung Waldleiningen abzweigt, leicht zu erreichen.

Die Feste Beilstein entstand vermutlich nach 1152 unter Friedrich Barbarossa, der zum Schutz seiner Kaiserpfalz in Lautern und des umliegenden Reichslandes eine Reihe von Burgen errichtete und mit Dienstleuten besetzte. Der Beilstein ist kleiner als seine Kollegen Hohenecken, Wilenstein und Nanstein; er war anfänglich wohl nur

Zugang zum Beilstein

als Jagdaufenthalt gedacht. Erst 1234 erteilte nämlich König Heinrich VII. den Brüdern Gottfried und Emerich von Randeck sowie dem Merbodo von Bilenstein die Genehmigung, das „castrum Bylenstein“ auf dem Grund und Boden des Prämonstratenserklosters Lautern zu bauen.

Die kaiserlichen Vorburgen am Eingang zum Königsland hatten eigene Vögte, Verwalter und Schirmherren also, die sich nach den Burgen nannten. Die Bilensteiner gehörten zu den bekanntesten Ministerialengeschlechtern des Lauterer Raumes. Sie waren dem Kaiser und König treu ergebene Angehörige des niederen Adels. Als gegen Ende des Mittelalters die Macht und der Einfluß des Dienstadels zu schwinden begannen, mußten die Ritter ihren Lebensunterhalt auf andere Weise sichern. Einige der ehemals ehrbaren Dienstleute griffen dabei auch zu unlauteren Mitteln, sie wurden zu Strauchdieben und Straßenräubern. Von einem solchen berichtet eine Geschichte, die in Friedrich Wilhelm Hebels Sammlung „Pfälzische Sagen“ enthalten ist.

DER SCHATZ VOM BEILSTEIN

„Die Burgruine Beilstein liegt zwischen Kaiserslautern und Hochspeyer, nicht weit vom Eingang zum Heiligenberg-Tunnel. Ihre letzten Bewohner waren Raubritter und von einem erzählt man, daß er seinem Pferde die Eisen verkehrt aufschlagen ließ, um die Kaufleute zu täuschen. Er brachte viel unrecht Gut zusammen und begrub es in einem Keller. Seitdem aber die Burg in Trümmern liegt, wird der durch Mord und Totschlag erworbene Schatz von einer feurigen Kröte bewacht. Die ist groß wie ein Backofen und hat Augen so groß wie ein zinnerner Teller. Den Schatz hat sie sich bis jetzt noch nicht entreißen lassen.

Einmal versuchten zwei von Hochspeyer dort zu graben. Als es auf der Stiftskirche zu Lautern zwölf schlug, kam die Kröte gehüpft. Entsetzt eilten sie fort und sahen nur noch, wie sich das Untier über das aufgeschaufelte Loch ausbreitete. Andern Tags aber lag ein großer Felsen darauf.

Ein andermal gingen ein Bursche und ein Mädchen aus Kaiserslautern nach dem Schloß Beilstein. Sie waren nicht mehr weit von der Ruine, als der Bursche etwas zurückblieb. Da kam ein Frosch gehüpft mit einer Krone auf dem Kopfe und einem goldenen Schlüssel im Maule. Den gab er dem Mädchen und sagte ihm, es solle allein auf das Schloß gehen, dort aufschließen und sich von den Schätzen nach Herzenslust nehmen. Doch dürfe niemand etwas davon wissen. Die Jungfrau aber eilte zu dem Burschen zurück und erzählte ihm alles. Als nun beide an das Schloß kamen, hatte das Mädchen den goldenen Schlüssel verloren.“

Die Sagen vom Beilstein haben im heimatlichen Schrifttum ein vielfältiges Echo erfahren. Die von Hebel mitgeteilte Geschichte über die Schatzsuche findet sich auch in Carl Kleebergers Buch „Volkskundliches aus Fischbach in der Pfalz“ sowie in der Sammlung „Sagen um Kaiserslautern und Donnersberg“, die Leopold Reitz in der Reihe „Bayerischer Sagenhort“ herausgab. In der umfangreichen Anthologie „Pfälzer Sagen und Legenden“ von Viktor Carl trägt sie die Überschrift „Nur dem Mutigen lacht das Glück“. Helmuth A. Ulrich hat in seinem Bändchen „Wo es immer noch umgeht" die meisten Sagen über den Beilstein zusammengetragen und gibt als Quelle dafür die Überlieferung in der Familie Ulrich-Gilcher an.

Es läßt sich leider nicht mehr ausmachen, welche Burgherren des Beilstein sich im einzelnen als Unholde betätigten. Wiederholt tauchen in Urkunden Mitglieder des Geschlechtes von „Bilenstein" auf. Oft genug wurden die Bewohner der Höhenburg auch um die Anteile betrogen, die ihnen eigentlich nach dem geltenden Recht zustanden. Von solchen Vorfällen erzählt die Sage

DES BEILSTEINERS UMGANG

„In alter Zeit mußten die Kaufleute, die auf der Landstraße zureisten, in Lautern Zoll bezahlen. Etliche wollten dies umgehen und sich unbehelligt durch den Hagelgrund vorbeischmuggeln. Der Ritter von Beilstein, dem der Zoll gebührte, merkte dies und paßte im Hagelgrund am Schmelzer Graben auf. Er nahm den Schmugglern ihre Waren ab und führte sie selbst gefangen auf seine Burg. Wenn nun das Lösegeld nicht einging, so ließ er jeden einen Kopf kürzer machen. Heute noch geht zur Nachtzeit der Beilsteiner auf dem Schmelzer Graben um und trägt seinen Kopf in der Hand zur Strafe für die Grausamkeiten, die er den Kaufleuten zufügte."

Auch die Burg Bilenstein wird in alten Dokumenten mehrfach erwähnt, so 1357, 1401 und 1543. Im ausgehenden Mittelalter wurde sie wie so viele andere zerstört. Der Förster Velmann, der um 1600 eine detaillierte Beschreibung des Stiftswaldes

Der bewachte Schatz

anfertigte, stellte über die einstige Burg fest: „Der berg Beyelstein ist ein runder steinichter hübel, darauf liegt das wüst alt haus Beyelstein.“ Die einstige Pracht und Herrlichkeit waren dahin und lebten nur noch in Sagen wie der folgenden fort:

DAS RITTERFRÄULEIN VOM BEILSTEIN

„Es war bekannt, daß auf dem Beilstein ein stolzes Ritterfräulein lebt. Es lehnte aber alle Freiersleute ab. Junker Hanno wollte daher die schöne Jungfrau rauben. Er nahm zwei seiner Knechte mit und näherte sich nachts dem Schloß. Im Saal saß das Ritterfräulein, einen Geist zur rechten und einen zur linken Seite. Die Knechte ergriffen vor Angst die Flucht. Der Junker ließ sich zu Boden fallen. Nur zaghaft erhob er sich wieder. Da waren die Geister verschwunden. Der Mut kam ihm wieder. Er ergriff das Ritterfräulein und schleppte es fort zu seinem Schloß. Doch nicht lange freute er sich des Besitzes. Die Jungfer entlief ihm und nahm erneut auf dem Beilstein Wohnung. Junker Hanno eilte wieder dahin, sah aber die Geister um sie sitzen, fiel um und – war tot.“

Nach der Zerstörung der Feste und dem Aussterben der Ritter kamen die Ländereien um die Burg an die Flersheimer und 1655 schließlich in den Besitz der Kurpfalz. Eine andere Epoche begann: im Mittelpunkt der mündlichen Überlieferungen stehen nun nicht mehr einzelne Gestalten des Beilstein, sondern das ehemalige Schloß und die jetzige Ruine. Der frühere Reichtum weckte natürlich den Neid und die Begier der

Der Beilstein

Bewohner in den umliegenden Ortschaften. Ein Mann, der den Eingang zu dem versunkenen Schloß fand und in die weiten unterirdischen Räume eintrat, entdeckte eine schwere und mit Eisen beschlagene Kiste. Als er den Deckel öffnete, saßen drei Katzen mit funkelnden Augen darin, die ihn von seinem Vorhaben abhielten. Ein solches Tier spielt außerdem in der folgenden Geschichte eine Rolle.

JÄGER UND WILDKATZE AM BEILSTEIN

„Ein Jäger kam auf seinem Pirschgang zum Beilstein. Auf dem Felsen saß eine Wildkatze, die einem Vogel auflauerte. Der Jäger schlich um den Felsen, um die Wildkatze besser schießen zu können. Sie bemerkte ihn und sprang über den Felsen hinab. Der Jäger eilte ihr nach, trat fehl und stürzte sich tot. Die Waldkatze war verschwunden."

Der Beilstein, der wahrscheinlich bei einem Rachefeldzug des Ritters Wilhelm von Lützelstein gebrandschatzt wurde, verfiel allmählich. Die Mauern wurden niedergerissen und die noch brauchbaren Steine auf andere Weise verwendet. Im Lauf der Zeit drang der Wald wieder auf dem Gelände der Burg vor. Die Wurzeln der Bäume sprengten das Gemäuer, mancherlei Pflanzen überwucherten die Anlage. Im Bewußtsein des Volkes aber war der Beilstein nach wie vor vorhanden. In der nahen Stadt beschäftigte er weiter die Gedanken und Gespräche der Menschen.

DIE WETTE AM BEILSTEIN

„Am Beilstein war es nie recht geheuer. Einmal saßen in einer Wirtschaft zu Lautern einige Männer beisammen. Der Wein hatte ihre Köpfe feurig gemacht. Einer von ihnen wollte gar eine brennende Fackel nächtens ums Beilsteiner Schloß tragen, ohne daß diese erlösche. Man glaubte ihm nicht. Da wettete er und eilte in die Nacht hinaus. Die andern folgten ihm. Er trug tatsächlich eine brennende Fackel ums Schloß. Aber beim dritten Umgang erlosch das Licht, und der Mann fielt tot um."

Noch in der ersten Hälfte des vorigen Jahrhunderts waren von der ehemaligen Feste nur geringe Überreste zu sehen. Ihnen ließ sich entnehmen, daß auf dem Felsen eine kleinere obere Burg bestand. Am Fuß des Felsens erstreckte sich ringsum eine untere Burg, wie aus den zahlreichen Balkenlöchern an den Seiten des Hauptfelsens zu schließen war. Was die äußere Begrenzung des unteren Teiles anlangte, so bot die Form der Abflachung des Burghügels ungefähre Hinweise. Während es für eine Ringmauer bestimmte Anhaltspunkte gab, gehörte jedoch die Vorstellung von einem unsichtbaren Stollen mehr der Sage an.

DER UNTERIRDISCHE GANG AUF BEILSTEIN

„Eine Holzsammlerin aus Lautern kam auch in den Wald um den Beilstein. Sie trug bündelweise dürres Holz zusammen und hatte nun ein letztes Bündel gesammelt. Da stand bei ihrem Wägelchen ein Zwerg und sprach mit leiser Stimme: ‚Sieh hin zum Schloß!' Sie tat, wie der Zwerg befahl, stand aber dann mit einmal vor einem unterirdischen Gang. ‚Geh hindurch!' rief der Zwerg. Sie lief entlang und kam am Kaiserberg heraus."

Die interessante Burgruine, die eine ganze Zeit weitgehend unbeachtet und vergessen blieb, erwachte allmählich aus ihrem jahrhundertelangen Schlaf. Im Herbst 1957 begannen unter der Leitung des Burgenforschers Lorenz Eckrich vom Mathematisch-Naturwissenschaftlichen Gymnasium Kaiserslautern und unter der Aufsicht des Bezirkskonservators Dr. Karlwerner Kaiser vom Historischen Museum der Pfalz zielgerichtete Ausgrabungen. Die Arbeiten, die von den Lehrern und Schülern des Gymnasiums in ihrer Freizeit ehrenamtlich durchgeführt wurden, führten zu bemerkenswerten Ergebnissen. Sie förderten erstaunliche Einzelheiten über die erste und zweite Burganlage, den Bergfried, den Palas und die Gebäude um den Hof zutage. Was lange Zeit der Phantasie und der Sage vorbehalten war, nahm nun wieder greifbare Gestalt und unmittelbare Wirklichkeit an.

Der Reiter ohne Kopf

„... wo Truhe und Knecht begraben liegen“

DER JUNKER UND DER SCHATZ VON HOHENECKEN

Es war im Jahr 1525. Wie überall erhoben sich auch in der Pfalz die notleidenden Bauern gegen ihre Herren, von denen sie sich unterdrückt fühlten. Die aufrührerischen Scharen, Kolbenhaufen genannt, zogen von einem Schloß zum anderen, plünderten und brandschatzten die Gebäude, vertrieben oder erschlugen die Bewohner. Ebenso wurde die Burg Hohenecken, die keinen Widerstand leistete, von den Aufständischen eingenommen und beschädigt. Als sich der Kurfürst Ludwig V. mit seinen Truppen näherte, räumten die Bauern die Burg und steckten sie in Brand. An dem Platz, an dem heute die Rochuskirche steht, sollen die Aufrührer vollständig entwaffnet und aufgerieben worden sein.

An die Ereignisse jener Zeit erinnern westlich vom Hohenecker Berg noch das Kolbental und der Kolbenwoog, die wohl nach den Bauernscharen benannt wurden. Außerdem hat sich die Sage des Stoffes angenommen und dazu in der mündlichen Überlieferung des Volkes einige spannende Erzählungen hervorgebracht. Die andere Sage des Ortes, die tragische Geschichte des Burgfräuleins und ihre literarischen Zeugnisse werden im nächsten Kapitel vorgestellt. Ebenso die rührende Episode von den beiden Liebenden Clara und Clairant, die während der Französischen Revolution in

Burg Hohenecken

einer Waldhütte bei Hohenecken Zuflucht fanden. Die Sagen, von denen hier die Rede sein soll, handeln dagegen von Rittern und Knechten, von der Burg und einem vergrabenen Schatz. Die Burg Hohenecken, Ende des 12. Jahrhunderts erbaut, war einst eine der eindrucksvollsten befestigten Anlagen der Hohenstauferzeit. Sie diente wie der Beilstein und der Wilenstein zur Sicherung der Durchgangsstraße im Westrich und der Kaiserpfalz in Lautern. Nach dem Sprachforscher Prof. Ernst Christmann wurde mit dem Namen „Hohe Ecke" eine spitz vorspringende, steil abfallende Bergnase bezeichnet. Der Name änderte sich von Honecken (1212), Honegken (1234) über Hohenecke (1337), Hoenecken (1387) zu Hoheneck (1481) und Hohenecken (1600). Die Burg wurde zu Beginn des 13. Jahrhunderts an einen Ministerialen aus Kaiserslautern verliehen, an einen Angehörigen des Dienstadels, der sich fortan „von Hohenecken" nannte. Die Hohenecker zählten neben anderen Ministerialen später zur Reichsritterschaft, die sich im 15. und 16. Jahrhundert als eine feste Vereinigung herausbildete. Das Geschlecht derer von Hohenecken existierte noch bis zum Ende des 18. Jahrhunderts. Ihr Schloß, von dem heute nur noch Ruinen zu sehen sind, diente ihnen lange Zeit als Wohnsitz.

Um die Burg, ein von dem Palast zu Lautern abhängiges Reichslehen, entstand durch Rodungen die Herrschaft Hohenecken. Neben dem gleichnamigen Dorf unterhalb der Reichsburg gehörten auch Erfenbach, Espensteig, Siegelbach und Stockborn sowie einige Mühlen und Höfe dazu. Bereits im 14. Jahrhundert konnten der Mainzer Erzbischof und die Kurpfalz Anteile an der Herrschaft erwerben, schon im Jahrhundert darauf mußten die Herren von Hohenecken den vierten Teil ihrer Burg an den pfälzischen Kurfürsten abtreten. Die Herrschaft Hohenecken bestand indes bis ins 17. Jahrhundert. Kirchlich gehörte die Burg im Mittelalter zu Erfenbach. Von 1237 an wurde die Schloßkapelle von den Prämonstratensern des Klosters zu Lautern versehen. Nach der Reformation gehörte Hohenecken dem neuen Bekenntnis an, während die Herren von Hohenecken katholisch blieben. Dieser Gegensatz führte zu dem Konflikt in der folgenden Geschichte, die vormals der Hauptlehrer Messemer aus dem Dorf mitteilte. Prof. M. Beinzer veröffentlichte sie 1922 in der Beilage zum „Pfälzer Volksboten" und „Westricher Tageblatt".

SAGE VOM HOHENECKER SCHATZ

„Auf Burg Hohenecken saß einst ein Ritter, der war sehr reich; er hatte eine ganze Truhe voll güldener Dukaten. Zu seiner Zeit aber kam Krieg und Aufruhr ins Land. Von den Gauen überm Reichswald her kamen aufrührerische Bauern gezogen, man hieß sie Kolbenhaufen. Die hatten es auf die Hohenecker Burg abgesehen, nicht bloß des lockenden Reichtums des Hoheneckers wegen, sondern auch um seiner Treue für die katholische Kirche willen, in der er jede Parteinahme für den Franz von Sickingen und den Mönch von Wittenberg abgelehnt hatte. Es hatte aber der Hohenecker Wind von den Plänen der Bauern bekommen, weshalb er seine Schätze in Sicherheit zu bringen versuchte. Bei Nacht und Nebel belud er einen Knecht mit seiner Goldtruhe und ließ diese in seinen Wald oberhalb der Retzendell tragen. Nachdem der Knecht noch eine tiefe Grube für den Schatz ausgeworfen hatte, ward er von seinem Herrn, der den einzigen Mitwisser seines Geheimnisses sich vom Halse schaffen wollte, erschlagen und neben der Truhe im Walde verscharrt. Für seinen Frevel aber muß der Ritter im Tode büßen. Er geht nun in der Retzendelle um und findet nicht früher eine Erlösung, als bis einst ein Priester mit dem Allerheiligsten und mit Meßdienern an die Stelle kommt, wo Truhe und Knecht begraben liegen. Mit der Erlösung des ruhelos Geisternden ist auch die Möglichkeit, den verborgenen Schatz zu heben, verbunden."

Die in der Sage genannte Retzendell lag auf der Höhe des Burgberges in dem Waldabschnitt „Schloßäcker", die sich in südwestlicher Richtung gegen Dansenberg hin erstreckte. In dieser Delle oder Mulde entsprang einst der Retzenbrunnen, der heute leider schon nach kurzem Lauf wieder versiegt. Früher versorgte die Quelle die Bewohner der Burg mit dem Wasser, das zur Flachsröste benötigt wurde. Das Wort Retz, das aus dem alemannischen Retse kommt, bedeutet nämlich Flachsröste. Das mittelhochdeutsche Verb „roezen, roetzen" meint „faul werden, faul machen", und klingt noch in verrotten an. In der Westricher Mundart sagt man, Flachs oder Hanf werde gerezt, in der Vorderpfalz heißt es dagegen gerozt.

Die Bauern erhoben sich in unserer Gegend übrigens nicht nur gegen die Fürsten und Ritter, sondern bekämpften sich auch untereinander. Im Amt Lautern versammelten sich an die tausend Aufständische und zogen marodierend durch das Umland, wobei sie die Klöster Otterberg und Fischbach bei Hochspeyer plünderten. Nachdem sie in der Nordpfalz eine Niederlage erlitten hatten, rüsteten sie sich zu einem Zug gegen Lautern, zumal in der Stadt „etlich gering Buben" von der Gegenpartei waren. Die Kolbenhaufen kamen in der Nähe von Weilerbach zusammen, mußten den geplanten Feldzug jedoch abbrechen. Die Bauern des hiesigen Reichslandes fühlten sich nämlich keineswegs von ihrem Kurfürsten ausgebeutet und stellten sich deshalb den Aufrührern entgegen. Aus den Gerichten Weilerbach, Ramstein, Steinwenden und Kübelberg strömten einige hundert Mann herbei, die ihre rebellischen Brüder dazu bewegen konnten, sich dem Kurfürsten zu ergeben. So wurde auch die Hohenecker Burg wieder befreit.

Die Sage über die lokalen Ereignisse während des Bauernkrieges wurde in der Folge von verschiedenen Autoren unterschiedlich erzählt, dabei umgeformt und ausgeschmückt. Sie liegt deshalb in mehreren Fassungen vor. Heinz Friedel, der bekannte Heimatforscher und ehemalige Stadtarchivar von Kaiserslautern, veröffentlichte 1963 im Heimatkalender und kurz darauf in seiner Chronik von Hohenecken den folgenden Text:

DER VERGRABENE SCHATZ

„1525 war ein tolles Jahr. Da zogen die Bauern auf die Burgen ihrer Herren, tranken den Wein und machten die Speisekammern leer. War es gar ein Ritterschloß eines Herrn, der seine Bauern unterdrückt hatte, so setzten sie auch den „roten Hahn" aufs Dach. So kam auch eine Schar Bauern gegen das Schloß Hohenecken. Einer der Junker zerrte schnell eine Truhe voll goldener Dukaten hervor und befahl seinem Knecht, diese Geldkiste hinüber zur Hahnhalde, etwa dort, wo nun das Kreuz steht, zu schaffen. Hier mußte der Knecht ein tiefes Loch graben und der Junker senkte den Schatz hinab, schüttete dann die Grube zu und ging mit seinem Knecht zur Burg zurück. Inzwischen waren die Bauern schon in die Burg eingedrungen, plünderten in Küche und Keller und ließen sich guter Dinge sein. Unter diesen Umständen zog es der Junker vor, die Nacht nicht in der Burg zu verbringen, sondern im Walde zu übernachten. Ohne etwas dabei zu denken, ging er über den Schloßberg zu der Stelle, wo er seinen Schatz verborgen hatte. Viel schlafen konnter er nicht, und so hing er seinen Gedanken nach.

Der neue Dorfbrunnen

Da –, es knackte im Wald, ein Mensch schlich daher. Der Junker verhielt sich ganz still. Die Gestalt nahm einen Spaten von der Schulter und begann an der Stelle zu graben, wo der Schatz versteckt war. Mit dem Wort „Verräter“ stürzte sich der Junker auf den treulosen Knecht. Dieser hob den Spaten zum Schlag gegen seinen Herrn, der aber den Angriff abwehren konnte und mit seinem Degen den Dieb tödlich verwundete. Wohl war der Junker bei der Abwehr im Recht, würden aber die aufgewiegelten Bauern die Leiche finden, so wäre es um sein Leben geschehen gewesen. So nahm er den Spaten, schaufelte ein Grab und bettete den Toten in die ungeweihte Erde. Seit dieser Zeit wurden um Mitternacht ächzende Stimmen und keuchendes Stöhnen gehört. Der Junker, obschon nicht schuldig, verschwieg jahrelang den Vorfall. Dann aber offenbarte er alles einem der frommen Franziskanerpatres vom Kloster zu Lautern. Dieser las für die Seelenruhe des Toten eine Messe und seitdem ist Stille an dem unheimlichen Ort.“

Heinz Friedel verfaßte 1962 überdies das Spiel „Die Zauberuhr – Ein Einakter aus Hoheneckens Geschichte“, dessen Manuskript im Lautrer Stadtarchiv aufbewahrt wird. In der Art einer historischen Revue bringt er Szenen aus der Vergangenheit des Ortes auf die Bühne: Ein Amerikaner besucht die Burg und trifft dort ein Mädchen in weißem Gewand, das die Zeit verkörpert. In dem Stück treten Kaiser Babarossa, Richard von Cornwall, Reinhard der Jüngere, Reinhart von Lautern, Beatrix von Falkenstein und Schultheiß Koressel auf. In einer Szene über den Bauernkrieg machen sich zwei Betrunkene aus dem Kolbenhaufen darüber lustig, daß der Burgvogt mit seiner Frau in die Stadt floh. Als die Bauern hören, daß sich kurpfälzische Reiter dem Schloß nähern, machen sie sich gleichfalls davon.

Wer war nun jener Junker von Hohenecken, von dem die Sage berichtet? Im 15. und 16. Jahrhundert dienten die Hohenecker meist als Vögte und Räte den Pfalzgrafen, den Erben des Reiches im Oberamt Lautern. Im Tagebuch des Kurfürsten Friedrich IV. ist zu lesen, daß er mit den Herren der Burg gespielt und sogar „gerauscht“ habe. Um das Jahr 1525 saß wohl ein Philipp von Hohenecken auf dem Stammschloß. Er war in erster Ehe mit Orana von Langenau, in zweiter Ehe mit einer Tochter von Henrich von Lindenfels verheiratet. Es könnte jedoch auch ein weiterer Philipp von Hohenecken gewesen sein, vermutlich der Sohn des ersteren, der sich 1505 mit Anna Düringerin von Püttlingen vermählte und 1528 starb.

Die Horrorgeschichte aus dem Bauernkrieg spielt natürlich auch in den Sagensammlungen eine wesentliche Rolle. Helmuth A. Ulrich bringt sie in seinem Bändchen „Wo es immer noch umgeht“ (Otterbach 1962); er beruft sich auf eine mündliche Überlieferung aus dem Dorf und erzählt die Fabel so:

DER VERGRABENE SCHATZ

„In jenem unruhigen Jahr 1525 zogen die Bauern auch hinauf nach der Burg Hohenecken. Der Junker hatte jedoch zuvor Kunde davon erhalten. Eine Truhe voll goldener Dukaten schleppte er mit einem seiner Knechte zur Hahnhalde unweit des Schlosses. Der Knecht schaufelte ein Loch, und beide versenkten darin den Schatz. In der Burg aber hausten plündernde Bauern. Jener Ritter verbrachte die Nacht im Wald in der Nähe, da er die Truhe vergraben hatte. Seine müden Augen fanden keinen Schlaf.

Um Mitternacht knackte es in den Ästen in seiner Nähe. Er hörte einen Mann stapfen. Sollte es einer der Bauern sein, der müde und trunken heimwärts zog? Nein! Die Schritte näherten sich der Stelle, da der Schatz verborgen lag. Aha, es war der treulose Knecht! Er begann zu graben. Der Junker stürzte sich auf ihn und rief: ‚Du Schuft!‘ Er wehrte sich; aber der Ritter stach ihm den Degen ins Herz. Dann schaufelte er daneben ein Loch und legte den Leichnam hinein. Von der Zeit an wurde auf der Hahenhalde nächtens Stöhnen und Klagen gehört.“

Viktor Carl übernimmt diesen Text mit einer geringfügigen Änderung in seine „Pfälzer Sagen“(1967) und in sein großes Sammelwerk „Pfälzer Sagen und Legenden“(Edenkoben 2000). Carl liefert zudem noch eine erweiterte Variation des Stoffes unter der Überschrift

DER MITWISSER BISS INS GRAS

„Im Bauernkrieg war’s. Auf der Feste Hohenecken wohnte ein gutbetuchter Ritter, dem es sehr auf Mehrung seines Reichtums ankam. Seine Untergebenen mußten fronen wie bei keinem anderen Herrn. Ohne Mitleid jagte er seine Knechte mit der Peitsche zur Arbeit. Des Nachts stand er auf seinem Burgfried und schaute in die Lande; er fühlte, daß sich irgendwo ein Gewitter zusammenbraute, das über ihn kommen würde.

So war es auch. Eines Nachts rückten sie heran. Der Ritter auf dem Turm hörte sie zuerst. Er schlug Alarm, und die Besatzung eilte zu den Waffen. Er schnappte sich einen Knecht am Kragen und befahl ihm zu folgen. Im Rittersaal hoben beide die Schatztruhe und schleppten sie über die Zugbrücke hinaus in den dunklen Wald. Nach einer Weile kehrte der Ritter zurück, ohne den Knecht. Er murmelte in den Bart: ‚Niemand außer mir weiß, wo der Schatz liegt!‘ Die Wächter an der Brücke schreckten zurück, als sie das Gesicht des Ritters und seine blutigen Kleider sahen. Das letzte Wort des Knechtes wollte dem Ritter nicht aus dem Kopfe: ‚Fluch dir, Junker von Hohenecken!‘ Was soll’s, sagte sich der Ritter, ich werde auch darüber hinwegkommen.

Er schaffte es nicht mehr, denn die Bauern stürmten die Burg, steckten sie in Brand und starben dann, denn Kurfürst Ludwig V. von der Pfalz kam zwar zur Rettung der Burg zu spät, die Bauern entwichen ihm aber nicht. Gnadenlos, bis zum letzten wurden die Bauern in der Burg und im Vorfeld niedergemacht. Droben auf seinem Burgfried inmitten des Flammenmeeres starb der Junker von Hohenecken. Ruhe hat er aber bis heute nicht gefunden, denn in mondhellen Nächten ist er oberhalb der Retzendell unterwegs, und der ermordete Knecht ruft in die schweigende Nacht: „Fluch dir, Junker von Hohenecken!“

Schließlich hat Ludwig Frölich in seinem Mundartbuch „Plaudere wie in Lautere“(Otterbach 1980) ebenfalls in einem längeren Gedicht „Der vunn Hohenecke“ an die Sagengestalt des Ritters erinnert.

„Ihr Pfeil sitzt im Herzen“

DIE TRAGISCHE LIEBESGESCHICHTE DES FRÄULEINS VON HOHENECKEN

Die Herren von Hohenecken waren namhafte Ministeriale; das Geschlecht brachte bedeutende Persönlichkeiten hervor, darunter einen Bischof von Worms und einen Reichsschultheiß. Zu Füßen der Feste entstand das Dorf, ringsum erstreckte sich die Herrschaft gleichen Namens. Nach einer Erstürmung im Bauernkrieg von 1525 wurde das Schloß 1689 von den Franzosen erstürmt und ist seitdem Ruine. In den letzten Jahren gab es verschiedene Versuche, die Anlage, die zu den bemerkenswertesten rheinischen Burgen der Hohenstufenzeit zählt, zu sanieren und zu erhalten.

Um das ehrwürdige Gemäuer rankt sich eine bewegende Sage: Das Burgfräulein Hildegard von Hohenecken hatte sich einst mit dem Junker Nibling von Flörsheim verlobt, der auf Burg Wilenstein im Karlstal wohnte. Sie ließ sich eines Tages von

Das Burgfräulein und die Wahrsagerin

einer alten Waldfrau wahrsagen, die ihr offenbarte, ihr Geliebter werde von einem Pfeil aus ihrem eigenen Köcher getötet. Hildegard hielt das für loses Geschwätz, erlegte aber kurz darauf einen Raubvogel, den sie jedoch im Dickicht nicht finden konnte. Ein Nebenbuhler des Flörsheimers entdeckte die Beute, zog den Pfeil heraus und erschoß damit seinen Rivalen. Die Jungfrau machte danach eine fromme Stiftung für das Kloster Enkenbach und ließ auf der Stelle, an der ihr Bräutigam gefallen war, eine Kapelle erbauen.

Die rührende Geschichte ist als Sage weit verbreitet und hat auch in der Literatur zahlreiche Bearbeitungen in Vers und Prosa erfahren. 1794 veröffentlichte der Schriftsteller August Heinrich Julius Lafontaine seinen Roman „Clara du Plessis und Clairant", der innerhalb kurzer Zeit vier Auflagen erlebte und auch in Weimar geschätzt wurde. In diesem Bestseller von damals heißt es über die Burg:

„Schon am andern Tage besuchten die beiden Liebenden die alte verfallene Burg Hoheneck auf dem hohen Berge. Mit welchem seelenvollen Vergnügen saß Clara nicht mit Clairant zwischen den verfallenen Säulen oder stand mit ihm am Abhange, und ihr Blick schweifte in die umliegenden Täler alle ringsumher. Tief verborgen im Gesträuch saß sie jetzt da, lehnte ihre Wange an seine Brust, und Tränen rollten über ihre Wangen. Ach, hier, flüsterte sie leise, wohnten auch sonst glückliche Liebende. Ach, Clairant, daß das Leben so vergänglich ist!"

Während sich Lafontaine mit einem allgemeinen Hinweis begnügt, haben sich die Autoren in der Folge eingehend mit dem Schicksal der beiden Liebenden befaßt. Karl Geib erzählt die Geschichte ausführlich in seiner Sammlung „Die Sagen und Geschichten des Rheinlandes", die 1836 in Mannheim erschien. Die schöne Hildegard, die wie die Göttin Diana durch die Wälder streift, ist bei ihm die Tochter eines Ritters, der unter Kaiser Friedrich II. lebt. Bei dem mörderischen Nebenbuhler handelt es sich um einen Nachbarn mit Namen Meno, dessen Burg nach der Untat zerstört wird, so daß sie heute nicht mehr auszumachen ist.

Die ersten dichterischen Gestaltungen der Sage stammen von Karl Joseph Schuler und Laurian Moris. Schulers Verse sind in dem Band „Olympia" enthalten, einem Taschenbuch für die Pfalz, das 1848 in Heuchelheim herauskam. Der Schriftsteller nennt das Jahr 1521 als Zeitpunkt des Geschehens; bei ihm verkündet ein alter Mann das Unheil, als Unhold bezeichnet er den Grafen von Bilestein. Laurian Moris gab zusammen mit Friedrich Baader 1844 die Sagen der Pfalz „aus dem Munde des Volkes und der deutschen Dichter" heraus. Moris teilt die traurige Mär in einem dreiteiligen Gedicht mit zwei Dutzend Strophen mit.

Dunkel wird der Himmelsbogen,
Sterne füll'n den öden Raum,
Und die Blüthenflocken träumen
Säuselnd ihren Abendtraum.

Bange harrend des Geliebten
Sitzt noch immer Hildegard,
Finst'res Ahnen, dunkles Hoffen
Liegt auf ihrer Stirn geschaart.

Sehnend breitet sie die Arme –
Der Geliebte ist es nicht, –
Stunden schleichen träg und träger,
Immer, immer kömmt er nicht.

An der Veste unter'm Thore
Werden Männerstimmen laut,
Nieblings Namen hört sie nennen –
Und man seufzt: „die arme Braut!"

„O, er kömmt!" – sie rennt hinunter –
– Weh', ach weh' dir, Hildegard!
Niebling, ihren Pfeil im Herzen,
Liegt vor ihr entseelt, erstarrt!

Die tragische Liebesgeschichte wurde natürlich auch in den großen Pfalzbüchern des 19. Jahrhunderts erwähnt. Friedrich Blaul gibt sie 1838 in seinen „Träumen und Schäumen vom Rhein" wieder, Wilhelm Heinrich Riehl und August Becker erinnern in ihren 1857 und 1858 erschienenen Werken an die Tradition vom unglücklichen Burgfräulein. Schließlich ist die Mär auch im zweiten Band von Peter Gärtners „Geschichte der bayrisch-rheinpfälzischen Schlösser" (Speyer 1854) und im fünften Band der von C. Trog herausgegebenen Sammlung „Rheinlands Wunderhorn" (Nachdruck Atzbach 1977) enthalten. Johannes Hüll bringt in seinen „Dichtungen eines pfälzischen Poeten" 1882 gleich zwei Texte über die Volkssage. In dem Gedicht „Im Walde bei Hohenecken" schildert er einen Traum, der das Verhängnis der einheimischen Amazone in die Zeit Kaiser Barbarossas verlegt. Hüll sieht in Hildegard das „Urbild deutscher Frauen" und huldigt ihr in einem weiteren Text mit vierundzwanzig Strophen. Der Volkskundler und Heimatdichter Ludwig Schandein schuf gleichfalls zwei Fassungen des Stoffes: eine in hochdeutscher Prosa für eine wissenschaftliche Untersuchung über die Sagen der Rheinpfalz, eine in gereimter Mundart für einen Gedichtband im Westricher Dialekt.

DAS FRÄLE VUM HOHNECKER SCHLOSS

Am Brünnelche im Willewald
E' Märelche noch uf sich halt,
's dut dämm're schun un dunkle –
Un 's Buchelab dut funkle.

Mei Märelche net weirer kann,
's hot bei dem Jah' was ausgestann:
Im Wald dut sich's vererre –
Do muß m'r müd jo werre.

's is dorschterich, es erscht sich lezt,
Dernoti still es hin sich setzt;
Es is em net um's häme –
's möcht noch e' bische träme.

Un's Märelche es engelschö',
Ah engelgut, was will m'r meh?
Die Sunn will sich net ducke –
Vergesst sich schier im Gucke.

Ke' Wunner ah, wie hockt es do:
Hot Aegelcher so lichteblo,
E' schwaneweißes Häutche,
Im Bäckelche'e'Käutche.

Un ringserum e' Pracht un Stat:
Die Sunn hot Gold ins Gras gestrat,
Uf's Märelche noch mehner –
Do scheint es um so schöner.

's will häme nau', es sinkt der Dah:
Stet do en ur-uralti Fra,
Nemmt 's Hännche ihm mit Schweije
Un durem profezeije:

„Der Bolze is deim Schatz sei' Dod!"
Werd 's Mädche do ball weiß, ball rot;
Die Fra dut glei verschwinne –
Is nerjends meh se finne.

„Der dausig – denkt's – wie soll das sei'?
Was fallt dem alte Fräche ei'?
Bin wacher, du' net träme:
's is neischt! ... Ich geh als häme!"

Dieweil es so sich gehe losst,
E' Scheerhabbich nohm' Däubche stost:
Nemmt's dabber do de Bolze
Un dut e' Schuß, e stolze.

Der Habbich sterzt, es dunkelt schun,
De'Bolze sucht's – hot nix gefunn!
's kann länger net verweile –
Muß dabberche sich eile.

's is Hillegard vun Hoheneck,
's geht uf die Jagd als weitewegg,
Un jat noh gure Brore –
's war sellemol so More.

Do reit's uf seinem weiße Roß,
's bin Ritter um's e'ganze Troß;
Die dun d'r was sich butze –
Als dät's die ebbes nutze.

Der Newle nor vun Willeste'
War Ha' im Korb, der ganz alle';
's dut kener so sich basse –
Drum dun se all ihn hasse.

Der Henno war der wüscht' debei,
Der geht dem Newle als in's Gai,
Dät's Märelche net losse –
Do klugt er aus e' Bosse.

Un's Fräle is dehäm im Haus
Un guckt als die Altan enaus:
„Wo dut mei' Newle bleiwe?"
Wer mahn sei' Angscht beschreiwe?

Sei' Newle is gewönt schun lang
Un owends zu'm als maie gang:
Reit wegg dehäm bei Zeire
For häme noch se reire.

Sei' Feind dut uf der Lauer steh,
Der ballt die Fauscht un blickt die Zäh',
Er möcht sich mir em holze –
Do siet er grad den Bolze.

„Ei wie geruf, du bischt net schlecht!
O käm er jez, do käm er recht!" –
Un horch, do hört er's trappe:
Der Newle uf seim Rappe!

„Du gescht mer nimi uf das Schloß!"
Er zielt un hot em 's Herz verschoß –
„Das hoscht de vun deim Reire!" –
Der Mörder sucht das Weire. –

Un's Fräle wart, wo bleibt er nor?
Uf emol rappelts laut am Dor:
„Mei Newle!" och die Schmerze –
Sei' Bolze sieht's im Herze.

Ke' Tröschtes helft, es is verbei:
Das Fräle geht in's Kloschter glei,
Das schöne junge Märe –
For's Jahe will es bere! –

Das pfälzische Sonntagsblatt „Die Heimat" druckte 1886 eine Erzählung von M. Sandlar ab, der die Geschichte von der jungen Gräfin einleitend als „eine der schönsten Sagen des Pfälzerlandes" vorstellt. Bei ihm sind Friedrich von Flörsheim und Hanno von Wilenstein die beiden Widersacher. Im Ton einer frühen Reportage berichtet er:

„Einige Tage waren nach dem erzählten Vorfall verflossen, da ging Friedrich von Flörsheim wieder nach Hohenecken, um der geliebten Hildegard einen Besuch abzustatten. Der böse Wilensteiner hatte den Gang des Flörsheimers auskundschaftet und hielt sich nun im Walde, durch welchen der Weg führte, im Hinterhalt lauernd, verborgen. Da kam nach einiger Zeit der Flörsheimer sorglos und lebensfroh dahergegangen, nicht die große Gefahr ahnend, in der er eben schwebte. Auf Schußweite herangekommen zog unter gräßlicher Gebärde der wilde Wilensteiner die Bogensehne und – sausend schwirrte der abgeschossene vergiftete Pfeil durch das Gehölz dahin in des Flörsheimers Brust. Das Herz war getroffen und sterbend sank der kräftige Mann ohne alle Hilfe darnieder. Der Mörder ergriff nun eiligst die Flucht. Nicht im offenen Kampfe wie es eines Ritters Würde verlangt hätte, wagte es der heimtückische

Burg Hohenecken

Wilensteiner den Nebenbuhler anzugreifen, sondern aus nächtlichem Hinterhalte verübte er den Meuchelmord.“

Auch der geistliche Rat Johann Martin Jäger, der sich als Schriftsteller unter dem Pseudonym Fritz Claus einen Namen machte, äußerte sich über die arme Maid, deren Geliebter in seiner Sicht durch einen Jagdunfall umkommt. Fritz Claus veröffentlichte sein Gedicht „Das Fräulein von Hohenecken“ zunächst in der Zeitschrift „Der Pfälzerwald“ und nahm es später in seine Sammlung „Fröhlich Pfalz, Gott erhalt's“ auf:

Hussah! Hussah! – so schallt es laut.
Schnell flieht das Wild voll Schrecken,
Die Jägerin naht; die stolze Braut,
Das Fräulein von Hohenecken.

Da schwirrt der Pfeil. Getroffen – Mein!
So ruft's voll Waidmannsfreude.
Da steht neben ihr ein Mütterlein,
Zerlumpt im Bettlerkleide.

„Zerbrich den Pfeil in Deiner Hand
Das Liebste wird er Dir rauben!“ –
Laut sprach's die Alte und verschwand,
Sie lächelt. Ihr fehlt der Glauben. –

Hussah! Hussah! – So schallt es laut.
Schnell flieht das Wild voll Schrecken.
Es jagt mit dem Bräutigam die Braut,
Das Fräulein von Hohenecken.

Den Pfeil gerichtet, die Sehne gespannt!
Hussah! – Sie lachen und scherzen,
Da strauchelt ihr Fuß. Ein Zucken der Hand –
Ein Schrei! – Ihr Pfeil sitzt im Herzen.

Vergebens bricht sie in Klagen aus
In Jammern mit bleichem Munde.
Vergebens reißt sie den Pfeil heraus.
Sein Leben entflieht der Wunde.

Still lauscht das Wild. Welch' schmerzlicher Laut
Voll Kummer, Verzweiflung und Schrecken!
Beim Bräutigam jammert die armeBraut,
Das Fräulein von Hohenecken.

Um die Jahrhundertwende hielt die Zeitschrift „Pfälzische Heimatkunde“ mit zwei Beiträgen die Erinnerung an die unglückliche Jägerin und den eifersüchtigen Rivalen wach. Jakob Böshenz lieferte dazu 1906 ein Gedicht, in dem er den jungen Flörsheim in poetischer Umschreibung einen Edelfalken nennt, der von dem Geier Neithard getötet wird. Schon im folgenden Jahr war in der Zeitschrift ein weiteres Gedicht über die Liebhaberin der Jagd zu lesen, das ein Carl Pusch verfaßt hatte. Die schöne Geschichte mit dem traurigen Ausgang durfte auch nicht in den Sammlungen von pfälzischen Sagen fehlen, die im Lauf der Zeit erschienen sind. Friedrich Wilhelm Hebel nahm sie in seine grundlegende Anthologie auf, mit der er die ursprünglichen Überlieferungen zu bewahren suchte. Der Dichter Leopold Reitz publizierte in der Reihe „Bayerischer Sagenhort“ eine Auswahl der Geschichten um Kaiserslautern und Donnersberg. Der Heimatforscher Viktor Carl trug die größte Sammlung von hiesigen Sagen und Legenden zusammen. Die über tausend Texte, darunter auch der Hohenecker, liegen in einem umfangreichen Band vor.

Die Falkenjagd

Ebenso haben sich in den letzten Jahrzehnten Autoren mit dem dramatischen Ereignis befaßt. Edmund Blauth veröffentlichte 1956 im „Pfälzer Sonntag“ einen Text „Schön-Hildegard von Hoheneck“, in dem er die Sage frei nacherzählte. Die Schriftstellerin Erneste Fuhrmann-Stone, ausgezeichnet mit dem Pfalzpreis für Literatur, schrieb eine kunstvolle Novelle über den Stoff, die 1966 in der Zeitungsbeilage „Pälzer Sunndag“ abgedruckt war. Die Autorin verbindet den Ablauf der Handlung mit Zitaten aus Minneliedern des Mittelalters, schildert Vorgeschichte und Hintergrund des Geschehens. In den einleitenden Sätzen bemerkt sie über Hohenecken:

„Über dem Dorf und dem Schloßberg blaute ein klarer Märzhimmel. Schon krochen, glänzenden Käfern gleich, geschwellte Knospen im Erlengestrüpp die blanken Äste entlang. Allenthalben sammelten sich nach der Schmelze die hurtigen Wasser in Rinnen und Furchen. Häuser und Katen hockten grau nebeneinander an der lehmigen Straße, die als ein Hufeisen um den Burgberg lag. Der schmale Bergfrit ragte über den Wäldern der Schloßberghalden auf, weit umher zu schauen über alle Haine und Forsten, Hügel und Täler bis an den Himmelsrand.“

Anläßlich der 800-Jahrfeier der Gemeinde Hohenecken verfaßte Herbert Wirth ein Festspiel nach der volkstümlichen Sage. Das Stück spielt im Wald nahe der Burg und beginnt mit der Belagerung von 1525. Die Handlung springt sodann zurück in die Jahre um 1400 und mündet am Ende wieder in das ursprüngliche Geschehen. Selbstverständlich verwies auch Heinz Friedel 1964 in seiner Chronik von Hohenecken auf die Sage. Der Heimatforscher gab sie zudem mit einigen historischen Details und lokalen Hinweisen wie „Retzenbrunnen“ und „Breitenau“ wieder. In jüngster Zeit veröffentlichte der Mundartdichter Günter Speyer, der in Hohenecken lebt, den Gedichtband „Vun allerhand Leit“ (Kaiserslautern 1984), zu denen freilich auch das Ritterfräulein und seine unglückselige Geschichte gehört:

DIE FALKEJACHD

Die Hildegard vun Hohnecke
reit hääm uffs Schloß. De Dah war hääß.
Sie muß an selli Ald jetzt denke,
was hot die aus de Hand geläs?

Es dät änner vun denne Peile,
wo in ehrm ei'ne Köcher wärn,
de junge Flörsheimer ball treffe.
Debei hot se ne doch so gern.

Sie hot gelacht un wollt's net glaawe.
Was wääß dann so e aldi Fraa!
Heit hot se Jachd gemach uff Falke.
Es war e wunnerlicher Dah.

Sie zielt un trefft, doch ist der Vochel
grad wie vom Erdbodde verschwunn. –
Awei heert ma vun weitem rufe,
sie hän de Flörsheimer gefunn.

Er lebt nimmi. O Gott im Himmel!
Es war ehr Peil, des is zuviel!
Sie kummt net los von dem Gedanke,
do war doch noch e Hand im Spiel.

„Die Jungfrau sah die Krone auf ihrem Tuch liegen"

VON DEN BERGLEUTEN UND EINER SCHLANGENKÖNIGIN IN ERZHÜTTEN-WIESENTHALERHOF

Erzhütten, mit dem dazu gehörenden Wiesenthalerhof die älteste Stadtrandsiedlung von Kaiserslautern, hat seinen Namen von den Wohnhütten, die bei den dortigen Erzgruben entstanden. Bereits 1726 wurde in der Gegend eine kleine Bergmannssiedlung „Im Reichswald" gegründet, deren Bewohner das vorhandene Eisenerz abbauten. Beim Roden des Geländes hatte man festgestellt, daß der Boden rötliches Gestein aufwies: das leicht schmelzbare Raseneisenerz, aus dem man schon in frühgeschichtlicher Zeit den Bedarf an Erz gewann.

Die Erzsteine des Reichswaldes waren bis zu 25 Prozent eisenhaltig. Auf Anregung des Freiherrn Ludwig Anton von Hacke, eines Hütten- und Bergwerksbesitzers in Trippstadt, legte man in Feld und Wald Erzgruben an, woran heute noch Flurnamen wie „Am Stollen" und „Tongrub" erinnern. Der Eisensandstein wurde auf dem Rücken von Eseln oder mit Karren in die Schmelzhütten transportiert. Ein zeitgenössischer Bericht bezeichnete 1746 das Eisenwerk von Trippstadt als „berühmt", es hatte

Der seltsame Fund

demnach eine beträchtliche Produktion und benötigte viel Erz. Dies erforderte zusätzliche Arbeitskräfte, so daß um die Mitte des Jahrhunderts ein Zustrom von Bergleuten und Arbeitern in die Gegend einsetzte; hinzu kamen Hauer, Träger und Schlepper aus den umliegenden Dörfern. Als erste erhielten der Obersteiger Johann Jakob Diehl und zwei weitere Bergleute von der kurpfälzischen Hofkammer die Erlaubnis, in der Nähe des Herrenwiesentales und der Hahnbrunnhalde zum Wohnen Katen aus Lehm zu errichten und nebenbei ein wenig Landwirtschaft zu betreiben. Von Diehl ist der legendäre Wahlspruch überliefert, den er bei dem Beginn des Bergbaues im Beisein des Freiherrn von Hacke vortrug: „Die Wege zu den Schätzen dieser Erde sind nicht eben. Unsere Aufgabe ist es, aus den Stollen sie zu heben." Nachkommen der Erzgräberfamilie Diehl leben heute noch in Erzhütten und auf dem Wiesenthalerhof. Ein Nachfahre des Siedlungsgründers in der achten Generation, der Heimatforscher Ludwig Müller, verfaßte eine lebendige und lesenswerte Chronik „275 Jahre Erzhütten-Wiesenthalerhof" (Otterbach 2001).

Die Bergleute ließen sich mit ihren Angehörigen zunehmend in der Nähe ihrer Arbeitsplätze nieder und vergrößerten auf diese Weise die Ansiedlung. Als die kurpfälzische Regierung 1776 eine Zählung durchführte, ermittelte man im Bereich des nachmaligen Erzhütten 13 Familien, 11 Beisassen und 2 Witwen, insgesamt 58 Personen. Auf dem Wiesen- und Ackerland um die Wohnstätten wurden 14 Kühe und 4 Rinder gehalten. Auf der bekannten Karte des Geometers Etienne von 1785 erscheint die Siedlung noch nicht, weil sie nicht aus gemauerten Häusern, sondern nur aus Hütten bestand. Erst 1793 werden auf französischen Landkarten „maisons" (Häuser), aber kein Ortsname genannt. In einer Almosenrechnung des Jahres 1787 ist vermerkt, daß die Töchter von Michael Sprenger und Friedrich Schopper „aus dem Reichswald" jeweils ein Gesangbuch erhielten. Erst die Almosenrechnung von 1799 beurkundet, daß ein sehr kranker Mann „von der Hütten" mit 12 Kreuzern unterstützt wurde. Das Schatzungsregister des Oberamtes Lautern verzeichnet für diese Zeit, daß von einigen Einwohnern des Fleckens der Kornzehnte und der Grundbirnzehnte zu entrichten ist. Demnach wurden von den Bergleuten und Erzgräbern auch Getreide und Kartoffeln angepflanzt, mit denen sie ihr karges Einkommen verbesserten und ihre Familien ernährten. Diese landwirtschaftliche Nebentätigkeit bildet den Hintergrund für eine Sage aus dieser Gegend, die Friedrich Wilhelm Hebel in seinem „Pfälzischen Sagenbuch" (Kaiserslautern 1912) wiedergibt.

DIE SCHLANGENKÖNIGIN

„An einem heißen Tage ging ein Hütter Mädchen (Erzhütten bei Kaiserslautern) an den Vogelwoog, um zu grasen. Ihr Mieder und ihr rotes Kopftuch legte sie am Ufer nieder, damit sie besser arbeiten könne. Eine Schlangenkönigin, die im nahen Walde bei ihren Nachstellungen sich ganz rot erhitzt hatte, eilte auf den Woog zu und wollte baden. Sie legte ihre Krone auf das rote Kopftuch des Mädchens und tauchte dann im Wasser unter.

Die Jungfrau sah die Krone auf ihrem Tuch liegen, packte es zusammen und eilte rasch den Berg hinauf ihrem Dörfchen zu. Sie erreichte ihre Wohnung und schloß rasch die Tür hinter sich. Als nun die Schlangenkönigin den Raub ihrer Krone bemerkte, folgte sie den Spuren des Mädchens, kam zum Hause und sprang heftig gegen die Tür. Die fuhr krachend entzwei; aber auch die Schlange barst in mehrere Stücke. Die Jungfrau jedoch war gerettet, und die Krone blieb ihr eigen."

Die poetische Geschichte liefert genaue Ortsangaben, vor allem nennt sie den Vogelwoog als Schauplatz des Geschehens. Das Sumpfmoor unter dem 281 hohen Vogelhammerkopf ist seit 1982 ein Flächennaturdenkmal. Es entstand im Hammerbachtal durch den Zufluß vieler Quellen, die es ermöglichten, Fischweiher anzulegen. Die durch Dämme abgeteilten Wooge waren in kaiserlichem, später in kurfürstlichem Besitz. Von den einst riesigen Wasserflächen sind nur noch der Vogelwoog und der Blechhammer übrig geblieben. Andere Weiher wurden kultiviert, in Wiesen und Weiden umgewandelt. Der Vogelwoog und der westlich gelegene Schalk'sche Teich bieten mit ihrer Flora und Fauna ein einzigartiges Naturschauspiel.

Die Sage von der Schlangenkönigin fand bald eine dichterische Bearbeitung. Der Schriftsteller Leopold Reitz schrieb eine etwas ausführlichere Fassung, die in die Broschüre „Am Pfälzer Sagenquell", das Leseheft für den 3. und 4. Jahrgang der Volksschule, aufgenommen wurde.

DIE JUNGFRAU HATTE IHR LEBTAG VIEL GLÜCK

„Am hohen heißen Mittag ist ein Erzhütter Mädchen an den Vogelwoog grasen gegangen. Um leichter zu schaffen, nahm es Mieder und Kopftuch ab und legte das Zeug neben dem Wasser hin. Wie das Mädchen emsig sichelte, um ihr Grastuch bald voll Futter zu haben, kam eine Schlangenkönigin aus dem Walde um in dem Woog zu baden. Sie war ganz erhitzt und feuerrot, spürte sich von dem grellen Kopftuch angezogen und legte ihr Krönlein darauf.

Ei, ist die Jungfrau erschrocken, als sie nach dem Kopftuch greifen will und die niedliche Krone liegen sieht. Jedoch unverweilt packte sie den werten Fund mit ihrem Tuch zusammen, ließ Grasbündel Grasbündel sein und sprang heim in ihr Haus. Sie riegelte die Tür fest hinter sich zu und gab ängstlich acht, ob die Viper nachkäme.

Richtig, die Schlangenkönigin hatte des Mädchens Spur und das Häusel gefunden und kam an die verschlossene Tür. Zorngeschwollen schlug sie dawider und die Tür zerbrach. Aber auch die Schlange barst in mehrere Stücke. Der Jungfrau ging der Schrecken drei Tage lang nach, dann freute sie sich über den gewonnenen Schatz und hatte von dem Schlangenkrönlein ihr Lebtag viel Glück."

Die Schlange spielt in der Welt der Sagen von alters her eine große Rolle. Die Krone der Schlange, die man am Johannistag um die Mittagsstunde erlangen kann, verleiht nach dem „Handbuch des deutschen Aberglaubens" magische Kräfte. Sie bringt Glück, Wohlstand und Kindersegen, macht den Besitzer unsichtbar und unsterblich. Nachdem die Krone vor allem Reichtum verschafft, sind die Menschen besonders darauf bedacht, dem Tier das Schmuckstück zu entführen. Eine Gelegenheit dazu

Baumwurzeln

bietet sich, wenn die Schlange vor dem Bad ihre Krone ablegt – in vielen Überlieferungen auf ein seidenes oder leuchtendes Tuch. Weil der Schlangenkönig schon einmal seine Krone auf die schlichte Schürze eines armen Mädchens legte, breiten die Gänsehirtinnen ihre schön gewaschenen Schürzen am Ufer des Teiches aus. Nach einer schwäbischen Sage muß man einen schweren Stein auf die Krone legen, dann zerschellt die Schlange daran. Das seines Schmucks beraubte Tier verfolgt meist den frechen Dieb, der ihm nur entrinnen kann, wenn er sich in sein Haus rettet. Gelegentlich kommt der Fliehende auch mit Hilfe einer Haselgerte davon, denn die Legende berichtet, daß ein Haselstrauch einst die Muttergottes vor einer Schlange schützte.

Zurück zu der rauhen Wirklichkeit der Erzgräber, die zunächst überwiegend in Hütten wohnten. Allmählich wurden auch Häuser in Bruchstein errichtet, darunter das Bürogebäude der Familie Gienanth, die sich bald um eine Pacht des Bergwerkes bemühte und es später in Erbbestand übernahm. Im Verlauf der Französischen Revolutionskriege wurde die Siedlung stark beschädigt. Am 22. Mai 1794 griffen die Preußen von Katzweiler her das französische Bataillon „des Vosges" an, das Stellungen im Bereich der Erzhütten verteidigte. Sie konnten die Einheit der Franzosen den Alberichsberg hinab in das Lautertal drängen. Während die Bewohner in den unterirdischen Gruben und Stollen Zuflucht gefunden hatten, ging die Siedlung fast völlig in Flammen auf.

Bei einem Besuch von Kaiser Napoleon Bonaparte, der am 5. Oktober 1804 auf dem Rütschhof stattfand, streifte die „Hütterer", wie sie inzwischen genannt wurden, abermals der Hauch der Geschichte. Der kurpfälzische Forstmeister Franz Daniel Rettig, der den Imperator bei seinem Ritt über das Schlachtfeld von Morlautern begleitete, verfaßte darüber einen ausführlichen Bericht. Beim Anblick des großen Holzreichtums erkundigte sich der Kaiser danach, wie die Stämme abtransportiert werden können. Er erhielt die Antwort, daß sie über die Lauter, den Glan und die Nahe bis nach Kreuznach geflößt werden; weiter sei dies wegen der vielen Mühlen an der Nahe aber nicht möglich. Bei dem Gespräch unter der heute geschützten „Napoleon-Eiche" soll Bonaparte daraufhin gesagt haben: „Unmöglich ist kein französisches Wort! Wo ein Wille ist, ist auch ein Wasserweg um die Mühlen herum möglich."

Zu Beginn des 19. Jahrhunderts entwickelte sich bei der Siedlung Erzhütten zunehmend der Wiesenthalerhof als Wohnstätte, wobei zwischen einem oberen und unteren Hof unterschieden wurde. Das „Herrenwiesental" erstreckt sich ungefähr einen Kilometer in das Gebiet des Reichswaldes hinein, gehörte zur Herrschaft des Reiches und der Kurpfalz und erhielt von daher seinen Namen.

Der Wiesenthalerhof bestand vorwiegend aus den Niederlassungen der Eisengräber. Der Bergbau in der Gegend wurde bis 1830 betrieben, dann stellte man die Förderung ein, weil von den Eisenwerken in Trippstadt andere Erze verwendet wurden. Schon 1829 hatte der Freiherr von Gienanth sein Verwaltungsgebäude auf der Erzhütten verkauft; ein sicheres Zeichen dafür, daß es mit dem Graben dort zu Ende ging. Nach dem Ende der französischen Verwaltung gehörte die Siedlung zur Stadt Kaiserslautern. Bald nach 1830 stellten die zuständigen Stellen fest, daß die meisten Bewohner der Annexe in großer Armut lebten. Dennoch wuchsen die beiden Siedlungen rasch an, weil ihre Bewohner nun in den umliegenden Fabriken Arbeit fanden. Erzhütten und Wiesenthalerhof veränderten allmählich ihren Charakter: 1884 bekamen die Ortsteile eine eigene Schule, 1902 ein neues Schulgebäude, 1912 einen Friedhof. Das Adreßbuch der Stadt Kaiserslautern von 1925 nennt für Erzhütten zwar noch keine eigenen Straßen, sondern nur die Nummern von Häusern. Danach jedoch ging die Entwicklung stürmisch weiter: 1936 wurde eine katholische, 1952 eine evangelische Kirche gebaut, kurz danach die vorhandene Schule wesentlich erweitert. Die ehemalige Reichswald-Enklave hat sich inzwischen vom Vorort zum blühenden Stadtteil, von einer reinen Arbeitersiedlung zu einem bevorzugten Wohngebiet gewandelt.

Noch heute sieht man im Wald bei Erzhütten und Wiesenthal flache Erdgruben, die an den Abbau von Eisenerz im 18. und frühen 19. Jahrhundert erinnern. Der Betrieb von Eisengruben im Reichswald gehört mittlerweile zur Geschichte der Landschaft westlich der Lauter. Neben der ehemaligen Ausbeutung des Eisenerzes wäre vielleicht auch die Sage von der Schlangenkönigin in Vergessenheit geraten, wenn sich nicht ein Mundartdichter unserer Zeit des Stoffes angenommen hätte. Der in Kaiserslautern geborene und lange Jahre in Mehlbach wirkende Lehrer Ludwig Frölich veröffentlichte ein Bändchen mit dem Titel „Plaudere wie in Lautere“ (Otterbach 1980). Darin findet sich auch ein episches Gedicht mit 30 Strophen über

ES MÄÄRE VUNN DE HITTE.

Als Kinner warn merr ab unn zu
am Vocheler gewäß
unn hann in dere himmlisch Ruh
am Wasserrand gesäß.

Do hat moi Schweschderche, des Klää,
die Mollekebb „gestubbst“,
unn weit, weit sinn moi flache Stää
im Wasser fortgehupst.

Die Mutter hat sich in der Zeit
mit Heekele befaßt,
orre vielleicht mit annre Leit
vezelt unn uffgebaßt.

No dem simmer enanner no
unn als erumgesprung.
„Ehr Kinner, allo, bleiwen do!“
Däß hat ganz ernscht geklung.

Dann hammer se als oft gequelt:
„Hopp, Mama, e Geschicht!“
Die allerschännscht, die se vezehlt,
wärd wirre uffgefrischt.

Ich loß sie redde, däß is klar.
Unn so hat's a(n)gefang:
„E Mädche vunn de Hitte war
im Summer grase gang.

Dort aus em Wald kummt's Määre raus,
leht do soi Kobbduch ab
unn ruht sich erscht e bißje aus:
Die Hitz, die macht so schlabb.

Rund um de Weiher hohes Gras;
na, do is ball gerobbt.
Es steit dann uff; fort rennt e Has.
Derweil es robbt unn stobbt

unn mit em Sack als weitergeht,
kummt aus dem klääne Loch,
wo die vekribbelt Kiefer steht,
e Schlang erausgekroch.

Die Schlangekänichin! Guck hi(n)!
E Krönche hat se uff!
Sie hat es rote Duch gesieh
unn leht ehr Krönche druff.

Unn dann nemmt se ehr Middagsbad;
geschlängelt – wäggeschwumm.
Dieweil es vunn do driwwe grad
es Määre wirre kumm;

entdeckt, was uff soim Kobbduch leit,
veschreckt unn is ganz blatt!
E golde Kron! Du bisch gescheit!
Vunn wem's dann die nor hat?!

Doch runderum kää Menscheseel.
Do dämmert's em sofort!
Eninngeschdobbt! Debei guckt's schääl
no dere Kiefer dort. ...

De Schlangekänichin ehr Bad
war ball dodruff erum.
Ääm Frosch isse noch nogejaat
unn dann an Land geschwumm.

Ehr Kron! Sie find die Kron nimmi!
Sie sucht –, sie bleibt verschwunn. –
Im Wald sieht se däß Mädche flieh;
hat aa die Spur gefunn.

Sell Määre rennt! Es stecht die Seit.
Es Herz klobbt wie verickt.
Do hat's so durch die Bääm drei Leit
vunn Erzhitte erblickt.

Nätt stehgeblibb, nor umgedreht.
Die Kläder ganz vezobbt.
„Des is doch Fermers Annegret!
Merr määnt däß weer bekobbt!"

De Sack is groß, die Lascht es schwer.
Es erschde Haus in Sicht.
Wann's nore vor de Schlang die Deer
vumm Kämmerche vewicht! –

De Tabbe folgt die Schlang voll Wut
unn zischt in äänem fort.
Nätt nor die Sunn macht warmes Blut,
noch mää däß Määre dort! –

Do stehn se immer noch, die drei,
kää Schrittche weitergang.
Husch, husch, an denne Leit vorbei!
Ää Fraa kreischt uff: „E Schlang!"

Dort schlängelt se schunn uff de Stroß.
Vielleicht noch dreißig Schritt!
O je, wie schafft's das Määre bloß!
De Sack zerrt's awwer mit.

Ach, Gott sei Dank, die Gaadedeer!
Dedorch! Die Trepp enuff!
Noch zeh Schritt! Noi Schritt! Immer nejr!
Es Kämmerche steht uff!

Eninn! Schnell zu! De Richel vor!
Unn fescht degäägedrickt!
E Krache, was is drauße nor?
Die Schlang macht wie verickt.

Draus steht se, beinah kerzegrad,
unn wärft sich gäjes Holz.
Drin zittert's Määre, wie sich's saat:
„Däß hann ich vun moim Stolz!"

O Schreck: E Riß is in de Deer!
Sie splittert unn vebrecht.
Es Määre leit do, schnauft ganz schwer.
Wie sich die Schlang glei rächt? –

Wo bleibt se dann? Wann beißt se zu? –
Ganz still; nix reet sich jetzt.
So u(n)hoimlich die blötzlich Ruh!
Gewaat – dann uffgesetzt – .

Es sieht: Dort zuckt im Trebbehaus,
am Bauch weit uffgeriß,
die Känichin ehr Lääwe aus. –
Sie hat nimmi gebiß.

De Sprung zur Deer, däß war ehr Doot.
Es Määre is ganz matt.
Die Kron is soi. Ob's awwer noot
noch Spaß anner gehat? –"

Es äänt vunn uns hat sich gefrääť:
Die Schlange wärn so schlecht.
Em anner duht die Schlang so lääd
unn määnt: Sie war im Recht

Ob schlecht, ob Recht, es war dann Zeit.
Die Mamme hat gedrängt.
Hann uffem Häämweg – nätt so weit –
an die Geschicht gedenkt.

„Die Zeit ist do, de Hellbeerewald is grin un bloo!"

DAS HEIDELBEERMÄNNCHEN IN SAGE UND DICHTUNG

Hellbeere ware mer breche im Dunkeltaler Wald.
Is Hellbeeremännche zu uns kumm,
hat uns die Hellbeere abgenumm,
bis uff äni, e ganz kläni!
Da, Hellbeeremännche, die kannschde a noch hann.

Dieses Spottlied sangen einst die Lautrer Kinder, wenn sie zur Zeit der Ernte mit leeren Kannen vom Heidelbeerbrechen nach Hause kamen. Wieder einmal waren sie an einem heißen Ferientag von morgens bis abends im Wald unterwegs gewesen und hatten angeblich nur wenige der begehrten Beeren gefunden. Daran konnte nur das Heidelbeermännchen schuld sein, eine sagenumwobene Gestalt, die den kleinen Sammlern die mühsam gepflückten Früchte raubte. Daß es dabei nicht immer mit übernatürlichen Kräften zuging, zeigten jedoch der verschmierte Mund und die tiefblaue Zunge der Kinder. Gleichwohl ging das „Männchen" oder „Männel" als eine liebenswürdige Figur in die Welt der pfälzischen Sage und Dichtung ein. Über die Entstehung dieser märchenhaften Geschichte schrieb Luise Rösinger 1936 in der Zeitschrift „Unsere Heimat":

Heidelbeersträucher

DAS HELLBEEREMÄNNCHE

„Zur Zeit der Heidelbeerreife gingen einige Kinder den Weg gegen das Heiligenbergtunnel, dorthin, wo in Üppigkeit das Strunkwerk der Heidelbeeren wucherte. Die fleißigen Hände pflückten Beere um Beere und als die Körbe beinahe voll waren, hielten sie kurze Rast. Sie fühlten ein leises Schaudern im Rücken, und als sie sich umsahen, gewahrten sie das Hellbeeremännchen. Es hatte sich über die gefüllten Körbe hergemacht. Von Angst getrieben jagten die Kinder aus dem Wald, das Hellbeeremännchen hinterdrein. Sein eisgrauer Bart wehte im Wind und die spinnwebdünnen Finger griffen immer wieder in die Körbe der angstgepeinigten Kinder."

Das Kinderlied über die Sagengestalt hat in den verschiedenen Regionen der Pfalz unterschiedliche Fassungen und Schreibweisen gefunden. In der Gegend um Neustadt singt man:

Häme geh, die Zeit is do,
die Hällbeere blihn schwarz un bloo,
Hällbeere war ma breche.
Die Hällbeere waren gut.
Do is des Hällbeeremännche kumme.
Es hot ma mei Hällbeere abgenumme –
bis uff äni, e ganz kläni,
e grasgrini, die will ich a nimmi!

Oder man stellte voller Freude fest:

Hämzu, die Zeit is do,
de Hällbeerewald is grin un bloo!
Grin voll Laab, weiß von Staab,
bloo, bloo, bloo voll Hällbeere!

Im Umkreis von Pirmasens wußte man nach den Angaben des „Pfälzischen Wörterbuchs" zu berichten:

Ihr Leit, ihr Leit, die Zeit is do;
es Hellbeermännel is schwarz und bloo.
Patroll, patroll! Mei Häwwel is voll.
Patrer, Patrer! Mei Häwwel is leer.
Patriß, Patriß! Mei Häwwel hot e Riß.

Hermann Karch, der westpfälzische Heimatforscher, erzählt in seinem Buch „Lang, lang ist's her" (1983) eine Otterberger Geschichte und liefert dazu eine eigene örtliche Fassung der Kinderreime:

DIE HEIDELBEERMÄNNCHEN VOM FUCHSBRUNNEN

„In ihrer Kindheit mußten alle Schüler nach der Schule im Sommer am Nachmittag zum Heidelbeerpfücken. Mit geflochtenen Körben machte man sich auf den Weg. Sie wurden auf einem freien Platz unter den Bäumen zusammengestellt. Die Kinder selbst banden sich ein kleines Blechgeschirr mit einer Schnur um den Bauch und begannen die Suche. Waren die kleinen Gefäße gefüllt, so wurden sie in die größeren Körbe geleert. So ging es während der ganzen Zeit. Jedes Kind bemühte sich, das andere zu übertrumpfen. Plötzlich bemerkten die Heidelbeerpflücker, daß der Inhalt sich sogar sichtlich verringerte. Ratlos sahen sie sich an. Da hatte jemand eine brauchbare Idee. Ein Kind setzte sich an den Rand des Platzes und überwachte die Körbe. Aber es geschah nichts. Daraufhin blieben alle an ihrem Körbchen und verhielten sich mucksmäuschenstill. Da!! Unter den Heidelbeerbüschen krochen von allen Seiten viele kleine, schwarze Männchen hervor, die sich flugs über die gesamten Heidelbeeren hermachten. Die Kinder waren so überrascht, daß sie zunächst kein Wort hervorbrachten. Ein Mädchen jedoch faßte Mut, ergriff einen Stock und versuchte, die Männchen zu vertreiben. So wie sie gekommen waren, verschwanden sie alle. Die Kinder schauderte es. Sie ergriffen die leeren Körbe und rannten nach Hause. Beim Laufen glaubten sie, daß eines der Heidelbeermännchen, das allmählich größer wurde, ihnen nachlief. Kaum waren sie jedoch aus dem Wald, war auch dieser Spuk verschwunden. So entstand das Heidelbeerlied, das ältere Otterberger noch kennen:

Helbeere war mer breche im Otterberger Wald,
da ham mer kenne esse, so lang es nur gefallt.
Da is e Helbeermännche zu uns komm
un hat uns die Helbeere abgenomm –
bis uff äni, e ganz kläni,
Helbeermännche, die kannst de a noch krie!

In Landstuhl gingen die Kinder und Erwachsenen an den Hang am Bismarckturm, in den Breitenwald oder ins Bruch, um Heidelbeeren zu suchen. Hermann Goldinger überlieferte dazu im „Wochenblatt" kürzlich den folgenden Text:

Mer waren Helbeere breche
im dunkelgrüne Wald, Wald, Wald.
Do ham mer kenne breche
so lang wies uns gefallt, fallt, fallt.
Es Helbeermännche is zu uns kumm,
hat uns die Helbeere all abgenumm,
bis uff eni, ganz kleni, grasgrüni,
die kanns Helbeermännche a noch grie.

Die Heidelbeere, außerhalb der Pfalz auch Blaubeere, Schwarzbeere oder Bickbeere genannt, wächst auf magerem Boden in Wäldern und Heiden. Fast ein Fünftel der hiesigen Nadelwälder ist mit Heidelbeeren bestanden. Die Pflanze kommt vor allem bei Edenkoben, Elmstein, Eußerthal, Hochspeyer, Hohenecken, Johanniskreuz, Kaiserslautern, Landstuhl, Neuleiningen und Trippstadt vor.

Bei der Heidelbeere handelt es sich um einen etwa 30 Zentimeter hohen Halbstrauch, dessen scharfkantige Zweige eng verfilzte Büsche bilden. Die Pflanze hat krautige, eiförmige und feingesägte Blätter, die im Winter eine dunkelviolette Färbung annehmen. Die hellgrünen und kugeligen Blüten sind im Frühjahr unter dem Laub versteckt. Die blauschwarzen Beeren reifen im Juli und werden gerne gegessen. Der bescheidene Strauch ist beileibe kein gefährdendes Unkraut, sondern bietet durch seine Früchte beträchtlichen Nutzen. Sie haben einen hohen Vitamingehalt, den sie selbst beim Einmachen nicht verlieren. Die Beeren sind eine geschätzte Beilage zu vielen Mahlzeiten und eine köstliche Füllung für Kuchen. Sie werden zur Herstellung von Marmelade, Saft und Wein verwendet und außerdem in der Naturheilkunde eingesetzt.

Die in Bechern und Kännchen gesammelten Heidelbeeren waren früher für viele Orte im Pfälzerwald eine willkommene Einnahmequelle. Zudem bereitete die Heidelbeerernte den jungen und alten Pflückern viel Freude und Spaß. Die ärmeren Waldbewohner, die auf einen kleinen Nebenverdienst angewiesen waren, machten sich schon in aller Frühe auf den Weg. Oft war es ein weiter Marsch, bis man sich an Ort und Stelle befand. Zudem konnte man in der Kühle des Morgens leichter pflücken, als in der Hitze des Mittags. Neben Span- und Henkelkörben führte man ein kleines Blechgefäß mit sich, das zum eigentlichen Sammeln diente. War der Platz erreicht, wurden die Körbe an einem übersichtlichen Ort abgestellt und der Pflückbecher umgebunden, den man die „Ausleer“ nannte. Jeder Sammler begab sich zu seinem besonderen Bereich, der oft nur ihm bekannt war, und begann mit dem Brechen der Beeren. Angesichts der kleinen Früchte war dies eine mühselige Arbeit und man mußte sich schon sputen, wenn am Abend die Körbe voll sein sollten.Mit flinken und geübten Händen wurde ein Strauch nach dem anderen geleert. Im Lauf des Vormittags erschienen auch jene Sammler im Wald, die mehr zum Vergnügen und für den eigenen Hausgebrauch Heidelbeeren pflückten. Nach der morgendlichen Stille herrschte jetzt ein munteres Treiben zwischen den Bäumen, gab es lebhafte Gespräche und fröhlichen Gesang. Die Pflücker zogen nun wie eine lange Kette über die Waldhänge. Um die Mittagszeit machte man eine kleine Pause, um das mitgebrachte Brot zu verzehren. Für die mehr erwerbsmäßigen Pflücker ging es bis zum Abend weiter. In früheren Zeiten mußten die Frauen am nächsten Tag mit großen Körben auf dem Kopf, die Männer mit schweren Tragen auf dem Rücken in die Stadt auf den Markt oder zu ihrer Kundschaft laufen, wo sie für einen Schoppen der Beeren oft nur drei Pfennig erhielten. Später waren motorisierte Händler schon abends im Dorf und warteten auf die heimkehrenden Sammler, um ihnen die Früchte abzukaufen.

Die Zeiten, in denen die Schulkinder in den Waldgegenden sogar „Heidelbeerferien“ bekamen, um bei der Ernte mithelfen zu können, sind längst vorüber. Vorbei auch die Jahre, in denen viele Bewohner des Pfälzerwaldes letztlich davon abhängig waren, die Wochen der Heidelbeerernte zu nutzen, um das kärgliche Einkommen ein wenig aufzubessern. Geblieben ist die Vorliebe für den guten Geschmack der kleinen blauen Beere und die Verzauberung durch das niedrige Gesträuch. Deshalb ist es nicht verwunderlich, daß sich neben der Volkspoesie auch die Dichter und Autoren der Heidelbeere angenommen haben. Der in Kaiserslautern geborene Ludwig Schandein, der spätere Leiter des Landesarchivs in Speyer, machte mit seinen Versen den hiesigen Dialekt literaturfähig. 1891 veröffentlichte er in Stuttgart seine „Gedichte in westricher Mundart“, unter denen sich auch die folgenden Strophen finden:

’S HERLBEERMÄNNCHE

Es wollt e Bibsche in de Wald
sich Herelbeere suche;
sei Mutter halt es mit Gewalt:
„Bleib do, ich back der Kuche!

Im Willewald, sowie de weescht –
ich loß net los dei Hännche –
im Willewald do geht e Geest,
do geht jo ’s Herlbeermännche!“

Doch’s Bibche laaft im Wald wieweit,
es sieht kee Herelbeere;
’s werd ängsterlich, ’s is Dämmerzeit –
un heeme will es kehre.

Do sieht’s am Weg e Männche steh’,
e kleenes, altes, gro-es;
sei Kopp is dick un korz sei Bee,
sei Maul e herlbeerblo-es.

Das nemmt mei Bibche bei der Hann:
„Ich weeß viel Heerelbeere,
viel mehner als eens breche kann –
kumm Kinn, ich duh dich fehre!“

Un fehrt mei Bibche grad un krumm,
das weeß sich net ze wehre;
schun is die Nacht am Himmel kumm –
un noch kee Herelbeere!

Die stehn an dem verschrau’ne Ort,
wo Geeschter ’rum sich treiwe:
Un husch! is dort das Männche fort –
Un ’s Bibche muß verbleiwe ...

Am Himmel steht das Morjerot:
E Herlbeerstraus im Hännche
leiht ’s Bibche do un guck – ’s is dot –
das war das Herlbeermännche!

In unseren Tagen hat sich der gleichfalls aus Kaiserslautern stammende Kurt Baumann, der als Bibliothekar bei der Stadtbücherei in Ludwigshafen arbeitete, mit dem Thema beschäftigt. 1977 errang er mit dem Gedicht „Hälbeerbreche“ den 1. Preis beim Mundartdichter-Wettstreit in Bockenheim. Die Verse sind auch in seinem Bändchen „Domols un heit“ (1981) enthalten. Baumann beginnt mit dem lustigen Lautrer Heidelbeerlied und fährt dann fort:

Als Kinner ham'mer's oft gesung,
beim Häämweg aus 'em Wald,
un wa's Gescherr mit Hä'lbeer voll,
hat's doppelt laut geschallt.

Friehmorjens sim' mer nausgezoh',
e Herd aus unsrer Gaß,
mit Äämer, Milchkann, Schobbeblech,
die Klläänschte mit 're Taß,

e Nachthäwel, e aldes ga',
hat's Karlche mitgefeehrt:
Es wa' die roinschte Blechmusik,
so hat sich's a'geheert.

Ham'mer im Wald e Blatz gefunn,
wo's Hä'lbeer hatt die Mass,
sinn dabberche mer in die Bisch,
dann's plicke macht uns Spaß.

Wer plickt un plickt, ans Maul net denkt
– sell sieht mer jo so gut –
kriet Finger ball wie Dinte bloo,
wer eßt, e blooi Schnut.

Wie ham'mer middags uns gefrääät
uff unser drucke Brot,
un wa'sch vorm Raschte noch so mied,
denoh wa'sch glei kommod.

's Fritzje hat emol gekrisch:
„E Weschp hat mich gestoch!"
Un's Klärche blärrt ganz ferchterlich:
„Do kummt e Dier gekroch!"

De klääne Kurt, weil deckmols mied,
der hockt ball bloß noch do;
soi Hosseborm wa' hinne dann
voll Flecke blitzebloo.

Oft wa' en Ääbscher aa debei,
der kriet soi Kann net voll,
duht Laab un Hutzle unne noi,
daß mer's net merke soll.

Wie hat das Kreiz em weh geduh
vum viele, viele Bicke,
doch häämzu is 's allertche gang,
do hat gesung die Kligge ...

Übrigens: Wenn man beim Pflücken durch das Heidelbeermännchen nicht zu Schaden kommen will, soll man die ersten drei Beeren mit der rechten Hand über die linke Schulter werfen.

„Auf dem Turm der Klosterkirche schlug es gerade zwölf Mal"

VON GEHEIMNISVOLLEN SCHÄTZEN UND DER DICKEN EICHE IN ENKENBACH

Enkenbach hat seinen Namen vermutlich von einem Treffpunkt an dem kleinen Gewässer, an dem früher die Hirten (althochdeutsch Enke) mit ihren Herden zusammenkamen. Der Ort wird bei der Gründung des Klosters erstmals erwähnt und entwickelte sich in der Folgezeit in der Talmulde um die ehemalige Klosterkirche. Wie eng das Dorf und das Gotteshaus miteinander verbunden waren, läßt auch das frühere Gemeindewappen erkennen, das neben einem Säulenbrunnen eine rote Kirche mit blauen Dächern und silbernen Fenstern zeigt.

Im Jahr 1148 gründeten die Ritter Hunfried von Alsenborn und Ludwig von Arnstein das Kloster und übergaben es an Prämonstratenserinnen aus Marienthal am Donnersberg. Die Klosterkirche wurde um 1220–70 aus rotem Buntsandstein erbaut. Die Nonnen gelangten durch Schenkungen und Stiftungen zu einigem Besitz. Unter anderem wird von Hildegard von Hohenecken berichtet, daß sie nach dem Tode ihres Verlobten eine fromme Stiftung an den Konvent in Enkenbach machte. Kurfürst Friedrich III.

Die Klosterkirche von Enkenbach

hob 1564 das Kloster auf und vertrieb die Nonnen. Die verlassene Einsiedelei, die durchziehendem Kriegsvolk als Lagerplatz und einheimischen Bauern als Stall und Scheune diente, beschäftigte zunehmend die Phantasie der Bevölkerung. Die Klosterfrauen der Marienkirche zu Enkenbach galten in der Vorstellung des Volkes als reich, zumal sie vordem mancherlei Güter und Rechte sowie Äcker, Wiesen und Weiher besaßen.

Die ansehnliche Pfründe und die grundherrlichen Rechte in Enkenbach und Alsenborn weckten naturgemäß den Neid und die Begehrlichkeit der Anwohner. Möglicherweise war in den unterirdischen Gängen und Gewölben der Abtei noch der beträchtliche Silberschatz der Nonnen versteckt. Bei alten Gebäuden spielen bekanntlich verborgene Wege und Nischen immer eine große Rolle und geben Anlaß zu vielerlei Vermutungen. Unter diesen Umständen entstand wohl die Sage über den Geizhals von Enkenbach, die Viktor Carl in den ersten Band seiner Sammlung „Pfälzer Sagen" (Landau 1967) aufgenommen hat.

NUR AUS DEM ERSTEN GEWÖLBE

„Es war im tiefen Winter. Ein Bauer aus Enkenbach, den bald der Geiz umbrachte, wollte einen arbeitsfreien Tag dazu benutzen, einmal der Mär von den Schätzen im unterirdischen Gang vom Kloster in Richtung Neuhemsbach nachzuspüren und sich nach Möglichkeit zu bereichern. Also spannte er die Pferde ein, obwohl er noch nicht wußte, wie er wohl an den Reichtum herankommen sollte.

Er war sehr erfreut, als vor einem Felsen ein Zwerg stand, der artig die Zipfelmütze hob und den Bauern einlud, ihm zu folgen. Beide traten in eine Höhle ein, die der Enkenbacher vorher nie gesehen hatte. Stufen führten hinab in eine Halle, die voller Gold und Edelsteine lag. Die Klosterherren und die Ritter von Dieburg bei Alsenborn mußten doch reiche Leute gewesen sein, fuhr es dem Schatzsucher durch den Sinn. Mit tiefer, rauher Stimme sprach der Zwerg neben ihm: ‚Du darfst nur aus dem ersten Gewölbe nehmen, die anderen sind für andere bestimmt!' Was der Kerl nur wollte! Es war doch nur ein Raum da!

Dann aber machte sich der Bauer über die Schätze. Er stopfte sich die Taschen voll, rannte hinaus und holte noch die beiden Futtersäcke der Pferde. Da öffneten sich plötzlich noch andere Gewölbe. Der Bauer dachte nicht mehr an die Warnung des Bergmännleins und rannte mal hier hin, mal da hin. Immer glaubte er, einige Schritte weiter lägen noch wertvollere Dinge. Mit lautem Knall schloß sich plötzlich das Felsentor. Der Bauer war gefangen. Dunkelheit herrschte ringsum wie in einem Grab. So sehr er auch suchte, nirgends fand er eine Öffnung oder einen Stein, der nachgegeben und die Flucht ins Freie zugelassen hätte. Der Gefangene schrie, er fluchte, er betete. Was halfs?

Todmüde legte er sich schließlich auf die kalten Steine, und sein ganzes Leben zog an ihm vorüber. Als er all seine Schandtaten, seinen Geiz und seinen Wucher erkannte, gelobte er, ein anderer zu werden. Da drang Glockenton an sein Ohr, der Eingang öffnete sich, und befreit konnte der Bauer die Sonne wieder schauen. Wo aber war der

Schnee geblieben und seine Pferde und sein Fuhrwerk? Sollte er so lange da unten in der fürchterlichen Höhle geschlafen haben? Völlig verstört näherte er sich der Kirche.

Er sieht die Beter und erkennt viele nicht mehr. Da kommt einer auf ihn zu, der dem Aussehen nach sein Ältester, der Frieder, sein könnte. Aber wie groß er ist, wie breitschultrig! Sollten Jahre vergangen sein? Und der Frieder erkennt den Vater und freut sich seines Wiederkommens. Sieben Jahre lang sei er fortgewesen, behauptet der Sohn. Die Mutter sei gestorben, und er habe geheiratet. Daheim warteten drei Enkelkinder auf den Großvater."

G. Mohler, ein hiesiger Autor, hat übrigens die lehrreiche Sage um die Klosterkirche zu einer erbaulichen Legende umgestaltet, die 1936 im „Christlichen Pilger" zu lesen war. In dieser Erzählung begegnet der Enkebauer keinem Zwerg, sondern einer lichten Frauengestalt. Nach seiner Reise durch die Zeit, während der er sieben Jahre und drei Monate in der Dunkelheit des Klosterganges verbrachte, erblickt er 1708 zu Ostern endlich das Tageslicht, als nach 144 Jahren erstmals wieder eine Messe in der Kirche Sancta Maria gefeiert wird. In früherer Zeit bestimmten Land- und Forstwirtschaft weitgehend das Leben der Dorfbewohner und den Charakter des Ortes. Die anwachsende Bevölkerung und die begrenzten Arbeitsmöglichkeiten für Bauern und Handwerker führten oft zu wirtschaftlichen Notlagen. In solchen Situationen entsann man sich gern an unermeßliche Schätze und eine helfende Frauengestalt. Friedrich Wilhelm Hebel, der rund dreihundert pfälzische Sagen sammelte, erwähnt einen Enkenbacher Handwerksburschen, der von einem großen Schatz an der Matzenberger Straße träumte. Helmuth A. Ulrich hat in seinem Buch „Wo es immer noch umgeht" (Otterbach 1962) die Geschichte so erzählt:

DAS WEISSE FRÄULEIN AN DER DICKEN EICHE

„Drei Gesellen machten sich in einer finsteren Nacht von Enkenbach aus auf den Weg nach der dicken Eiche. Dem einen hatte geträumt, daß dort ein Schatz vergraben liege. Um die Mitternachtsstunde gruben sie die Erde hinab und stießen gar bald auf den Deckel einer eisenbeschlagenen Truhe. Sie waren schon dabei, diese freizulegen und zu öffnen. Da erschien ihnen in der schwarzen Nacht eine weiße Frauengestalt und sprach: „Halt! Ehe ihr den Schatz hebt, müßt ihr drei Bedingungen erfüllen: Zum Ersten: Ich erscheine in der folgenden Nacht als Kröte; dann müßt ihr mich küssen. Zum zweiten: In der weiteren Nacht bin ich ein schwarzer Pudel mit glühenden Augen. Auch den sollt ihr küssen. Zum dritten: In der nächsten Nacht bin ich wieder wie jetzt ein weißes Fräulein. Wenn ihr mich dann küßt, bin ich erlöst, und ihr sollt den Schatz haben. Tut ihr aber nicht so, wie ich gesagt, so werdet ihr in der Truhe nicht ein Krümchen finden."

Am folgenden Abend fanden sich die drei Burschen zusammen. Ehe sie den Gang zum Wald antraten, tranken sie noch einen Krug voll Wein und nahmen einen weiteren gefüllt mit. Sie spürten in sich den nötigen Mut. In Enkenbach schlug es auf dem Turm der Klosterkirche gerade zwölfmal, als sie bei der dicken Eiche anlangten. Sie fanden die Grube und darin die eisenbeschlagene Truhe. Da kam auf sie zu eine Kröte

Die weiße Frau

gehüpft, so groß wie ein Backofen und ganz feurig. Ja, nun war der erste Auftrag fällig. Aber den Gesellen grauste es, sie verloren allen Mut, so schaurig war das Ungeheuer anzusehen. Sie rannten dorfwärts. Der Schatz in der eisenbeschlagenen Truhe versank tief in die Erde, und keiner hat ihn mehr gesehen."

Die dicke Eiche soll übrigens dort stehen, wo der Weg von Hochspeyer nach Enkenbach sich mit dem Weg vom Harzthalerhof nach dem Daubenbornerhof kreuzt. Der sagenumwobene Baum bildet überdies den Schauplatz einer weiteren Sage mit einem geschichtlichen Hintergrund. In ihr geht es um eine Kriegslist von 1794, als französische Truppen gegen die preußische Armee unter Möllendorf kämpften. Im „Pfälzischen Sagenbuch" von Friedrich Wilhelm Hebel (Kaiserslautern 1912) heißt dazu:

DER TROMPETER AN DER DICKEN EICHE

„In der Nähe der dicken Eiche an der Matzenberger Straße ertönt zuweilen nachts bis zum Morgengrauen ein Hornsignal, ohne daß von Roß und Reiter etwas zu sehen wäre. Einmal wollte sich die Frau des Enkenbacher Hirten noch vor Tagesanbruch einen Schubkarren voll Laub aus dem Walde holen. Sie hatte gerade die unterste Lage in ihrem ausgespreiteten Tuche zurecht, als plötzlich dicht neben ihr eine Trompete schmetterte. Schnell lehrte sie ihr Tuch aus, machte das Streusel wieder auseinander und fuhr ohne Laub nach Hause.

Wer aber ist der gespenstige Trompeter? Es war zur Franzosenzeit. Das Revolutionsheer hatte das Gelände bis zur Hochstraße besetzt. Da kamen von Nordosten her die Preußen unter Möllendorf, warfen die Franzosen aus ihrer Stellung und jagten sie über den Geiersberg nach Hochspeyer hinunter und die Trippstadter Straße hinauf nach Pirmasens zu.

Den raschen Rückzug der Franzosen soll ein Trompeter verschuldet haben; der war als Überläufer aus dem Revolutionsheer zu den Preußen gekommen. Er kannte die französischen Signale und blies aus einem Versteck heraus zum Rückzug, und der Ruf wiederholte sich bald auf der ganzen Linie der Franzosen. Ob er ihnen später doch in die Hände fiel? Vielleicht wurde er gerade an dieser Stelle erschossen. Soviel ist gewiß: bei der dicken Eiche geht er heutzutage noch um und ruft die Geister der gefallenen Krieger zum Rückzug.“

Das Ereignis hat außerdem im vorigen Jahrhundert einen Verfasser namens Dr. Carl Pusch aus Ortenberg zu einem pathetischen und patriotischen Gedicht veranlaßt, das 1910 in der Zeitschrift „Pfälzische Heimatkunde“ erschien.

Eine dicke Eiche

DIE DICKE EICHE VON ENKENBACH

Warum senkst du deine Zweige
Wie in Trauer stolze Eiche?
Klang's aus tiefem Waldestale
Jetzt nicht wie Alarmsignale?

Ein Trompeter ruht bestattet,
Von der Eiche still beschattet;
Unter grünbemoostem Steine
Schlummern friedlich die Gebeine.

Stand als Wacht auf Bergesgipfel,
Stieg dann in des Eichbaums Wipfel;
Preußen plötzlich in der Runde,
Die Trompete rasch zum Munde.

Weithin hört man sie erschallen,
Leise, leise dann verhallen;
Als zu Hülf Kam'raden kamen,
Tot sie in den Arm ihn nahmen.

Von den Feinden überfallen,
Fiel als einz'ger er von allen;
Gab den Brüdern noch das Zeichen,
Um für Frankreich zu erbleichen.

Und verstrich auch ein Jahrhundert,
Hört der Wandrer noch verwundert
Den Trompetenruf erschallen
Durch des Waldes grüne Hallen.

Eine gewisse literarische Bekanntheit hat ebenso die sprichwörtliche Redensart „Er muß Hunde tragen bis nach Enkenbach" gefunden. Johann Goswin Widder meint dazu, das Sprichwort rühre daher, „daß in dem mittleren Zeitalter Fürsten, Grafen und andere Edle Männer, wann sie den Frieden gebrochen hatten, in der Kaiserlichen Burg zu Lautern mit dieser Strafe belegt worden sind". Friedrich Blaul hält dafür, „es sei außer Zweifel, daß im Mittelalter meuterische Vasallen der Kaiser in der Burg zu Kaiserslautern mit der bekannten Strafe belegt worden seien, einen räudigen Hund zu tragen und zwar bis zu dem Kloster Enkenbach". Während August Becker die gleiche Ansicht über die oft gehörte Redensart äußert, wendet Fritz Claus die Angelegenheit ins Komische und Humorvolle. In seinem Gedichtband „Fröhlich Pfalz, Gott erhalt's" spricht er von einem toten Hund in Alsenborn, dessen Leib mit Goldstücken gefüllt war. Der geschichtliche Kern der dunklen Redeweise liegt wohl darin, daß in alter Zeit gräflich-nassauische Untertanen Jagdhunde aus dem Westrich bis nach Enkenbach zu führen hatten, wo sie von der dortigen Herrschaft in Empfang genommen wurden. Enkenbach und Alsenborn grenzen aneinander, sind beinahe zusammengewachsen. Um die Mitte des 16. Jahrhunderts bildeten Enkenbach und Alsenborn gemeinsam ein kurpfälzisches Gericht – ein Siegel von 1564 trägt die Inschrift „S.D.G. Alsentzborn vnd Enkenbach". Während im Mittelalter Enkenbach noch zur Pfarrei Alsenborn gehörte und später eine Filiale des dortigen Pastorats war, wurde Enkenbach 1708 zur selbständigen katholischen Pfarrei mit der Tochtergemeinde Alsenborn erhoben. Im 18. Jahrhundert bestand zudem eine gemeinsame Schule für die beiden Ortschaften. Bei so viel geographischer und geschichtlicher Nähe schlossen sich die beiden Dörfer 1969 bei der Kommunalreform zu einer großen Gemeinde zusammen.

„Geh hin und küsse ihn dreimal auf den Mund“

DIE WEISSE FRAU UND DER TOTE HUND VON ALSENBORN

In grauer Vorzeit war der Ort vermutlich eine kleine Raststätte an der Kreuzung der beiden Heer- und Handelsstraßen, die von Metz nach Mainz und von Worms nach Eisenberg führten. Funde aus der römischen Kaiserzeit lassen jedenfalls darauf schließen. Im 6. Jahrhundert befand sich hier wohl eine Hofanlage, die an den beiden Querverbindungen als Sicherungsposten und Versorgungsstation diente. In der Zeit der Karolinger wird Alsenborn erstmals urkundlich erwähnt. Der fränkische Herzog Nantharius schenkt 872 dem Kloster Münsterdreisen, das er mit seiner Frau bei Kirchheimbolanden gegründet hatte, unter anderem zwei Hofgüter zu „Alsenzebrunne“.

Die Alsenz-Quelle

Mit der Urkunde, die von Ludwig dem Deutschen bestätigt wurde, trat der Ort in die dokumentierte Geschichte ein und konnte 1972 seine 1100-Jahrfeier begehen.

Die Siedlung erhielt ihren Namen von der Quelle der Alsenz, die östlich der Dorfmitte beim alten Waschhaus entspringt. Der Ortsname wandelte sich von Alsenzebrunne über Alsenzenburnen und Alsenzeburne zu Altzenbohrn. Um die Mitte des 12. Jahrhunderts wurde am Ursprung der Alsenz eine kleine Burg zum Schutz des königlichen Forstes und zur Überwachung der Heerstraße errichtet. Bei der Wehranlage handelte es sich wahrscheinlich um ein dreigeschossiges Gebäude, in dem ein Ministerialer oder Dienstmann seinen Wohnsitz hatte. Die im Volksmund als „Dieburg“ bezeichnete Tiefburg stand in einem sumpfigen Wiesengelände und war von einer Ringmauer umgeben. Karlwerner Kaiser vom Amt für Vor- und Frühgeschichte der Pfalz hat diesen Sachverhalt im Oktober 1965 durch eingehende Untersuchungen bestätigt.

Gedenkstein an der Dieburg

Erster Bewohner der Burganlage, die bereits im 13. Jahrhundert zerstört wurde, war ein Ritter Hunfried, der 1172 zusammen mit seinem Bruder Heinrich als Zeuge in einer Lautrer Urkunde genannt wird. In dieser beglaubigte Graf Ludwig von Saarwerden, daß das Kloster Werschweiler der Zisterzienserabtei Weiler-Bettnach unterstellt wird. 1190 kam es zu einem Rechtsstreit zwischen dem Abt von Münsterdreisen und dem Kloster Otterberg, weil Ritter Hunfried von Alsenborn seine fromme Stiftung des Klosters Enkenbach zuerst an Münsterdreisen, dann aber an Otterberg gegeben hatte. Unter dem Einfluß seiner Eltern entschied er sich endgültig für Münsterdreisen und entschädigte Otterberg dafür.

Wie die von Martin Dolch und Michael Münch herausgegebenen Urkundenbücher von Kaiserslautern und Otterberg belegen, treten in der Folgezeit wiederholt Edle und Bewohner von Alsenborn als Zeugen bei Beurkundungen auf. Ein Reinfried von Alsenborn ist 1219 zugegen, als ein Kolb von Wartenberg zugunsten des Klosters Otterberg auf den Zehnten von Morlautern und Gersweiler verzichtet. Derselbe Reinfried ist zudem unter den Zeugen, als 1221 der Reichstruchseß schriftlich bekundet, daß er zu Lautern als kaiserlicher Hofrichter einen Streit um den lehnsfreien Grundbesitz in Gersweiler verhandelt und entschieden habe. 1260 setzt Siegfried von Hohenecken, ehemals Schultheiß der königlichen Stadt Lautern, den Hermann von Alsenborn als Bürgen dafür ein, daß ein Vermächtnis ausgeführt wird. Als Zeugen werden außerdem der Metzger Heinrich und der Bürger Berthold von Alsenborn angeführt. 1322 überläßt das Kloster Werschweiler den Brüdern Heinrich und Konrad, beide Förster in Alsenborn, in Erbpacht ein Haus, Garten und Ackerland für eine jährliche Schuld von 3 ½ Malter Korn. In der nächsten Sage geht es gleichfalls um einen Schatz an einer historischen Stätte.

KEINE ERLÖSUNG

„Eine Frau aus Alsenborn berichtete dem Schultheißen diese Begebenheit: Die Kirchturmuhr verkündete gerade die zwölfte, die Mitternachtsstunde, als sie von einem überirdischen Lichte geweckt wurde. Vor ihr stand eine weiße Frau, die sie mit Gesten aufforderte, ihr zu folgen. Sie dürfe keinen Ton von sich geben. Die Frau aus Alsenborn stieß ihren schlafenden Mann an, denn allein traute sie sich nicht, der weißen Frau zu folgen. Sie führte die beiden stummen Menschenkinder an den Berg, auf dem einstmals das Hubgericht stattfand. Ihr Mann durfte nur bis an den Fuß des Berges mitgehen.

Die Frau aber ging mit der weißen Frau hinein in den Berg, schritt durch hellerleuchtete mit Gold und Edelsteinen gefüllte Säle und kam in ein Nebenzimmer, wo an langen Tischen Männer mit längen Bärten saßen, die immerfort schrieben. Im nächsten Saal lag auf einer eisernen Kiste ein gutaussehender Mann, dessen Bart bis zur Erde reichte. Jetzt konnte die weiße Frau reden: ‚Geh hin und küsse ihn dreimal auf den Mund! Alle Schätze, die du gesehen hast, kannst du dann mitnehmen!‘ Die Frau aus Alsenborn brachte es aber nicht über sich, den gutaussehenden Mann zu küssen, nur weil er Augen hatte, so groß wie Suppenteller. Das enttäuschte die weiße Frau über die Maßen, denn sie glaubte von der Frau aus Alsenborn erlöst zu werden." (Viktor Carl: Pfälzer Sagen und Legenden)

Das Hubgericht auf dem Berg, ein ehemaliges Landgericht der Grafen von Leiningen, befand sich nach einer alten Urkunde „off dem Stamp zwischen Stauffe und Alsinzeborn, daz heißt an den stolen". Die mittelalterliche Gerichtsstätte im Stumpfwald, an der die Gemeinden zwei- oder dreimal im Jahr tagten, bestand aus neun steinernen Stühlen und einem höheren Sitz in der Mitte. Der Stumpfwald ist sprachlich aus dem älteren Stampfwald hervorgegangen, zu dem man mit schweren Schritten hinaufsteigen (stampfen) mußte. Das ursprüngliche Hubgericht ist nicht mehr vorhanden; 1934 wurde jedoch in einiger Entfernung davon an der Straße Alsenborn-Eiswoog ein Denkmal errichtet, das an das frühere Rechtsbrauchtum erinnern soll. Mitte des 16. Jahrhunderts kam Alsenborn zusammen mit Enkenbach zum kurpfälzischen Oberamt Lautern. Die beiden Dörfer wurden mit Morlautern, Erlenbach, Baalborn und Neukirchen zum sogenannten Büttelamt vereinigt. Die hohe Gerichtsbarkeit lag beim Hofgericht in Heidelberg, die niedere beim Schultheiß und seinen Schöffen. Von einem solchen Gemeindevorsteher, der über Gebot und Verbot bestimmte, berichtet die Sage

ER WAR IMMER DA

„Der Schulze in Alsenborn wohnte in einem Haus, in dem es nicht geheuer war. Als er gestorben war, mußte er auch umgehen, weil er mit dem Strafen schnell bei der Hand war. Wer in dem Haus etwas holen wollte, dem begegnete er, ganz egal zu welcher Zeit. ‚Schorsch, wecke mich morgen früh um sechs Uhr!' rief beim Zubettgehen einer der Knechte. Auf die Minute genau nahm ihm der Schorsch die Decke weg. Wenn er nicht gleich aufstand, wurde er von kräftigen Fäusten gepackt und auf den Dielenboden geworfen. Merkwürdig war nur, daß die anderen Knechte, auch die Mägde, rufen konnten so lange und so oft sie wollten, sie verschliefen am Morgen." (Viktor Carl: Pfälzer Sagen und Legenden)

Der Ort hatte in der Folgezeit durch mancherlei Kriegswirren viel zu leiden. Vor dem Dreißigjährigen Krieg lebten in Alsenborn 33 Familien mit etwa 130 Personen, danach nur noch 6 Familien mit ungefähr 25 Einwohnern. Bei der Belagerung von Kaiserslautern wurden 1635 auch die umliegenden Dörfer nicht verschont. Wer den marodierenden Soldaten nicht zum Opfer fiel, den holte hernach die Pest. Der sogenannte „Wildfangkrieg" der pfälzischen Kurfürsten führte zu weiteren Plünderungen und Verwüstungen. Eine besondere Landplage waren die lothringischen Reiter, die jahrelang die Straßen und Siedlungen unsicher machten. Zusätzliches Leid in der Region brachten die Reunionskriege Ludwigs XIV. und der Spanische Erbfolgekrieg.

Noch im Jahr 1707 hatte Alsenborn lediglich 113 Einwohner. Nach 1720 nahm die Bevölkerung allmählich wieder zu. In den alten Kirchenbüchern des Dorfes finden sich neben Bauern und Schäfern, Waldarbeitern und Taglöhnern nun auch Müller und Bäcker, Leineweber und Schneider, Zimmerleute und Maurer, Hof- und Wagenschmiede, Küfer und Daubenhauer. 1788 konnte Johann Goswin Widder in seiner geographisch-historischen Beschreibung der Kurfürstlichen Pfalz vermerken: „Zusammen finden sich in Alsenborn 79 Familien, 395 Seelen; eine Kirche, eine Schule, 64 bürgerliche und gemeine Häuser. Die Gemarkung enthält 917 Morgen Äcker, 112 Morgen Wiesen, 5 Morgen Gärten, 182 Morgen Weide und 750 Morgen Wald.“ Die Lage der Landwirtschaft war gleichwohl immer schwierig, so daß ein Bauer überglücklich war, wenn er unverhofft zu einem Erbteil oder einem Geldsegen kam. Eine Sage, die Fritz Claus in seinen Gedichtband „Fröhlich Pfalz, Gott erhalt's“ aufnahm, erzählt von einem solchen Fall.

DER TOTE HUND

Aus Alsenborn zwei Bäuerlein,
die warfen 'nen toten Hund
einem anderen zum Fenster hinein
zur mitternächtigen Stund.

Der springt vom Bett: „Ihr Lumpenpack!“
Die Schelme laufen davon.
Ist's Rache? Ist es Schabernack?
Hat man's getan zum Hohn?

Er packt den Hund, schleppt ihn hinaus;
„Nein, ist der Kerl so schwer!
Der rappelt ja“, so ruft er aus,
„als ob er voll Taler wär!“

Aufschlitzt den Leib er. Was nicht gar!
Mit Gold gefüllt war der Hund.
Da schmunzelt das Bäuerlein; denn er war
ein reicher Mann von der Stund.

Das auf drei Seiten von Höhen umgebene Dorf am Nordrand des Pfälzerwaldes hatte auch einige strategische Bedeutung. Nach der Französischen Revolution wurde der Ort Durchzugsgebiet und Kriegsschauplatz. Im September 1794 warfen preußische Truppen die Franzosen in dreitägiger Schlacht aus ihren Höhenstellungen am Schorlenberg nach Kaiserslautern zurück. Als unter der anschließenden bayerischen Regentschaft die Bevölkerung zur Tilgung der Staatsschulden herangezogen wurde, verschlechterte sich die wirtschaftliche Situation abermals. So nimmt es nicht Wunder, daß eine weitere Sage, die Helmuth A. Ulrich in seiner Sammlung „Wo es immer noch umgeht“ bringt, von einem gefundenen Schatz träumt.

DER BOLLESBRUNNEN

„Es gab eine Zeit, da keine Eisenbahn fuhr. Der alte Krämer von Alsenborn ging dann zu Fuß durchs Diemersteiner Tal, wenn er in Neustadt Geschäfte zu erledigen hatte. Wo aber drei Weidenbüsche standen, floß klares Wasser zwischen den Steinen hervor. Da löschte der alte Krämer jedesmal seinen Durst.

Einmal aber hatte er einen Traum: Auf der Rheinbrücke solle er hin- und hergehen und werde dabei sein Glück finden. Am folgenden Morgen machte sich der alte Krämer auf den Weg, wieder am Bollesbrunnen vorbei. Nach langem Marsch erreichte er die Rheinschanze und die Schiffbrücke über den Fluß. Er ging auf der Brücke traumverloren hin und her, als suche er etwas. Dem bayerischen Wachsoldaten fiel das auf. Er klopfte dem Handelsmann vom Land auf die Schulter und fragte ihn, was er suche.

Dieser sprach lachend: ‚Mein Glück, von dem ich geträumt habe, sogar dreimal.‘ Und er erzählte dem Soldaten, woher er sei und welch weiten Weg er hinter sich gebracht habe. Da lachte jener und sprach: ‚Auch ich habe geträumt, beim Diemerstein am Bollesbrunnen hinter den drei Weidenbüschen liegt ein großer Schatz begraben. Doch ich weiß nicht, wo der Diemerstein ist, wo der Bollesbrunnen sein Wasser aus der Erde sprudelt, kenn auch nicht den Ort mit den drei Weidenbüschen.‘ Der alte Krämer hörte sich dies gut an, sprach kein Wort, sondern lief heimwärts. Nur am Bollesbrunnen im Diemersteiner Tal machte er halt und hob den Schatz.“

Um die Mitte des 19. Jahrhunderts führten Überbevölkerung und Arbeitslosigkeit, Mißernten und Hungerjahre dazu, daß viele Pfälzer auswanderten. In Alsenborn boten danach Steinbrüche im Süden und Osten des Ortes neue Verdienstmöglickeiten. Das Dorf wandelte sich allmählich durch die beginnende Industrialisierung und eine verbesserte Infrastruktur. Während früher Land- und Forstwirtschaft die Arbeitsstätten bestimmten, überwiegen heute Handwerk und Industrie. Das Mehrstraßendorf am Fuß des Schorlenberges hat sich nach leidvoller Geschichte und mancherlei Rückschlägen zu einer blühenden Gemeinde entwickelt.

Der Schatz am Bollesbrunnen

„Holzmacher sehen noch heute eine weiße Gestalt unruhig wandern"

VON VERSETZTEN GRENZSTEINEN UND EINEM GERAUBTEN ALTARKREUZ IN HOCHSPEYER

Am 6. November 1921 fegte um die Mittagszeit ein orkanartiger Sturm über die Pfalz, der unter Blitz und Donner, Hagelschlag und Schneetreiben in den Wäldern großen Schaden anrichtete. Unter den geborstenen und entwurzelten Bäumen befand sich auch „die dick' Eich'", ein ehrwürdiges Naturdenkmal an der Verbindungsstraße zwischen Hochspeyer und Enkenbach. In der Gegend galt der mächtige Baum mit einem Umfang von 4,5 Metern, mit seinem kurzen und knorrigen Stamm, seinen gewaltigen und weitausgreifenden Ästen als Richt- und Wegzeichen.

Der drei- bis vierhundert Jahre alte Veteran des Waldes stand an einem markanten Punkt, an dem sich mehrere Wege kreuzten und einige Gemarkungen zusammentrafen. Hier verlief die Hochspeyerer Straße oder auch der Enkenbacher Weg, der Sembacher Weg und in einiger Entfernung die Matzenberger Straße. Die letztere, durchaus keine Chaussee im heutigen Sinn, war eine ehemalige Kaufmanns- und Geleitstraße, die von Worms nach Kaiserslautern führte. Der mehrhundertjährige Baum und die frühere Hochstraße an der Wasserscheide des Pfälzerwaldes stehen im Mittelpunkt von Sagen und Geschichten. Immerhin hatten beide die Reformationszeit und den Dreißigjährigen Krieg, die französischen Revolutionsheere und die deutschen Befreiungskämpfe, den Krieg von 1870 und den Ersten Weltkrieg miterlebt. Eine solche beziehungsreiche Vergangenheit bot Stoff für mancherlei Überlieferungen, für historische und persönliche Erinnerungen. Der einheimische Autor Karl Kleeberger, nachmals Bezirksschulrat in Ludwigshafen, schrieb auf, was er in der Spinnstube seines Elternhauses gehört und was ihm der Hirt von Enkenbach erzählt hatte. In seinem Buch „Volkskundliches aus Fischbach i.d. Pfalz", das 1902 im Verlag Hermann Kayser in Kaiserslautern erschien, berichtet er darüber:

DIE DICK' EICH'

„Unter ihr ist der Ort, wo in der Mitternachtsstunde die Geisterwelt sich offenbart. Leute, die man nicht gerade als ängstlich oder abergläubig bezeichnen kann, scheuen sich doch, zur Nachtzeit hier vorüberzugehen und wählen lieber einen andern Weg. Aber die im Volke nun allerdings doch seltener werdenden Geisterseher, sie erzählen uns von selbsterlebten Spukgeschichten. Meistens erscheint ein weißes Fräulein, „'s weiß Frääche", das übrigens sehr harmlos zu sein scheint, denn noch niemals hat es einem Menschenkinde ein Leid gethan, auch hat es noch keinen Laut von sich gegeben. Als unser Heer 1870 nach Frankreich zog, da sah ein Vorposten, der dort mitternachts aufgestellt war, dieses weiße Fräulein. An allen Gliedern starr, war er nicht imstande, sein „Werda!" zu rufen oder von seiner Waffe Gebrauch zu machen. Andere sahen wohl auch schon zur Rechten ein schwarzes Hündchen springen, das an einer gewissen Stelle spurlos verschwand und ebenso ungefährlich ist. Seltener gewahrt man den schwarzen Mann, der seinen Kopf im Arm trägt. Oft aber hört man das Geächze und dürre Geklapper in den Ästen, als ob ein Heer fleischloser Knochengestalten hier tummele."

Der bemerkenswerte Baum, der volkskundliche Bedeutung hat und in das pfälzische Schrifttum eingegangen ist, wurde 1911 in das Verzeichnis der Naturdenkmäler aufgenommen. Dies konnte aber nicht verhindern, daß das alte Wahrzeichen der Region allmählich verfiel. Nach seinem Ende in dem Wintersturm regte der rührige Heimatforscher Kleeberger an, an seiner Stelle eine Jungeiche zu pflanzen. An dem festlichen Ereignis nahmen am 11. Oktober 1925 die Heimatfreunde, die Schulen und die Gesangvereine von Hochspeyer, Fischbach, Waldleiningen, Enkenbach und Alsenborn teil. Die Geschichte des Landstrichs, die den Nährboden jeder Sage bildet, reicht weit in die Vergangenheit zurück. Ein Menhir und ein Hügelgrab, ein gefundenes Steinbeil und die Reste einer römischen Straße weisen auf eine frühe Besiedlung hin. Hochspeyer hat seinen Namen von dem Bach, der unter der Bezeichnung „Hohspira"

erstmals 987 erwähnt wird. Nachdem schon im 8. Jahrhundert der Hof Sendelborn bestand, gründeten die Leininger im 11. Jahrhundert das Dorf, das sich zeitweilig zwei Linien des Grafengeschlechtes teilten. 1125 besaß das Kloster Otterberg Anteile von „Hospiren“, 1222 erhielt das Kloster Höningen den Zehnten zu „Hochspira“. Nach der Reformation kam der Ort an den Kurfürsten von der Pfalz, der ihn später gemeinsam mit den Leininger Grafen und den Freiherrn von Walbrunn verwaltete. Eine katholische Pfarrei gab es schon 1217, eine lutherische kam 1556 hinzu. Um 1500 tagte dreimal im Jahr ein Gericht, das mit einem Schultheißen und einem Schöffen besetzt war. Aus dieser Zeit stammt ebenso das sogenannte Torstensonkreuz, das mancherlei Deutungen erfahren hat.

Durch den Dreißigjährigen Krieg wurde das Dorf völlig entvölkert. Ein Bürgermeister wird erstmals 1673 genannt. Während der französischen Revolutionskriege war die Gegend Schauplatz der Kämpfe; daran erinnert noch die Schanze von 1793/94 am Humberg neben der Straße nach Johanniskreuz. 1798 wurde die Mairie Hochspeyer mit den zugehörigen Gemeinden Fischbach, Frankenstein und Waldleiningen gegründet, die auch zu der heutigen Verbandsgemeinde zählen.

Hochspeyer liegt in einem weiten Talkessel, der von dichtbewaldeten Hügeln und Bergen umgeben ist. Die Gemarkung hat einige starke Quellen, aber nur wenig ertragreiche Böden, so daß sich die Landwirtschaft und Viehzucht nur mäßig entwickeln konnten. Die Bewohner des Dorfes gingen daher mehr dazu über, die Wälder durch Forstwirtschaft und Holzverarbeitung zu erschließen. In der Gegenwart verspricht die Lage im Naturpark Pfälzerwald ein gewisses touristisches Angebot. Neben den historischen Ereignissen stehen die örtlichen Lebensumstände und die wirtschaftlichen Voraussetzungen im Mittelpunkt der Sagen. In den lokalen Überlieferungen spielen deshalb die Waldarbeiter und die Bauern eine große Rolle. So in der Geschichte vom Grenzstein, von der es gleich zwei Fassungen gibt:

DER GRENZSTEIN (1)

„Spät abends gingen Holzmacher vom Wald heimwärts nach Hochspeyer. Sie sahen auf den Betzenlochäckern eine weiß Gestalt umhergehen. Am andern Morgen fand man Fußspuren über die Länge des Ackers hin. Der Acker aber gehörte der Gret, die nach Amerika ausgewandert war. Und jedermann wußte, daß sie den Grenzstein verrückt hatte, da ihr Bruder in den Krieg gezogen war.“

Der Landwirt, der einen Grenzstein versetzt, ist ein Motiv, das in vielen Sagen wiederkehrt. Meist handelt es sich bei der Gestalt um einen Mann, in der vorliegenden Erzählung jedoch um eine Frau. Auf dem eigenmächtigen Verändern der Ackergrenzen standen hohe Strafen. Wenn dieser Frevel nicht auf Erden gesühnt wurde, mußte eine jenseitge Gerechtigkeit eingreifen. Wegen ihr können die Verrücker des „Satzsteines“ nach dem Tod keine Ruhe finden. Sie müssen vielmehr an nebligen Abenden oder in dunkler Nacht an den Ort ihrer Untat zurückkehren und dort als „Wiedergänger“ oder „Umgänger“ erscheinen. In der zweiten Sage über die Gewanne Betzenloch, die in Hochspeyer in der Richtung zum Humberg liegt, wird berichtet:

Das Torstensonkreuz

DER GRENZSTEIN (2)

„Zu Hochspeyer ist es geschehen, daß Bruder und Schwester das Erbe der Eltern zu teilen hatten. Man wurde mit allem einig. Am wenigsten bereiteten zwei Äcker im Betzenloch Schwierigkeiten; denn sie waren beide gleich groß. Das Los sprach den einen dem Bruder, den andern der Schwester zu. Es kam der Krieg und holte den jungen Mann hinaus ins Feld. Die Schwester aber wurde vom Teufel besessen. Jedes Jahr pflügte sie eine weitere Furche von des Bruders Acker ab und dem ihren zu. Sie glaubte, das merke er nicht. Vielleicht kehrte er auch nicht wieder heim. Ja, sie schlich in einer finsteren Nacht aufs Feld hinaus und versetzte den Grenzstein in die neue Furche.

Der Bruder kam aber doch wieder vom Krieg heim. Eines Tages stand er in der Stube und trug die Hand in einer Schlinge. Die Schwester tat so, als freue sich sich sehr über die Heimkehr. Die Wunde über dem verlorenen Daumen heilte, und bald konnte der Bruder wieder Bauer sein, konnte pflügen, säen und ernten. Doch es entging ihm nicht, daß sein Acker im Betzenloch kleiner und der daneben größer geworden war. Seine Schwester stritt den Betrug ab; selbst vor dem Richter schwor sie, den Grenzstein mit keiner Hand berührt zu haben. Seit der Zeit waren Bruder und Schwester einander feind. Doch das Gewissen plagte die Betrügerin sehr. Sie wollte nach Amerika ausweichen und versteigerte ihre Felder. Nur den Acker im Betzenloch bot sie dem Bruder an. Er aber wollte ihn noch nicht einmal geschenkt haben.

Die Schwester war ausgewandert, doch das Schiff ging mit allen unter. Holzmacher aber sehen noch heute, wenn sie abends vom Wald heimwärts gehen, eine weiße Gestalt über die Betzenlochäcker unruhig wandern, und Fußspuren erkennt man am andern Morgen dort, wo einmal die richtige Furche verlief."

Helmuth A. Ulrich hat beide Fassungen der Sage vom Grenzstein in seine Sammlung „Wo es immer noch umgeht" (Otterbach 1962) aufgenommen. Ebenso sind beide Texte in dem dritten Band der „Pfälzischen Sagen" von Viktor Carl (Landau 1967) enthalten. Der pfälzische Dichter Leopold Reitz hat die Geschichte außerdem poetisch ausgeschmückt und episch erweitert. In seiner Broschüre „Sagen um Kaiserslautern und Donnersberg", die seinerzeit in der Reihe „Bayerischer Sagenhort" erschien, bemerkt er über den Acker des betrogenen Bruders: „Er trug in solcher Fruchtbarkeit, daß allgemein das Gerücht ging, er finde in jeder Furche einen goldenen Dukaten."

In vielen Sagen ist von verschütteten und verborgenene Schätzen in alten Häusern oder unterirdischen Gängen die Rede. Sie werden eines Tages von einem pfiffigen Bauern oder einem schlimmen Geizhals entdeckt und gehoben. In Karl Kleebergers volkskundlicher Sammlung findet sich dazu die folgende Überlieferung:

DER SCHATZ IM BRUNNEN

„Ein noch jetzt in Hochspeyer lebender, sehr achtbarer Mann ließ in seinem Garten einen Brunnen graben. Dabei stießen die Arbeiter auf eine kleine Höhlung. Als sie dies dem Eigentümer meldeten, sprach er: ‚Ei, geht heim! Ihr habt für heute genug gearbeitet!' und sie legten den Brunnen zu. In der Nacht stieg er mit einem Vertrauten hinab, und sie fanden zwei irdene Töpfe, welche ganz in Haare eingewickelt waren. Die Töpfe aber waren mit Goldstücken gefüllt."

In unseren Tagen hat der Hochspeyerer Autor Franz Neumer zwei historische Erzählungen im Heimatjahrbuch des Landkreises Kaiserslautern (1985 und 2001) veröffentlicht, die den Charakter einer Sage haben. In der Geschichte „Das zertretene Kreuz" berichtet ein Einheimischer dem kurpfälzischen Forstmann Velmann von einem Vorfall aus dem Jahr 1525. Damals habe einer der aufständischen Bauern den fliehenden Fischbacher Nonnen beim Hohen Stein das silberne Meßgerät entrissen und dem gleichfalls geraubten Altarkreuz einen Tritt versetzt: „Seit der Zeit geht der Tote um beim Hohen Stein. Ich habe ihn selbst gesehen, als ich einmal nachts von Hochspeyer nach Hause wollte. Die riesige Gestalt, ganz schwarz, vielleicht einen Steinwurf weit vor mir. Mit einem Fuß stampfte sie auf den Boden und stöhnte dabei. Es war unheimlich. Ich schlug einen großen Bogen und rannte, bis ich die Stubentür hinter mir zugeworfen hatte."

In der Erzählung „Beiß den Buben" deutet Neumer den seltsamen Namen einer Flur, mit dem früher eine sumpfige Wiese und der angrenzende Wald bei den Ruinen des Frechtentaler Hofes bezeichnet wurde. Kurz vor dem Dreißigjährigen Krieg verdächtigte man die Witwe eines Harzsieders als Hexe. Auf der Flucht verstellte ihr der Lehrling des Schmiedes am Steg über den Hochspeyerbach den Weg. In ihrer Not watete sie durch das sumpfige Gewässer und forderte ihren begleitenden Hund auf „Beiß den Buben". Sie versank jedoch bald im eiskalten Wasser. 1635 begegnete der nunmehrige Dorfschmied an der gleichen Stelle einem kaiserlichen Reiter, der ihn sogleich verfolgte. Der Schmied flüchtete vor ihm über den morschen und brechenden Steg, so daß er in dem nämlichen Moor sein Ende fand.

„Es war einmal ein frischer Webergesell ...“

VON WILDEN RITTERN, EINEM GRENZSTREIT UND FROMMEN HANDWERKERN IN SEMBACH

Der Streit mit dem Kloster wurde seinerzeit unter großer Anteilnahme der Bevölkerung beigelegt. Die Bewohner der Umgebung schritten mit den Mönchen den Klosterbesitz ab und setzten die Grenzsteine neu. Der Abt von Otterberg bestätigte die Beilegung der Streitigkeiten mit einem Schriftstück, in dem ein Ritter Albero von Sembach, damals Senchedebach, als einer der Zeugen genannt wurde. Die Siedlung, die wahrscheinlich erst nach dem 10. Jahrhundert bei einem „sich senkenden oder versinkenden Bach“ entstand, wurde auf diese Weise 1185 erstmals urkundlich erwähnt.

Die Gemeinde, deren Name sich im Lauf der Zeit zu Sinntenbach und Sentenbach veränderte, gehörte im 14. Jahrhundert zur Herrschaft von Randeck. Danach kam der Ort in den Besitz der Herren von Wartenberg, deren Burg nur zwei Kilometer davon entfernt lag. 1505 belehnte der Kurfürst Philipp von der Pfalz die Brüder Kolb und Hans von Wartenberg mit Anteilen an Rohrbach, Sembach und Mehlingen. Das Dorf an der wichtigen Straße von Lautern nach Mainz blieb bis zur Französischen Revolution in wartenbergischem Besitz und hatte schon recht früh eine eigene Poststation.

Diese Verhältnisse spiegelt auch das Ortswappen wider, das in Sembach in der Hauptstraße an verschiedenen Stellen zu sehen ist. Das Wappen zeigt in der von Silber und Rot geteilten Fläche in der oberen Hälfte einen blaugekleideten Mann mit Zipfelmütze, der die linke Hand in die Hüfte stützt, während die rechte einen roten Kolben hält. In der unteren Hälfte ist ein goldenes Posthorn abgebildet. Das silberne Schild in der Mitte weist einen roten Querbalken auf, begleitet unten von einer, oben von zwei roten Kugeln. Das Herzschild bietet das eigentliche wartenbergische Wappen, darüber die Helmfigur der Familie, die mit dem Streitkolben an den Namen der Kolbe erinnert, schließlich die Insignien der Posthalterei zu Sembach.

Die Grafen von Wartenberg zählten vormals zu den ältesten Adelsfamilien der Pfalz. Zu Beginn des 13. Jahrhunderts teilte sich die Familie in drei Linien, wobei sich der auf Schloß Wartenberg verbleibende Zweig „Kolb von Wartenberg“ nannte. Sembach wurde 1646 Amtssitz des Geschlechtes. Die kleine Herrschaft war politisch nicht besonders mächtig, sie stand weitgehend unter dem Einfluß der Grafen von Leiningen. Einige Wartenberger stiegen immerhin zu Domherren in Worms und Mainz auf. Ein Angehöriger der Familie wird sogar in einer Sage geschildert, die Friedrich Wilhelm Hebel in sein „Pfälzisches Sagenbuch“ (Kaiserslautern 1912) aufnahm.

DER SCHWARZE RITTER

„Zu Worms war einst ein großes Turnier, wobei sich besonders der von Wolfseck aus dem Schwabenlande hervortat, so daß zuletzt keiner mehr mit ihm stoßen wollte.

Höhnisch sah er deshalb auf die rheinischen Ritter herab. Das wurmte Kolb von Wartenberg, der nur zum Schauen gekommen war, und er entschloß sich, die Ehre der rheinischen Ritterschaft durch einen Strauß mit dem Übermütigen zu retten.

Furchtbar war der Zusammenstoß der gewaltigen Männer; die Splitter der Lanzen wirbelten hoch in die Luft und – Wolfseck lag am Boden. Da rief er voll Scham und

Kolb von Wartenberg

Wut: ‚Der hat mich durch höllische Kunst besiegt; er steht mit dem Teufel im Bunde.' ‚Das lügst du!' entgegnete Wartenberg empört, ‚ein Zweikampf mit scharfen Lanzen soll dich dieser Lüge zeihen.' Es blieb bei dem Vorschlage und der Tag des Kampfes wurde festgesetzt.

Wohl erschien der Schwabe mit alter Keckheit, aber Wartenberg blieb aus. Als Wolfseck höhnisch nach dem tapferen Kolb fragte, sprengte ein Ritter auf schwarzem Rosse mit geschlossenem Visier in schwarzer Rüstung heran. Nur der Helmbusch war feuerrot. Da der Ritter Kolbs Wappen trug, so ließ man ihn ein. Alsbald begann der Kampf. Schon beim ersten Zusammenstoß sank der Schwabe vom Pferde, der Schwarze aber flog mit Sturmeseile davon. Als man den sich am Boden Krümmenden aufheben und verbinden wollte, sprach er mit matter Stimme: ‚Es ist unnötig. Wartenberg gab mir den verdienten Lohn, denn meine Leute haben ihn gestern unvermutet überfallen und getötet.' Gleich darauf war er eine Leiche."

Die Gestaltung der Begebenheit im Volksmund läßt darauf schließen, daß das Adelsgeschlecht in seiner Umgebung ein beträchtliches Ansehen genoß. Erdichtete Mär oder tatsächliches Ereignis – in der Erzählung sind die Wartenberger jedenfalls mit Stolz und Ehrgefühl, Tatkraft und Tapferkeit ausgestattet. Die Sage aus der Ritterzeit war nach dem Ersten Weltkrieg bis zum Beginn des Dritten Reiches im Pfälzer Lesebuch für die 3. und 4. Klasse abgedruckt. Der Heimatforscher Friedrich Wilhelm Weber hat sie später unter dem Titel „Der geheimnisvolle Rächer" nacherzählt und ausgeschmückt.

Weil die Wartenberger in Franz von Sickingens Auseinandersetzung mit dem Erzbischof von Trier verwickelt waren, wurde ihre Burg im Dezember 1522 von dem kurpfälzischen Hauptmann Wilhelm von Habern geplündert und zerstört. Auch nach dem Bauernkrieg und dem Dreißigjährigen Krieg erlangte die westpfälzische Adelsfamilie noch einige Bedeutung. Johann Casimir Kolb von Wartenberg der Ältere begleitete den Kurprinzen bei dessen Vermählung mit Elisabeth Stuart nach London. Er verfaßte außerdem zwölf geistliche Lieder, die 1674 in Druck erschienen. Sein Sohn Johann Casimir Kolb der Jüngere trat in brandenburgischen Dienst, avancierte zum General-Erbpostmeister und preußischen Minister.

An die Geschichte der Adelsfamilie erinnert vielleicht auch das sogenannte Baudweiler Kreuz und die damit verbundene Sage. Zwischen Sembach und Neuhemsbach, rechts der Straße vom Bahnhof zum ehemaligen Flugplatz, lag einst das Dorf Baudweiler. Als die Kroaten 1635 Kaiserslautern und das Umland eroberten, wurde das Dorf niedergebrannt und seine Bewohner vertrieben oder getötet. An der Gabelung der Straße nach Sembach und Wartenberg stand früher in den Wiesen und an einem Weiher ein fast versunkenes Kreuz, das wohl an das verschwundene Dorf in der Nähe erinnern sollte. Das alte Denkmal, das aus Geröllsandstein bestand, ist nicht mehr erhalten. Das Steinkreuz wechselte mehrmals den Platz und stand zuletzt auf einer Verkehrsinsel, wo es 1961 durch ein Fahrzeug beschädigt wurde und in mehrere Stücke zerbrach. Der Bildhauer Menges in Kaiserslautern wurde beauftragt, es durch ein neues Denkmal aus Sandstein zu ersetzen, das 1962 angebracht wurde. Es steht an der

Einmündung der Straße von Sembach in die B 48. Freilich ist nicht sicher, ob das Kreuz ehedem an das Schicksal des verschollenen Dorfes gemahnte oder ob es als sonstiges Erinnerungs- und Sühnezeichen galt. Nach Friedrich Wilhelm Weber berichtet die Sage darüber:

DAS BAUDWEILER KREUZ

„Der Graf von Wartenberg, der auf der Höhe der Kaiserstraße auf dem sogenannten Schloßberg bei Wartenberg seine Burg hatte, sei einmal mit der Kutsche, in der mehrere seiner Familienangehörigen saßen, die Sembacher Steige herabgerast. Im Alsenztal angekommen, hätten die Pferde das Gefährt nicht rechtzeitig abbremsen können, und die Kutsche sei mit den Insassen in den hier befindlichen tiefen Woog gestürzt. Einige Familienangehörige seien dabei ertrunken. Ihnen zu Ehren habe man das Denkmal errichtet. Auch hört man die andere Lesart, es sei nur ein einzelner Ritter gewesen, der in der Nacht irrtümlicherweise in den Weiher geraten und ertrunken sei."

An dem Woog befindet sich nach der Auskunft von Bürgermeister i.R. Hans Buch jetzt die Kläranlage der Verbandsgemeinde Enkenbach-Alsenborn. Zur Zeit der Wartenberger bestand Sembach aus 24 Häusern, einem Hof und einer Mühle. 1717 wanderten Mennoniten in das Dorf ein, die wegen ihres Glaubens aus der Schweiz vertrieben wurden. Es waren durchweg tüchtige Bauern oder Handwerker, die wesentlich zur Entwicklung des Gemeinwesens beitrugen und sich 1777 ein eigenes Gotteshaus erbauten. Aus jenen Jahren stammt eine Gruselgeschichte, nach der ein

Das Baudweiler Kreuz

reitender Förster mit dem Kopf unter dem Arm des öfteren nächtlichen Passanten begegnet sein soll, die in der Dunkelheit in Feld und Wald unterwegs waren. Es habe sich um einen üblen Vertreter seines Standes gehandelt, der die Leute angeblich schikanierte und jetzt zur Strafe ohne Kopf durch die Steinau und über den Heuberg reiten müsse. Eine Sage, die Viktor Carl in seiner umfangreichen Sammlung „Pfälzer Sagen und Legenden" (Edenkoben 2000) wiedergibt, erzählt darüber:

AM STREITECK
„Grenzstreitigkeiten sind nichts Neues. Wegen einiger Quadratmeter hat man sich schon die Dickschädel eingeschlagen. Einstmals gab es Krach zwischen den Bewohnern von Sembach und denen von Münchweiler. Es ging um das auf dem Heuberg von Sembacher Bürgern gefällte Holz. Die aus Sembach behaupteten, das umstrittene Holz in ihrem Wald geschlagen zu haben, die Müchweilerer aber waren entgegengesetzter Meinung. Eine Rede gab die andere, Handgreiflichkeiten folgten, und erst als der Förster Nunz von Sembach einen der Streitenden erschossen hatte, kamen die Streithähne zur Besinnung. Dem Förster hängt diese Tat schwer an. Er muß auch noch nach seinem Tode büßen. Am „Streiteck" auf dem Heuberg haben ihn schon viele als Reiter ohne Kopf gesehen."

Der heimatkundlich interessierte Pfarrer Philipp Stock bemühte sich im vorigen Jahrhundert, den geschichtlichen Kern dieser Erzählung zu ermitteln. Anhand von alten Prozeßakten fand er heraus, daß der Sage ein dokumentierter Vorfall zugrunde liegt. Der Pfarrer teilte dazu 1913 in den „Leininger Geschichtsblättern" mit, der hochgräflich Wartenberger Förster Nunz habe am 18. Januar 1774 beim Amt zu Sembach die Aussage gemacht, in der verwichenen Nacht seien Untertanen der Grafen von Wieser aus Münchweiler in den Wald, die Steinau, eingefallen und hätten zwanzig der besten Eichenstämme gehauen und solche bis auf zwei hinweggeführt.

Während der Amtmann noch mit der Abfassung des Berichtes an den Grafen zu Wartenberg beschäftigt war, erschien der Förster erneut und zeigte an, daß die Gemeinden Münchweiler und Gonbach abermals in die Steinau eingefallen seien, Holz gefällt und abtransportiert hätten. Es wurde daraufhin angeordnet, daß die ganze Gemeinde von Sembach mittels Glockenschlag einberufen werde und gemeinsam mit Förster und Schultheiß die „friedensstörende, gewaltsame Invasion" verhindern solle – jedoch ohne Tätlichkeit. Der Förster machte sich mit einem preußischen Unteroffizier, der bei ihm logierte, und einem kurpfälzischen Korporal auf den Weg, um den Einbrechern entgegenzutreten. Die Leute von Sembach folgten ihnen jedoch nur in respektvollem Abstand. An der Steinau kam es zu einem Schußwechsel zwischen den beiden Gruppen, bei dem einer der „Invasoren" auf Sembacher Gebiet den Tod fand. Seinerzeit soll die Angelegenheit um die Waldrechte bis vor das Reichskammergericht gegangen sein.

Nachdem die Bevölkerung des Dorfes zunächst vorwiegend von der Landwirtschaft gelebt hatte, kamen im Lauf des 18. Jahrhunderts einige Handwerker dazu. Neben vielen anderen Berufen nennen die Kirchenbücher der Jahre 1773–94 auch einen Webermeister und einen Strumpfweber. 1830 wirkten vier Leineweber in dem Ort, die das Rohmaterial für Kleidungsstücke und Bettwäsche, Tischdecken und Kartoffelsäcke herstellten. Von einem Angehörigen dieses Berufsstandes handelt eine der schönsten Sagen unserer Region, die Alexander Schoeppner nach der mündlichen Überlieferung in sein „Sagenbuch der Bayerischen Lande“ aufnahm, das 1852 in München erschien.

DAS PFÄLZER WEBERLEIN

„Es war einmal ein frischer Webergesell, gebürtig aus Sembach in der Pfalz. Dem ward es zu eng in der Heimat und er wollte in der Welt sein Glück probieren. Nun konnte ihm zwar sein Vater kein großes Stück Geld mit auf die Wanderschaft geben, aber ein ehrlicher und fleißiger Handwerksbursch hat auch keine Sorge, durch die Welt zu kommen. Dazu gab ihm seine Mutter ein kostbares Amulett mit auf den Weg, nämlich den guten Rat: alle Tage mit Gott anzufangen und wo immer ein Kirchlein an der Straße zu treffen wäre, dort nicht vorüberzugehen.

Damit machte sich unser Webergesell auf die Wanderschaft und nahm seinen Marsch gen Wien, der berühmten Kaiserstadt. Aber vergebens hatte er unterwegs nach Arbeit umgefragt, jetzt, da er in Wien anlangte, war sein letzter Zehrpfennig ausgegangen und der gute Webergesell so hungrig wie eine Kirchenmaus. Als er nun so durch die engen Straßen mit den hohen Häusern hinschlenderte, stand er auf einmal vor einem großen und herrlichen Gotteshaus, wo eben viel Volks ein- und auswogte.

Da dachte sich unser Webergesell: Gott, der die Kirchenmäuse nicht verhungern läßt, wird auch noch für ein Pfälzer Weberlein sorgen können. Und damit trat er, eingedenk der Mahnung seiner lieben Mutter, alsbald in das herrliche Münster ein, welches von dem heiligen Stephanus seinen Namen hat. Drinnen wogte feierlicher Gesang, denn soeben hatte das Hochamt begonnen, welchem auch der Kaiser Ruprecht beiwohnte. Wie das Weberlein die ergreifenden Töne vernahm, kam es ihm ganz engelisch und wunderbar vor und eine unbezwingliche Lust ergriff ihn mitzusingen. Also brach der gute Pfälzer unbewußt in ein helles Singen aus, das alsobald die Aufmerksamkeit aller Umstehenden auf ihn lenkte.

In demselben Augenblick aber hörte man den Kaiser rufen: ‚Ein Pfälzer ist's! ein Pfälzer ist's!‘ Denn der Kaiser, welcher vormals Kurfürst der Pfalz gewesen, hatte den singenden Weber gleich an der Stimme erkannt und sandte auch sofort einen Diener ab, ihn aufzusuchen. Der arme Weber wußte gar nicht, wie ihm geschah, als ihn der kaiserliche Trabant gebührend begrüßte und mit ihm vor den Kaiser zu kommen ermunterte. Wie ihn Ruprecht sah, konnte er sich nicht enthalten, laut auszurufen: ‚Seht da, ein Pfälzer! hoch lebe die Pfalz!‘ Worauf ein ‚Hoch lebe die Pfalz!‘ ringsum im Tempel wiederhallte. Da kam es unserm guten Gesellen vor, als ob er im Himmel wäre, und sein erster Gedanke, wann doch jetzt seine lieben Eltern und Geschwister auch dabei wären.

Aus diesem schönen Traume weckte ihn nur das Drängen des Volkes aus dem Gotteshause, denn das Hochamt hatte schon geendet. Der Kaiser aber winkte dem

Weberlein freundlich zu, drückte ihm einige blanke Goldstücklein in die Hand und ermahnte ihn noch, falls er in Not käme, nur wieder zu kommen. Da küßte der Pfälzer dem guten Fürsten vielmal die Hand und verließ Gott lobend und preisend Sankt Stephans Münster mit dem festen Vorsatze, dem Wort seiner lieben Mutter getreu an keinem Kirchlein vorüberzugehen."

Die Verkleinerungsform „Weberlein" erinnert an das „Schneiderlein", das im Volksmund als Stubenhocker allerhand Neckereien ausgesetzt war. Man sagte ihm mangelnden Appetit und leichtes Gewicht, schwache Gesundheit und nur geringe Kraft nach, hielt ihn für einen Zeitgenossen, der leicht friert und sich schnell fürchtet. Das Weberlein dagegen ist couragiert und zuversichtlich, erlebt vielleicht gerade deshalb eine ermutigende und hoffnungsvolle Geschichte. Die Sage um den Sembacher Bürger wurde zudem in die Vergangenheit und in die weite Ferne verlegt sowie mit höfischem Glanz umgeben.

Brunnenfigur für Sembach

Was die historische Person, den zitierten Kaiser anlangt, so muß allerdings festgestellt werden, daß es keinen Ruprecht gibt, der einmal Kurfürst von der Pfalz und danach Kaiser in Wien war. Drei pfälzische Kurfürsten tragen diesen Namen: Ruprecht I. (1309–1390), Pfalzgraf bei Rhein und Herzog von Bayern, dessen Neffe Ruprecht II. (1325–1398), gleichfalls Pfalzgraf bei Rhein und Herzog von Bayern; schließlich des letztgenannten Sohn Ruprecht (1352–1410), der deutscher König war. Aber es geht bei dem Inhalt der Sage ja auch nicht um historische Wahrheit, sondern um ein beispielhaftes Geschehen. Die Sage vom Weberlein aus Sembach wurde mehrmals dichterisch bearbeitet und neu nacherzählt. Fritz Claus bringt sie in seinem Gedichtband „Fröhlich Pfalz, Gott erhalts“ (Zweibrücken 1901). Bei ihm wird der Pfälzer gar an die Tafel des Kaisers eingeladen; dabei fragt er den Herrscher keck, ob es ihm denn in Wien behage. Als dem Kaiser die Augen naß werden und er nichts darauf antwortet, bringt das Weberlein ein Hoch auf die schöne Pfalz aus. Friedrich Wilhelm Hebel übernimmt in seiner Sammlung „Pfälzische Sagen“ (Kaiserslautern 1912) weitgehend den ursprünglichen Text von Schoeppner.

Paul Ginthum hat in seinen „Pfälzer Sagen und Balladen“ (Landau 1925) die Geschichte dagegen ein wenig abgewandelt. Der Kaiser lädt das Weberlein zu sich ins Schloß ein: „Dort fragte er ihn nach Woher und Wohin und wie es in der schönen Pfalz gehe. Unser Weberlein aber sagte: Gut Herr Kaiser, und noch besser, wenn Ihr uns auch wieder einmal besuchen wollt! Da lachte der Kaiser Ruprecht wieder und sprach: jeder Pfälzer dürfe frank zu ihm kommen, wenn er in Not gerate oder sonst etwas auf dem Herzen habe.“

Helmuth A. Ulrich hat die Erzählung gleichfalls in seiner Anthologie „Wo es immer noch umgeht“ (Otterbach 1962) berücksichtigt. Bei ihm beginnt die Sage mit den Sätzen: „Drüben in Sembach lebte vor langen Jahren ein lustiger Webergesell. Jeden Tag begann und endete er mit einem frohen Lied, und zwischendrin ließ er auch seine Weisen hinter dem Webstuhl hervor auf die Straße erschallen. Ihm war die Stube längst zu eng geworden...“ Eine weitere Fassung der Sage war ohne Angabe des Autors 1972 im „Heimatkalender für Stadt und Landkreis Kaiserslautern“ zu lesen. Darin heißt es am Schluß: „Als das Pfälzer Weberlein den Stephansdom verlassen hatte, faßte er neuen Mut, suchte und fand in der großen Stadt Wien Meister und Arbeit. Des ersten Tages eingedenk aber ging er, wie die Mutter gebeten hatte, an keiner der vielen Kirchentüren vorbei, denn zu bitten und zu danken steht jeder Stunde wohl an und macht die Fremde zur Heimat.“

„Der Wald war finster und stockdunkel der Weg"

VOM KLÖSTERLEIN, EINEM TÜCHTIGEN SCHMIED UND DEM WILDEN HEER IN FISCHBACH

Der Ort nordöstlich von Hochspeyer hieß im 16. bis zum 18. Jahrhundert noch Clausfischbach. Er erinnerte mit seinem Namen an die einstige Klause und das fischreiche Gewässer im Tal. Diese beiden prägenden Elemente finden sich ebenso in dem Gemeindewappen: es zeigt einen goldenen Krummstab, der von einem roten Wellenbalken überdeckt wird, in dem ein silberner Fisch schwimmt. Die heraldische Darstellung von Kloster und Bach ist von drei roten Kugeln umgeben.

Es begann damit, daß hier in früher Zeit eine Marienkapelle stand, die 1221 erstmals erwähnt und im 15. Jahrhundert häufig zu Wallfahrten besucht wurde. 1471 errichtete man bei der Kapelle eine Klause der Augustinerinnen, zu der auch ein Wirtschaftsgebäude gehörte. Das ehemalige Kloster der Chorfrauen beschäftigte naturgemäß die Phantasie der Bewohner des Dorfes, das sich allmählich um die fromme Niederlassung entwickelt hatte. Karl Kleeberger bringt 1902 in seiner volkskundlichen Sammlung über Fischbach dazu die folgende Sage:

UNTERIRDISCHER GANG

„Ein unterirdischer Gang verband das Nonnenkloster Fischbach mit dem Mönchskloster Enkenbach, welches über eine Stunde nördlich davon liegt. Diesen Gang benützten die Insassen zu Besuchen im Nonnenkloster. Die Eingänge weiß man noch. Der in Fischbach ist im Keller des ehemaligen Eck-Schlicherschen Hauses, aber er ist vermauert. In dem Gang hoffte man Schätze zu finden. Einmal ging einer von der Enkenbacher Seite mit einer Kienfackel hinein. Aber nach ein paar Schritten ging die Fackel aus, und er tappte im Dunkeln nach dem Ausgang. Seitdem hat es niemand mehr gewagt, die Schätze zu suchen."

Offenbar entfernte sich dabei die Einbildungskraft des Volkes jedoch allzu weit von dem geschichtlichen Kern, der einer Sage innewohnt. Die topographischen Verhältnisse zwischen den beiden Orten sind nämlich nicht so geartet, daß sie ohne weiteres eine unterirdische Verbindung ermöglichten. Außerdem war Enkenbach eine Gründung der Prämonstratenserinnen, also gleichfalls ein Nonnenkloster. Zum gegenseitigen Besuch hätte es somit des unterirdischen Ganges nicht bedurft.

Historische Tatsache ist dagegen, daß das Kloster 1525 im Bauernkrieg geplündert und 1564 durch den Kurfürsten Friedrich III. von der Pfalz aufgelöst wurde. Der einstige Konvent der Augustiner-Chorfrauen diente zunächst der Herzogin Marie von Simmern als Witwensitz. Danach gestaltete man die Klosteranlage zu einem Hofgut mit Wohnhäusern um. Die Grafen von Wartenberg bauten sich hier ein Jagdschloß, das in der Französischen Revolution zerstört und schließlich völlig abgebrochen wurde. An der Stelle der Klosterruine entstanden Bauernhäuser, Scheunen und Ställe.

Grabplatte von 1510

Die verschwundene Einsiedelei beschäftige, aber noch immer die Gedanken und Gefühle der Einheimischen. Die Erinnerung an die Klause und ihre Bewohnerinnen schlug sich in einer zweiten örtlichen Sage nieder:

DAS KLÖSTERLEIN ZU FISCHBACH
„Im Bauernkriege zerstörten die wilden Horden auch das Klösterlein zu Fischbach. Sie drangen in die Klosterzellen und vertrieben die Nonnen. Seit dieser Zeit hört man bei den Trümmern ein Seufzen und Klagen wie von Gespenstern; es ist das klägliche Flehen der geschlagenen Bauern. Noch weiß man im Walde ein Plätzchen, wo sie lagerten; da will nichts wachsen und selbst im heißen Sommer spürt man dort einen eisigkalten Schauer. Das Kloster mit seinen meist adeligen Damen hatte auch ein silbernes Glöcklein. Zum Schutze vor den diebischen Feinden begruben sie es tief in einen Keller. Niemand aber weiß, wo es heute liegt."

Der Text ist im „Pfälzischen Sagenbuch" von Friedrich Wilhelm Hebel enthalten (Kaiserslautern 1912). Mit geringen Änderungen hat ihn auch Helmuth A. Ulrich in seine Sammlung „Wo es immer noch umgeht" (Otterbach 1962) aufgenommen. Ebenso ist sie im ersten Band der „Pfälzer Sagen" von Viktor Carl (Landau 1967) enthalten. Alle Variationen der Sage gehen wohl auf die von Karl Kleeberger wiedergegebene Fassung zurück, der sie unter dem Titel „Die versunkene Glocke" erzählt.

Glocken bilden ohnehin ein häufiges Motiv von Sagen, stehen oft im Mittelpunkt der lokalen Überlieferungen. Sie waren die weithin hörbare Stimme des Dorfes, die zu den Gottesdiensten rief und den Feierabend ankündigte. In unsicheren Zeiten wie dem Bauernaufstand, dem Dreißigjährigen Krieg und der Französischen Revolution mußten sie vor dem marodierenden Kriegsvolk versteckt und gerettet werden.

Die Lebensbedingungen in dem kleinen Dorf waren anfänglich recht schwierig. Erwerbsmöglichkeiten gab es fast nur durch Arbeiten für das Kloster oder Dienste für die spätere Herrschaft. Die Bevölkerung verdiente ihr Brot als Bauern oder Handwerker, Steinhauer oder Waldarbeiter. In mageren Jahren konnte es schon einmal vorkommen, daß ein redlicher Handwerker dem schnöden Mammon huldigte oder seine Seele gar dem Teufel verschrieb. Denn der Satan war nicht nur eine feindselige Macht, die zum Bösen verführt, sondern auch ein leutseliger Dämon, der zu schnellem Reichtum verhilft. Davon berichtet die Sage

TEUFEL UND SCHMIED
„Zu Fischbach unweit Hochspeyer lebte ein tüchtiger Schmied. Vom frühen Morgen bis zum späten Abend klangen die Hammerschläge vom Amboß. Einst ging der Teufel an der Schmiede vorbei, sah dem rußigen Gesellen eine Zeit zu und fing dann an mit ihm zu reden. Dabei konnte er noch mehr von des Schmiedes Kunstfertigkeit, aber auch von seiner riesigen Arbeitskraft erfahren. ‚Wenn ich nur genug Eisen zu verarbeiten hätte!'

Der Teufel versprach ihm zu beschaffen, nur müsse der Schmied ihm seine Seele verschreiben. So geschah es. Doch der Schmied setzte noch eine Bedingung hinzu:

Der Geselle der Hölle müsse jede angefangene Arbeit erraten. Wenn ihm dies nicht gelinge, dann sei die Seele des Schmiedes wieder frei. Der Vertrag wurde unterschrieben. Der Teufel lieferte fortan dem Schmied Eisen in Mengen, und der rußige Geselle fand seine Lust daran, ein Werkstück nach dem andern zu schmieden. Jeden Tag aber schaute des Teufels Fratze zur Schmiede herein, zu sehen, was des Meisters Hände schafften. Und immer konnte er erraten, was es werden sollte.

Der Schmied aber wollte doch erreichen, daß er ein Werk beginne, das dem Teufel unbekannt blieb. Am frühen Morgen schon begann er damit. Ein Stiel war daran und drei eiserne Zinken. Der Teufel kam; der Schmied hielt es ihm vor die Nase. Der Geselle der Hölle sprach: „Eine Mistgabel." Doch der Schmied schlug auf dem Amboß die Zinken krumm. So war es ein kleiner Gartenrechen geworden. Die Seele des Schmiedes aber war gerettet."

Das im Tal des Fischbaches gelegene Dorf war von einer Fläche mit dichtem Baumbestand umgeben, über die der kurpfälzische Förster Velmann schon 1604 eine Grenzbeschreibung des Alsenborner und Enkenbacher Waldes verfaßte. In den dunklen Wäldern konnte man bei Herbst- und Winterstürmen den Eindruck gewinnen, als sei das wütende Heer oder die wilde Jagd unterwegs. Als Anführer des nächtlichen Sturmes galt Wotan, der Göttervater der germanischen Mythologie. Hiervon handelt die folgende Geschichte:

Teufel und Schmied

DAS WILDE HEER

„Der verstorbene ehemalige Schlaghüter Peter Weber von Fischbach und andere gingen vor ungefähr 50 Jahren des Nachts auf die Dachsjagd nach den Geldlöchern zu. Wenn sie da an der Glasthalerhohl vorbeikamen, oder am Kohldellchen oder noch weiter dem Schorlenberg zu, dann begegnete ihnen zuweilen das ‚wilde Heer'. Schon vor der Ankunft desselben waren die Hunde nicht mehr vom Platz zu bringen. Sie winselten, duckten sich nieder und suchten Schutz zwischen den Beinen ihres Herrn. Das Heer selber kam mit großem Gerasssel und Geräusch an, so ‚als ob hundert Chaisen en carrière über ein holperiges Pflaster fahren'. Das dauerte ein paar Minuten und verhallte in der Ferne. Erst dann kamen auch wieder die Hunde hervor, vor Angst in Schweiß gebadet. – Es scheint, daß das wilde Heer jetzt zur Ruhe gekommen ist, aber jene Gegenden sind immer noch etwas verrufen."

Der einheimische Volkskundler Kleeberger hat seine Nacherzählung der Sage mit sehr präzisen Angaben zu Person, Ort und Zeit versehen. Er berichtet auch, daß es in seiner Knabenzeit an „Müllers Tisch" nicht geheuer war und Kinder dort nicht allein vorbeigingen. „Müllers Tisch", ein großer und viereckiger Steinblock am Höhenweg, hatte seine Bezeichnung nach einem früheren Förster gleichen Namens. An dem Ort geht es um, obwohl nicht weit davon die „Himmelswiese" liegt. Vielleicht haben überdies die Ereignisse an den nahegelegenen Schanzen dazu beigetragen, daß der Ort unheimlich wirkt. Die Schanzen wurden 1794 von den Preußen unter Blücher errichtet, als sie die französische Revolutionsarmee vom Schorlenberg über Fischbach und Hochspeyer bis nach Trippstadt verfolgten. Helmuth A. Ulrich und Viktor Carl bieten in ihren gesammelten Sagen die folgende Fassung:

DIE GESCHICHTE VOM MÜLLERSTISCH

„In einer nebelverhangenen Novembernacht ging ein Mann mit Namen Müller vom Schorlenberg gen Fischbach zu. Der Wald war finster und stockdunkel der Weg. Dennoch eilte der nächtliche Wanderer voran. Er wurde getrieben. Jemand riß ihm den Hut vom Kopf, und dann hüpfte ihm einer auf die Schulter und blieb sitzen bis zum Seelenpfad.

Nun war der Wanderer die Last los. Kurz verschnaufte er und tappte nach Hause. Am anderen Tag aber erzählten sich's die Leute im Dorf. Keiner ging mehr nachts an der unheimlichen Stelle vorbei. Man setzte vielmehr einen Stein an den Ort, fortan der Müllerstisch geheißen. Wer aber dreimal den Stein umschreitet, dem begegnet an derselben Stelle ein weißes Fräulein."

„Seit jener Zeit soll es in der Gasse nicht geheuer sein“

VON UNHEIMLICHEN BEGEBENHEITEN UND GEWALTSAMEM TOD IN OTTERBERG

Die geschichtlichen Anfänge beginnen mit einer Burg, die sich auf dem Berg nordöstlich der heutigen Stadt befand. Während um die Mitte des 19. Jahrhunderts noch einige ihrer Grundmauern vorhanden waren, ist heute nichts mehr davon zu sehen. Die Otterburg erhielt ihren Namen von einem Bach mit Fischottern, der beim Birotshof entspringt und den Schloßberg umfließt. Die befestigte Anlage wird im März 1143 erstmals in einer Urkunde erwähnt, als der Erzbischof Heinrich I. von Mainz dem Abt von Eberbach die Kapelle in der alten „Oterburc“ mitsamt dem nächstgelegenen Dörflein zur Gründung eines Klosters überträgt. Ein Jahr darauf ließ sich der erste kleine Konvent in der abgelegenen Gegend und dem wenig besiedelten Waldgebiet nieder.

Die zwölf Zisterzienser litten zunächst einige Not in der unwirtlichen Region und wollten die schon halb verfallene Burg wieder verlassen. Die heilige Hildegard von Bingen soll sie daher 1147 in einem Brief zum Ausharren ermahnt haben. Bald darauf siedelten die Mönche in das Tal zu Füßen des Burgberges über. Der Bau des Klosters und der Kirche an der jetzigen Stelle begann nach den neuesten Forschungsergebnissen noch vor 1168. Ein wesentlicher Bauabschnitt fiel in die Amtszeit des Abtes Philipp, der von 1190 bis 1225 der klösterlichen Gemeinschaft vorstand.

Epitaph an der Klosterkirche

Philipp, einer der bedeutendsten Äbte Otterbergs, steht im Mittelpunkt von zwei Geschichten, die in dem „Dialogus miraculorum“ des Caesarius von Heisterbach (1180–1240) enthalten sind. In seinem „Zwiegespräch von den Wundern“ sammelte er 700 Legenden, die ihn zum größten lateinischen Novellisten des deutschen Mittelalters machten. In einer seiner frommen Anekdoten erzählt er die Bekehrung des späteren Otterberger Abtes, der aus einer reichen Familie stammte. In einer weiteren Geschichte berichtet er:

EIN WANKELMÜTIGER KLOSTERBRUDER

„Ein Mönch zu Otterberg wurde von schweren Gedanken befallen und wollte wieder in das weltliche Leben zurückkehren. Als er einmal des Nachts im Chor stand und überlegte, wie er wohl am besten entfliehen könnte, wollte er vor Unmut nicht mit in den Gesang einstimmen, den die Mönche angestimmt hatten. Der Abt ging umher, um eventuell Schlafende zu wecken. Als er zu dem Mönch kam und sah, daß dieser nicht mitsang, glaubte er, daß dieser schlafe, beugte sich über ihn und rief ihm laut die Verse aus Habakuk ins Ohr: ‚Der Teufel geht vor ihm her.‘

Auf diesen Zuruf erschrak der wankelmütige Mönch nicht wenig, da er glaubte, seine verkehrten Gedanken seien dem Abt durch irgendeine Offenbarung kund geworden; es erschien ihm jener Vers wie eine prophetische Strafantwort, die allein für ihn gesprochen worden sei. Er befürchtete nun, sich den Fluch des Propheten zuzuziehen und den Teufel als Reisebegleiter zu erhalten. Durch göttliche Einwirkung von seinem Vorsatz abgehalten, blieb der Wankelmütige in Zukunft standhaft. Der Abt jedoch wunderte sich nicht wenig, als er den wahren Sachverhalt merkte.“

Die ehemalige Burg auf der Anhöhe und die heutige Kirche im Tal sind auch durch eine Sage miteinander verbunden. Schon im frühen 12. Jahrhundert werden Edle aus Otterburg genannt. Der Zwist zweier Ritter und eine tragische Liebesgeschichte gingen sogar in die mündliche Überlieferung des Volkes ein. Friedrich Wilhelm Hebel bringt dazu in seiner Sammlung „Pfälzische Sagen“ (Kaiserslautern 1906) die folgende Episode.

DIE ADLERSKLAUE

„Auf der Otterburg lebten einst zwei Brüder in grimmem Streit. Sie liebten beide ein allerschönstes Mägdelein und keiner wollte von ihr lassen. Ja, sie kehrten sogar die Waffen gegeneinander und schlugen sich manch tiefe Wunde. Einmal nun jagte die Jungfrau im weg- und steglosen Walde und stürzte von felsiger Höhe hinab in eines Adlers Horst. Wie sie auch die Hände rang und den Himmel um Rettung flehte, nirgends zeigte sich Hilfe. Auf hoher Felsenwand mußte die Unglückliche in Jammer vergehen.

Tagelang suchten die Ritter und ihre Knechte nach der verschwundenen Jägerin und fanden endlich ihre Leiche im Horste des Adlers. Eine Flut von Tränen brach aus den Augen der beiden Brüder und über der Toten reichten sie sich die Hand zum Frieden. Dann begruben sie das Mägdlein unten im Kloster. Zum dauernden Gedenken ließen sie eine Adlersklaue in Stein hauen und über dem Portale der Kirche einfügen. Die Otterburg und das Kloster sind längst zerfallen. Die Adlersklaue aber sieht man noch heute über dem Eingang der alten Abteikirche in Otterberg."

Hebels Ortsangabe für die Adlersklaue „über dem Eingang der Abteikirche" trifft übrigens nicht zu. Gleichwohl wurde sie unbesehen auch von Helmuth A. Ulrich („über einem Portal der Klosterkirche") und Viktor Carl („über dem Portal") in ihre Sagensammlungen übernommen. In Wahrheit handelt es sich um das Bruchstück eines Epitaphs aus der ersten Hälfte des 16. Jahrhunderts, das an der Rundung der Chorapsis außen eingemauert wurde. Es zeigt den Abschluß einer Muschelnische zwischen zwei Wappen und in dem linken die Klaue eines Adlers.

Die monumentale Abteikirche ist nach dem Dom zu Speyer der größte Sakralbau der Pfalz und eines der bemerkenswertesten Gotteshäuser der Zisterzienser überhaupt. Im 13. Jahrhundert nahm der Besitz des Klosters durch Schenkungen und Stiftungen schnell zu. Es erwarb die Waldmark, ein früheres Reichslehen, sowie die angrenzenden Wälder und hatte schließlich Anteile in fast 250 Orten. An diese Zeit erinnert ein steinernes Denkmal, das sich östlich der B 40 in Mehlingen auf einer kleinen Anhöhe befindet. An der Kreuzung von Abtstraße und Tannenstraße steht auf einem Rasenstück ein fast zwei Meter hohes und ein halber Meter breites Monument aus weißem Sandstein. Auf einer seiner Flächen sieht man die Gestalt eines Mannes im geistlichen Gewand, der über der Brust die Hände faltet. Sein Antlitz ist verstümmelt, links vom Kopf ist eine Erhöhung in der Form einer Halbkugel. Eine nahe Hinweistafel gibt dazu an: „Stein mit Bild eines Abtes erinnert an den Besitz des ehemaligen Klosters Otterberg in Mehlingen. Der Stein wird erstmals urkundlich erwähnt in einer Grenzbeschreibung von 1589." Der Heimatforscher Daniel Häberle schreibt in einem Beitrag, der 1904 in der Zeitschrift „Pfälzisches Museum" erschien, zu der Überlieferung im Volksmund:

DER ABTSTEIN

„Als das Kloster Otterberg bereits Besitzungen in dieser Gegend hatte, war ein Sprosse aus benachbartem vornehmen Geschlecht Abt daselbst, während sein Bruder die väterlichen Güter übernommen hatte. Bei einer Gelegenheit kamen die Brüder in Wortwechsel, der Abt entfloh in der Richtung nach Otterberg, wurde aber von den Dienstmannen des andern eingeholt und an dieser Stelle erschlagen. Als der Bruder von dem Greuel erfuhr, ließ er den Gemordeten mit allen Ehren an der Stätte der Untat bestatten, errichtete den Denkstein und schenkte, von Gewissensbissen gepeinigt, seinen ganzen Besitz dem Kloster Otterberg. Hierdurch wurde der Grund zu dessen großem Reichtum gelegt."

Daß dieser Stein mit dem Kloster Otterberg zu tun hat, ergibt sich daraus, daß von ihm das Abtstal und der Abtsweg in Richtung Otterberg ausgehen.Außerdem wurde dazu nicht der ortsübliche rote, sondern der in Otterberg vorhandene weißgraue Sandstein verwendet. Die Sage kann wohl einen historischen Kern haben, wenn auch über den gewaltsamen Tod eines Otterberger Abtes nichts bekannt ist. Möglicherweise handelt es sich aber um das Bild eines Heiligen, weil eine benachbarte Flur früher nach St. Antonius benannt wurde.

Um die Mitte des 14. Jahrhunderts setzte ein Niedergang des Klosters ein, dem bald wirtschaftliche Schwierigkeiten folgten. Durch den Bayerischen Erbfolgekrieg und den Bauernaufstand erlitt es weitere Schäden. 1561 hob Kurfürst Friedrich III. das Kloster auf, und Pfalzgraf Johann Casimir wies 1579 den wallonischen Glaubensflüchtlingen aus den spanischen Niederlanden die leerstehenden Gebäude als Wohnstätte zu. Damit begann die eigentliche Entwicklung des Ortes zur Stadt, die sich mehr und mehr um die Abteikirche ausbreitete. In der Fremdenkolonie wurden Weber, Färber, Gerber und Drechsler seßhaft, die ihre Erzeugnisse bis nach Frankfurt verkauften. Die neue Ansiedlung wurde schon 1581 zur Stadt erhoben, erhielt das Marktrecht und ein Schultheißengericht. Die Kriege des 17. und 18. Jahrhunderts hinterließen hier gleichfalls ihre Spuren. In jener leidvollen Epoche handelt die folgende Geschichte:

DER REITER OHNE KOPF

„Es war in der Zeit des Dreißigjährigen Krieges, als fremdes Kriegsvolk in Otterberg brandschatzte und mordete. Einer dieser verwilderten Soldaten soll zu jener Zeit in der Fuchsgasse eine Frau erschlagen haben. Seit dieser Zeit soll es in der Gasse nicht mehr geheuer sein. Des Nachts auf den ersten Glockenschlag um die Geisterstunde, Punkt zwölf Uhr, soll aus der Fuchsgasse ein Soldat ohne Kopf herausreiten, sich der Neugasse zuwenden und danach langsam zurückreiten, um wieder in die Fuchsgasse zu kommen. Wenn dann die zwölf Schläge der Glocke verhallt sind, verschwindet der Reiter plötzlich wieder, als wäre er vom Erdboden verschluckt.“

Die Sage ist in einem Buch enthalten, das Hermann Karch unter dem Titel „Lang, lang ist's her“ 1983 im Selbstverlag herausgab. Der Otterberger Malermeister hat darin Geschichten seiner Heimat aufgeschrieben, die er während seiner Lehrzeit in den zwanziger Jahren des vorigen Jahrhunderts, in den Arbeitspausen und an langen Winterabenden von älteren Leuten hörte. In den mehr als fünfzig Texten, die meist als Rahmenerzählungen gestaltet sind, hat Karch die mündliche Tradition seines Heimatortes auf einmalige Weise dokumentiert. Die Geschichten spielen nicht nur in der Stadt Otterberg, sondern auch in den Höfen und Mühlen der Umgebung.

Das Städtchen zwischen Pfälzerwald und Nordpfälzer Bergland hatte zuweilen eine geradezu internationale Einwohnerschaft. Ende des 16. Jahrhunderts setzte sich die Bevölkerung aus 46 Prozent Franzosen, 36 Prozent Wallonen, 15 Prozent Deutschen und 3 Prozent Flamen zusammen. 1658 waren es 55 Prozent Franzosen, 20 Prozent Deutsche, 15 Prozent Wallonen, 5 Prozent Lütticher und 5 Prozent Sonstige. Die sprichwörtliche Glaubenstreue der verfolgten Hugenotten prägte das neue Gemeinwesen, das lange Zeit als Wallonenstädtchen galt. Der Fleiß der Einwanderer, die hier eine neue Heimat gefunden hatten, führte dazu, daß in dem Ort das Tuchmachergewerbe, die Wollenweberei und die Lederbereitung aufblühten.

Nach der Ansiedlung der Flüchtlinge bestand in Otterberg zunächst eine französisch-reformierte Gemeinde, danach ebenso eine deutsch-reformierte Pfarrei. Die religiösen Wirren und Auseinandersetzungen des 17. Jahrhunderts spiegeln sich überdies in der unterschiedlichen Nutzung der Abteikirche. Sie wurde 1561 reformiert, 1628 katholisch, 1631 reformiert, 1635 katholisch, 1649 reformiert und 1691 simultan. Nach der kurpfälzischen Kirchenteilung von 1707 teilte man sie zwischen den Konfessionen auf. Die Katholiken erhielten Chor und Querschiff, die Protestanten das Langhaus. Im Jahr darauf errichtete man zudem eine Trennmauer zwischen den beiden Bereichen, die erst 1979 fiel. Heute wird die ehemalige Zisterzienserkirche von beiden Konfessionen simultan genutzt.

Aus der Phase der Säkularisation, der allmählichen Verweltlichung des öffentlichen und privaten Lebens, mag die Sage über eine sonntägliche Jagd herrühren. Während man im Mittelalter die kirchliche Sonntagsheiligung sehr genau nahm, ging man in späterer Zeit am Tag des Herrn schon einmal profanen Geschäften und Vergnügen nach. Darüber berichtet eine Geschichte, die Leopold Reitz 1929 in seine „Sagen um Kaiserslautern und Donnersberg“ aufnahm.

DER FUCHS

„Wann der Sonntag an den Himmel kam, war es dem Müller von der Otterberger Geisenmühle sein liebstes Vergnügen die Flinte von der Wand zu langen, um auf die Jagd zu gehen. Da war es einmal, als er durchs Gehege pirschte, sieht er einen Fuchs daherkommen straks auf sich zu, daß der Jäger still hält und denkt bei sich, laß ihn nur gewähren. Aber da er jetzt in Anschlag gehen will, wie seltsam, keinen Arm kann er heben, und wie er sich auch anstrengt, er kriegt die Flinte nicht hoch, um keinen Preis. Und dabei sitzt Herr Reinecke auf vier Schritte vor ihm, rümpft die Nase und läßt seine Beißzähne sehen, als wollte er ihn auslachen: ‚Schieß, wenn du kannst.‘ Wie muß es dem Geisenmüller zumut gewesen sein, als er mit dem Schuß in der Flinte umkehren muß, um nach Haus zu gehen. Er hat den wunderbaren Vorfall keinem Menschen erzählt, es hätt ihm ja doch niemand geglaubt.

Sonntags darauf hat er einen Otterberger Jagdfreund dabei und siehe da, mein Füchslein kam wieder. Genau wie das letzte Mal trabte es gar wohlgemut auf die Jäger zu, blieb vor ihnen sitzen und guckte sie keck an. ‚Jetzt‘, denken sie im gleichen Augenblick und wollen anlegen. Aber wer beschreibt ihre Bestürzung, als sie sich verblüfft ansehen und jeder bekennen muß, daß er nicht ums Sterben den Arm zu rühren vermöchte. Und wieder saß der Fuchs auf vier Schritte da, rümpfte die Nase, zeigte die Beißzähne, als wollte er sie auslachen: ‚Schießt, wenn ihr könnt.‘ Das folgende Mal am Sonntag waren sie zu dreien. Der Fuchs kam abermals; es erging ihnen nicht anders als zuvor. Da kam sie Entsetzen an, und fortan getraute sich keiner mehr am Sonntag auf die Jagd.“

Im 17. und 18. Jahrhundert gehörte Otterberg zum kurpfälzischen Oberamt Lautern. In jener Zeit entstanden zwei kunstvolle Baudenkmäler des Ortes: Das Gasthaus „Blaues Haus“ aus dem Jahr 1612, ein dreigeschossiger Fachwerkbau mit steilem

Satteldach, reizvollen Schnitzereien und schmiedeeisernem Wirtshausschild. Außerdem das 1753 erbaute Rathaus, ein barocker zweigeschossiger Putzbau mit Freitreppe und Pilasterportal, Mansardendach und Kuppeldachreiter. Während der französischen Zeit wurde Otterberg 1798 Kantonsort im Arronddissement Kaiserslautern.

Für die wirtschaftliche Entwicklung war zunächst der Reichtum an Weihern und Gewässern wesentlich, deren Fische zur Versorgung des Klosters dienten. In späteren Jahren entwickelten sich neben der Landwirtschaft der Einheimischen die Handwerksbetriebe der Zugezogenen, entstanden im Umkreis des Ortes Mühlen und Glashütten. Eine gewisse Rolle im Erwerbsleben spielte auch ein Sägewerk und ein Steinbruchbetrieb. Von dem letzteren handelt eine Sage, die Helmuth A. Ulrich in seinem Bändchen „Wo es immer noch umgeht“ (Otterbach 1962) wiedergibt und die ihm von seinem Otterberger Schüler Rolf Wirth mitgeteilt wurde.

DAS GEHEIMNISVOLLE IRRLICHT

„An der Straße von Otterberg nach Baalborn liegt linker Hand der Weiße Steinbruch. Vor vielen Jahren sah man Nacht für Nacht über dem Berg ein rötlich flimmerndes Licht. Da faßte ein Bursche Mut und stieg den Berg hinan. Er konnte auch das geheimnisvolle Licht erblicken. Er kroch näher heran; doch schien die Entfernung dieselbe zu bleiben. Der Bursche rückte weiter vor. Dann aber verlor er den Halt und stürzte in die Tiefe. Man fand seine Leiche am kommenden Tag im Weißen Steinbruch. Aber das Licht sah man seit dieser Zeit nie mehr.“

Das blaue Haus

„Das alte Tor kreischte in die nächtliche Stille"

VON EINSAMEN WANDERERN, GEISTERN UND HEXEN IN OTTERBACH

Die Gewässer der Gegend waren reich an Fischen, so daß sich bald eine am Ufer und im Wasser lebende Marderart dort einfand, die den Bauern und Mönchen die Fänge streitig machte. Einer der Bäche, der beim Birotshof entspringt, aus den Seitentälern zahlreiche Zuflüsse erhält und in die Lauter mündet, wurde sogar nach dem Fischotter benannt. Die an dem Bach entstehende Siedlung bekam schließlich den gleichen Namen. Das Gemeindewappen von Otterbach zeigt denn auch einen davoneilenden roten Otter mit einem silbernen Fisch im Maul. Ein schimmerndes Wellenband durchfließt den grünen Boden vor dem blauen Hintergrund.

Unter den Besitzungen, die Papst Innozenz II. 1143 dem Kloster Höningen bestätigte, wurde auch Otterbach genannt. Im 13. Jahrhundert war der Ort zunächst im Besitz der Herren von Wartenberg, danach Eberhards von Lautern und seiner Erben. Aus dieser Epoche gibt es mehrere Dokumente, die aufschlußreiche Einzelheiten über Besitzverhältnisse und Übereignungen, Streitfälle und Auseinandersetzungen in Otterbach vermitteln. Sie sind in den beiden Bänden „Urkundenbuch der Stadt Kaiserslautern, Teil I bis 1322" und „Urkunden des Zisterzienserklosters Otterberg 1143–1360" enthalten, die von Martin Dolch und Michael Münch vor einigen Jahren herausgegeben wurden. Die sorgfältig edierten und kommentierten Sammlungen sind unverzichtbare Quellenwerke der regionalen Geschichte und ergiebige Fundgruben für jeden Heimatforscher. Hier einige Details, die jene Zeit streiflichtartig erhellen:

1218 schließt der Ritter Eberhard Radekopf von Lautern mit dem Abt des Klosters Otterberg in einer Streitsache einen gerichtlichen Vergleich, der unter anderem vorsieht, daß die Fuhre Heu, die der Sambacher Pfarrkirche von den Wiesen Eberhards

Türsturz an der Hachschen Mühle

zusteht, künftig das Kloster von seinen vier Morgen Wiesen bei Otterbach liefert. 1255 wiederholt Papst Alexander IV. das von seinem Vorgänger dem Kloster Otterberg gewährte Privileg und nennt in dem Güterverzeichnis auch die Siedlung Otterbach. 1271 bestätigt der Probst von Lautern mit seinem Siegel eine Urkunde, nach der Arnold von Montfort und seine Ehefrau zu ihrem Seelenheil dem Konvent ein uneingeschränktes Weiderecht in ihrem Wald bei Otterbach einräumen. 1274 verkaufen Reinhard und Kunigund von Hohenecken dem Kloster unter anderem zwei Wiesen im oberen Teil des Dorfes Otterbach, die auf deutsch „An der Furt" und „In dem Morgen" heißen. 1275 übereignet Arnold von Montfort und seine Ehefrau dem Hospitalkloster zu Lautern mehrere Gefälle und Rechte. Darunter befinden sich auch sämtliche Weiderechte in Otterbach sowie alle Einkünfte, die ihnen dort zustehen. 1297 genehmigt Bischof Friedrich von Speyer auf Antrag dem Probst des Hospitalklosters zu Lautern einen Besitzstand, der unter anderem sämtliche Viehtriften im Bann und Gericht Otterbach, dazu alle bestehenden Weidegründe zu unbeschränkter Nutzung umfaßt.

1310 setzt Johann I. von Montfort, der Sohn des verstorbenen Arnold, seine Schwester Adelheid in ihr Erbteil ein. Auf Lebenszeit soll sie jährlich von seinem Hofgut in Otterbach 20 Malter Roggen, die gleiche Menge Hafer sowie ein halbes Fuder Wein und 20 Hühner erhalten. 1324 verkauft Johann III. von Montfort dem Abt und Konvent zu Otterberg sein Gut Eberhardsrot am Reichenbach. Außerdem soll seine Weide in Otterbach fernerhin dem Klostervieh offenstehen, wie das schon von seinen Eltern verbrieft ist. 1325 kommt es zwischen dem Kloster und dem Ritter von Montfort zu einem Streit um das Patronatsrecht in Sambach. Der Bischof Emich von Speyer entscheidet, daß das Patronat nicht zu dem Lehen in Otterbach gehöre, sondern dem Kloster seit alters geschenkt und rechtskräftig einverleibt ist.

Von 1339 an war der Ort im Besitz der Bischöfe von Speyer. 1409 belehnte Bischof Raban die Herren von Breidenborn mit den Dörfern Otterbach und Sambach. Ab 1484 hatten die Herren von Flersheim die Herrschaft über die beiden Dörfer inne. 1655 fiel das Lehen an das Bistum Speyer zurück und wurde im Jahr darauf an Damian Harbard von der Leyen übertragen. Im Besitz dieses Geschlechtes blieb es bis zur Französischen Revolution. Um die letzte Zehntenscheune der Grafen von den Leyen rankt sich eine örtliche Sage.

In dem Haus, in dem die Bevölkerung ihre Abgaben ablieferte, trafen sich an den langen Winterabenden die Burschen und Mädchen des Dorfes. Dabei wurde gesponnen, gesungen und erzählt. Der in Otterbach geborene Lehrer Edmund Blauth überlieferte über einen dieser Abende den folgenden Bericht:

NÄCHTLICHE BEGEGNUNG

„Einmal tat ein junger Mann großsprecherisch und erklärte, daß er sich nicht fürchte und sogar um die Geisterstunde auf den Friedhof gehen würde. Ein anderer mit Namen Hach nahm ihn beim Wort und es wurde festgelegt, daß ersterer vor dem Kreuz auf dem alten Friedhof drei Vaterunser beten solle und zwar um zwölf Uhr diese Nacht. Mit der heiteren Stimmung an diesem Abend war es vorbei. Die Mädchen

Details Hachsche Mühle

fürchteten sich und rückten enger zusammen. Auch der Großsprecher bereute innerlich schon, daß er die unselige Wette eingegangen war. Aber einen Rückzieher machen, nein, das kam nicht in Frage. Oft war es unheimlich stille in der sonst so frohen Runde. Niemand hatte es bemerkt, daß plötzlich jener Hach, der andere Partner der Wette, verschwunden war. Jedenfalls machte sich der, der sich nicht fürchtete, rechtzeitig auf den Weg. Unser einsamer Wanderer kam auf den Friedhof. Das alte Tor kreischte in die nächtliche Stille, als er es öffnete. Dann stand er vor dem Kreuz und betete halblaut die drei Vaterunser. Als es sich wieder zum Gehen umwandte – was war das? – sprang ihm jemand auf den Rücken. Jetzt allerdings bemächtigte sich auch seiner die Angst und er rannte den Feldweg zurück bis an die ersten Häuser, ohne sich der sonderbaren Last zu entledigen. Da brach er zusammen und war tot.

Lange saßen die anderen Burschen und Mädchen noch beisammen, um die Rückkehr des Helden zu erwarten. Er kam nicht. Jetzt erst fiel es auf, daß auch der Hach nicht da war. Als man dann gemeinsam nach den Vermißten Ausschau halten wollte, da fand man sie – den einen tot und den anderen in Verzweiflung. Und nur mühsam konnte er das Vorgefallene erzählen. Am anderen Tag wanderte er aus nach Amerika."

Der Auswanderer stammte vermutlich aus der Hachschen Mühle, die vordem im Besitz der Grafen von der Leyen und der Herren von Geroldseck war. Es handelte sich um eine umbaute Hofanlage aus der Mitte des 18. Jahrhunderts, neben der früher auch ein Mühlteich lag. Im Hof befindet sich über dem Haupteingang zum Wohnhaus noch heute eine Steinplatte mit den Initialen DH, einem Rutenbündel und der Angabe „L'An VIII". Die Pforte rechts davon weist auf dem Scheitelstein das gräfliche Wappen der Familie von der Leyen und die Jahreszahl 1756 auf.

Das Dorf zwischen dem Pfälzerwald und dem Nordpfälzer Bergland lebte in der Vergangenheit vor allem von Landwirtschaft und Viehzucht. Das Ackerland auf den umliegenden Hochflächen und in der Niederung des Otterbaches brachte nur geringe Erträge, so daß sich die Bauern mit dem Halten von Schafen und dem Anlegen von Fischteichen ein Zubrot verdienten. Neben den landwirtschaftlichen Betrieben gab es für die Bevölkerung einige Steinbrüche und eine Ziegelei als Erwerbsquelle. Mancher Bauer war deshalb froh, wenn er neben seiner täglichen Arbeit hin und wieder eine Fuhre übernehmen konnte wie in der Sage

DER MANN OHNE KOPF

„Ein Bauersmann von Otterbach sollte für den Wirt Zapp von der Lampertsmühle Wein in der Vorderpfalz holen. Er mußte sich deshalb bei Zeit auf den Weg machen. Um Mitternacht, als der Bauer anspannen wollte, ging er in den Stall, um das Pferd herauszuführen. Das Pferd ging jedoch blos bis an die Stalltüre und keinen Schritt weiter. Der Bauer streichelte es und redete ihm mit guten Worten zu, aber es rührte sich nicht von der Stelle. Da wurde der Bauer böse. Er schimpfte und fluchte und schlug mit der Peitsche wütend auf das Tier, doch dies ging nicht von seinem Platze.

Durch den Lärm wurde die Frau aufmerksam und kam in den Stall. Auch sie gab dem Pferd gute Worte, aber ebenfalls ohne Erfolg. Entsetzt rief sie: ‚Do schdehd jo e

Mann ohne Kop!‘ Beruhigend sagte der Mann zu ihr: ‚Reg dich ned uff! Den han ich schun efter geseh. Geh hin un leg dich wirrer in dei Bett!‘ Da schlug es vom Kirchturm ein Uhr und die geisterhafte Gestalt verschwand. Das Pferd ließ sich jetzt willig zum Stall hinausführen.“

Der Mann ohne Kopf ging vor allem an der Otterbacher Schindkaut nachts um, einem Ort, der auch tagsüber nicht ganz geheuer war. Dort trieb auch ein anderes Gespenst sein Wesen.

DIE WEISSE FRAU

„Vor vielen Jahren lebte in Otterbach eine Frau, die ihr Kind umgebracht und in die Lauter geworfen hatte. Zur Strafe dafür mußte sie nach ihrem Tode umgehen. Allnächtlich um die Mitternachtsstunde sah man sie als weiße Frau von der Mordstelle aus an die Lauter und wieder zurück laufen. Auf dem Hinweg hätte sie immer grell gelacht und auf dem Heimweg bitterlich geweint.“

Die Geschichten sind wie die anderen zitierten Texte in dem Buch von Gustav Knapp „Otterbach-Sambach im Wandel der Zeiten“ enthalten, das 1938 erschien. Die wechselvolle Entwicklung der Gegend wird zudem durch zahlreiche Funde und Monumente dokumentiert. In den Fluren stieß man auf ein vorgeschichtliches Flachgrab und keltische Münzen, fand man die Reste einer römischen Töpferei und die Fundamente von zwei alten Römerstraßen. Im Reichsland soll auf dem Schloßberg die Burg Sterrenberg gewesen sein, von späterer Zeit kündet die Markedenterdelle im Kumbwald. Die Dudimannsbrücke schuf die Verbindung aus der Westpfalz in das Land am Donnersberg. Ein weiterer Verkehrsweg, die 1882 erbaute Lautertalbahn, verband Kaiserslautern und Lauterecken neben der herkömmlichen Straße jetzt auch mit der Schiene. Aus jenen Jahren stammt die Geschichte

DER MANN MIT DEN KETTEN

„Die Frau eines Eisenbahners erzählt folgende Geschichte, die sich in den ersten Jahren des Bestehens der Lautertalbahn in Otterbach zugetragen hatte: Wenn ihr Mann Spätdienst hatte und die Signallichter auslöschen mußte, ging sie ihm immer entgegen, um ihn abzuholen. Einmal – es war eine mondhelle Nacht – ging die Frau zur gewohnten Stunde ihrem Mann entgegen und erwartete ihn am Bahnhof. Doch er kam und kam nicht.

Da hörte sie auf einmal die Hunde laut bellen und toben. Sogleich gewahrte sie auch ihren Mann bewegungslos unter einem Baum stehen. Sie schimpfte mit ihm und sagte ‚Warum stehst du denn da und gehst nicht heim?‘ Der Mann antwortete: ‚Gut, daß du kommst, da steht einer mit Ketten und läßt mich nicht fort.‘ Die Frau machte darauf das Kreuz und die Gestalt verschwand.“

Der christliche Glaube, der die bösen Geister verbannt, war recht früh mit kirchlichem Leben in dem Ort präsent. Schon 1469 wird in einer Urkunde eine „Capellen zu Otterbach gelegen bi Lutern“ genannt, die Johannes dem Täufer geweiht war. Sie gehörte zunächst zum Bistum Mainz und kam 1655 mit dem Dorf an das Hochstift

Speyer. 1762 ließ Carl Graf von der Leyen eine Michaelskapelle erbauen, die an der heutigen Kapellenstraße stand. Die erste protestantische Kirche in Otterbach wurde in den Jahren 1847/48 erstellt und an Ostern des Revolutionsjahres feierlich ihrer Bestimmung übergeben. Die heutige katholische Kirche, ein neugotischer Bau aus roten Sandsteinquadern, entstand von 1887–1889 und wurde 1890 eingeweiht. 1975 wurde im Kirchtal eine neue protestantische Kirche in Dienst gestellt, nachdem die bisherige zu klein war und man sie verkauft hatte.

In vordenklichen Zeiten, als es noch keine elektrische Beleuchtung gab, war die Bevölkerung schnell geneigt, einfache Phänomene für übernatürliche Erscheinungen zu halten. So in der folgenden Geschichte, die sogar die Namen der handelnden Personen enthält.

DIE GROSSE HAND AN DER STUBENDECKE

„Vor vielen Jahren, als die Bevölkerung noch an Gespenster glaubte, soll sich im Hause der Familie Dein etwas Seltsames zugetragen haben. Als man abends schlafen ging, sah man auf einmal eine große Hand an der Stubendecke sich hin- und herbewegen. Als man das Licht anzündete, verschwand die seltsame Erscheinung und sobald das Licht ausging, war die große Hand an der Decke auch wieder da.

Die Familie Dein fürchtete sich sehr und erzählte es am nächsten Morgen ihrem Nachbarn Albert. Dieser holte seinen Hund, band ihn an den Bettstollen und ging wieder nach Hause. Als die Familie Dein am Abend zu Bett ging und Frau Dein das Licht ausgeblasen hatte, war auch gleich wieder die große Hand an der Decke. Doch gleich begann der Hund zu bellen und die seltsame Erscheinung verschwand. Seitdem haben sie die große Hand an der Stubendecke nicht mehr gesehen."

Die Siedlung im Tal des Otterbaches war ursprünglich ein Straßendorf, bis sie sich durch eine Parallelstraße erweiterte. Das Dorf entwickelte sich danach an zwei Hauptstraßen, die mittlerweile durch einige Querstraßen miteinander verbunden sind. Die Gemeinde bildete nach den Revolutionskriegen von 1793 und unter der französischen Verwaltung zusammen mit Sambach die Marie Otterbach. In dem nahen Ortsteil spielt das Geschehen einer Sage, die in ähnlicher Form auch von anderen pfälzischen Orten erzählt wird.

DIE SCHWARZE KATZE

„Vor langer Zeit wohnte in Sambach eine Frau, von der die Mitbürger sagten, sie sei eine Hexe. Eines Tages klagte ein Bauer seinem Nachbarn: ‚Meine Kühe sind wie verhext. Sie geben keine Milch mehr und sind doch alle frisch!' Der Nachbar sagte: ‚Da hat sicher die Hexe ihre Hand im Spiel! Paß einmal auf, ob du sie nicht erwischst!'

Der Bauer paßte lange auf und konnte nichts Besonderes bemerken. Da, endlich kam er dazu, wie eine große schwarze Katze durch die Scheune in den Stall schlich. Er folgte ihr nach und sah, wie sie sich an dem Euter einer Kuh zu schaffen machte. Das war dem Bauern aber doch zu arg. Er sprang hin, gerbte ihr das Fell und klopfte der schwarzen Katze ganz gehörig die Pfoten. Er dachte, sollte das vielleicht die Hexe gewesen sein?

Am andern Tag ging er in das Haus der Hexe und wollte diese, die oft bei anderen Leuten im Taglohn arbeitete, fragen, ob sie ihm helfen könne Kartoffeln ausmachen. Doch die Frau saß hinterm Ofen im Lehnstuhl, hatte die Hände und Füße verbunden und klagte über ihre geschwollenen Glieder. Jetzt wußte der Bauer, daß die schwarze Katze niemand anderes war als die Hexe. Von der Zeit an gaben seine Kühe wieder Milch."

Im 19. Jahrhundert gab es hinsichtlich der kommunalen Verwaltung häufig einen Wechsel zwischen der Selbständigkeit und der Zugehörigkeit zu der Stadt Otterberg. Von 1888 an hatte Otterbach endgültig eine eigene Verwaltung. Vordem hatte die Bevölkerung deshalb oft auf der Behörde in Otterberg zu tun, wie ein gewisser Herr Lesoine, dem auf dem abendlichen Heimweg etwas Wundersames widerfuhr. Dabei wird sein Weg genau beschrieben, um die Glaubwürdigkeit der Geschichte zu erhöhen.

EIN IRRLICHT

„Als Herr Lesoine einmal in Otterberg war und sich verspätet hatte, trat er den Heimweg über den Geißenberg durch den Wald an, damit er früher daheim sein solle. Als er droben auf dem Galgenberg ging, sah er unten im Dutenbachtal ein Licht, das immer näher kam. Er lief etwas schneller und siehe da, das Licht bewegte sich auch schneller und ging in einiger Entfernung neben ihm her bis er daheim in Sambach war."

„Wenn aber heute noch um Mitternacht die Glocke schlägt“

PHANTASIEVOLLE GESCHICHTEN RUND UM WEILERBACH

Das pergamentene Dokument mit den beiden anhängenden Siegeln stammt aus dem Jahr 1265 und wird heute im Staatsarchiv von Luzern aufbewahrt. Die lateinische Urkunde wurde einst von Richard III., dem Schultheiß der königlichen Stadt Lautern, und seinem Vetter Heinrich III. von Hohenecken ausgefertigt. Nach dem Schriftstück überlassen sie dem Abt und dem Konvent des Klosters Otterberg das Recht ungehinderter Weide, Eichelmast und Holzlese in einigen ihrer Waldungen. Sie wollen auf diese Weise für sich und ihre Familien ein „Seelgerät“ errichten, eine Stiftung für die Kirche, vergleichbar mit jener, die sie mit drei überlassenen Höfen in „Wilrebach“ bereits früher an das Kloster gemacht haben. Das Dokument enthält damit eine der frühesten urkundlichen Erwähnungen des heutigen Weilerbach.

Der Ort nördlich des Reichswaldes entstand vermutlich als Rodung zu beiden Seiten eines kleinen Baches. Der ehemalige Weiler ging in dem späteren Dorf auf; der

Der Schatz im Brunnen

Name der Siedlung wandelte sich von Wilrebach über Willerbach und Weilerbagh zu der heutigen Form. Im 13. Jahrhundert gründete man die Pfarrei, außerdem trat damals eine Adelsfamilie auf, die sich nach dem Ort nannte. 1392 erhielt Wilhelm von Hoheneck von Ruprecht II. ein Reichsburglehen, das neun Pfund Geldes auf den Gerichten Kübelberg und Weilerbach einbrachte. Bis zur Französischen Revolution war das Dorf nämlich Gerichtsort des Oberamtes Lautern, ausgestattet mit vier Schöffen und einem Schreiber. Der Gerichtsbezirk umfaßte Weilerbach, Erzenhausen, Eulenbis, Pörrbach, Rodenbach und Schwedelbach.

Das idyllische Dorf an der Grenze zwischen Pfälzerwald und nordpfälzer Bergland blieb von wirren Zeitläuften nicht verschont. Vor dem Dreißigjährigen Krieg hatte die Siedlung 300 Einwohner, danach nur noch etwa 30. Aus jener Zeit ist eine Sage überliefert, die Helmuth A. Ulrich in seiner Sammlung „Wo es immer noch umgeht" (Otterbach 1962) mitteilt:

DER REITER

„Es war in der Notzeit des Dreißigjährigen Krieges, als fremde Söldner sich in unserem Land umhertrieben. Ein kleiner französischer Reiterspähtrupp verfolgte einige schwedische Husaren. In der Gegend von Weilerbach schienen die Schweden den Franzosen in die Falle zu gehen. Sie hatten den Eulenkopf umritten und kamen über Erzenhausen durchs Tal daher. Die Franzosen aber sprengten den Steilhang herab. Man wich geschickt einander aus, und die Schweden erreichten zuerst den Schutz Weilerbachs. Da stürzte einer von ihnen mit seinem Pferd in einen Brunnen. Nie mehr hat man ihn gesehen. Später deckte man den Brunnen zu und pflanzte eine Dornenhecke darum. Wenn aber heute noch um Mitternacht die Glocke schlägt, bläst jener Reiter, auf seinem Schimmel sitzend, die Trompete und endet erst mit dem letzten Glockenschlag."

Von einem tiefen Brunnen und fremdem Kriegsvolk berichtet zudem eine weitere Geschichte. Nach ihr soll in der Brunnenwiese unterhalb des Dorfes Eulenbis früher ein Kloster gestanden haben. Angeblich stößt man dort manchmal noch auf Mauerreste von nicht mehr vorhandenen Gebäuden. Als wieder einmal ein wilder Heerhaufen plündernd und sengend durch das Land zog, vergruben die Mönche schnell die Schätze des Klosters an verschiedenen Stellen. Zum Schluß füllten sie noch einen Kessel mit kostbarem Gold und versenkten ihn an der Eckwiese in einen Brunnen. Dann aber kamen die feindlichen Scharen heran, töteten die Mönche, raubten das Gebäude aus und steckten es in Brand. Das Kloster ist zwar verschwunden, aber noch heute erzählt man von seinem Schatz und dem Brunnen. Friedrich Wilhelm Hebel gibt in seinen „Pfälzischen Sagen" (Kaiserslautern 1906) übrigens die Geschichte von dem verfolgten Reiter ebenfalls wieder, allerdings mit einem anderen örtlichen Hintergrund:

DER TIEFE BRUNNEN BEI EULENBIS

„Einst wurden die Einwohner von Eulenbis durch rasendes Pferdegetrappel und wilde Soldatenflüche aufgeschreckt. Wie ein Sturmwind brauste ein Reiter vom Oberdorf die alte Hohl hinab, daß die Funken seines Rosses hervorstoben. Dicht hinter ihm folgte eine Anzahl Feinde. Um ihnen zu entgehen, sprengte der erste Reiter über eine Hecke hinweg in die Eckwiese hinein. Doch die Angst hatte ihn blind gemacht. Er achtete des tiefen Brunnens nicht, stürzte mit seinem Pferd hinein und sank unter. Von Roß und Reiter war keine Spur mehr zu finden."

Eulenbis, ein typisches Höhendorf, entstand am Osthang des Eulenkopfes, der es mit seinem Gipfel um einiges überragt. Der Name Ulengebeiß taucht 1380 erstmals auf und soll von Eulengebüsch oder Eulenwiese herrühren. Er wandelte sich gegen 1600 von Eilenbis und Eilmbis zu Eulenbiß. In der Gemarkung hatten die Deutschordenskommende Einsiedel und das Kloster Otterberg beträchtliche Besitzanteile. Im Dreißigjährigen Krieg ging die Walkmühle, die sich an der Stelle der heutigen Unteren Pfeifermühle befand, in Flammen auf. Die Bevölkerung war überwiegend im Ackerbau tätig: 1788 hatte das Dorf 24 Häuser. Aus dieser Zeit stammt wohl die Sage

DER JÄGER AN DER ALTEN EICHE

„In den Wiesen und Äckern unterhalb des Dorfes Eulenbis standen in früherer Zeit mehrere mächtige Eichen. Besonders zeichnete sich eine davon durch ihren dicken, knorrigen Stamm und ihre starken, weittragenden Äste aus. Unter ihr erblickte man häufig einen Jäger, der ein grünes Gewand und einen grünen Hut trug. Unbeweglich stand er da bis lange nach Mitternacht. Meist aber schaute er gedankenvoll vor sich hin, als erinnere er sich vergangener Zeiten. Dann hob und senkte sich seine breite Brust unter klagenden Seufzern. Zuweilen schweifte auch sein Blick in die weite Ferne und es war, als zuckten feurige Blitze aus seinen Zügen. Niemand getraute sich in seine Nähe. In weitem Bogen gingen die verspäteten Wanderer vorüber und atmeten erleichtert auf, wenn sie Jäger und Eiche im Rücken hatten."

Der Eulenkopf, mit seinen 410 Metern die bemerkenswerteste Erhebung der Gegend, hat in unseren Tagen den Schriftsteller Gerd Forster zu Versen angeregt, in denen der Berg beinahe mythische Züge annimmt: „Ich lebe unter dem Eulenkopf. Tags mißt er mit Augen aus Stein meine hastigen Schritte. Dann zwischen den Schleiern der Nacht überspannt er die weiten Entwürfe; bisweilen schreckt mich ein spitzer Ton. Heute, an einem gewöhnlichen Tag, fällt der Vogel tot in den Hof, der Blick zerbröckelt, das Gefieder gerissen; am Fuß eine stumme Schelle. Und ich ohne Maß, – doch weiter im Bannkreis der Eule."

Nach dem Eulenkopf bestimmen einige andere Hügel das Gesicht der Landschaft: der Leiterberg, der Hardthübel, der Kreuzberg und der Schellenberg. Der Schellenbergerhof ist durch den Romantiker Oskar von Redwitz (1823–1891), der einige Zeit als Dichter hier arbeitete, in die Literatur eingegangen. Westlich des Hofes erinnern die Schanzen von 1793/94 an die Kriege nach der Französischen Revolution. In der Nähe des Schellenberges spielt ferner die Geschichte

Der Turm auf dem Eulenkopf

DER GRENZSTEINVERRÜCKER

„Wenn man früher um Mitternacht über die Felder des Schellenberges ging, hörte man plötzlich neben sich einen Mann gehen. Der aber keuchte und stöhnte unter der Last eines großen Bann- oder Grenzsteines. Und jammervoll rief er aus: ‚Wo soll ich ihn denn hinlegen ...? Wo soll ich ihn denn hinlegen ...?‘ Das ging lange Jahre so weiter, ohne daß jemand in der Angst das erlösende Wort fand. Das blieb erst einem beherzten Burschen vorbehalten, der sich weder vor Tod und Teufel, vor Hexen und Geistern fürchtete. Mit seiner kecken Antwort: ‚Trage ihn dort hin, wo du ihn geholt hast!‘, hatte er den ehemals landgierigen Steinversetzer, der seinen Acker zum Schaden der Nachbarn hatte vergrößern wollen, erlöst und niemals wurde er mehr auf dem Bann vom Schellenberg gesehen.“

Neben Weilerbach und Eulenbis hat ebenso das Dorf Schwedelbach einige phantasievolle Geschichten über eine für wahr gehaltene Begebenheit hervorgebracht. Der Ort wird 1342 als Swedelbach, Siedlung an einem rauschenden Bach, erstmals erwähnt. Sein Name veränderte sich zu Schweydelbach, Schwellbach und Schwedelbach. Auch in diesem Bereich hatten das Kloster Otterberg und die Komturei Einsiedel mehrere Besitztümer. Gegen Ende des 18. Jahrhunderts umfaßte das Dorf 38 Häuser; die Bevölkerung betrieb Landwirtschaft oder gewann Pottasche aus den umliegenden Wäldern. Am Ostrand des Schwedelbacher Waldes, wo am Hebenhübel gleich fünf Gemarkungen zusammenstoßen, erhebt sich ein steinernes Kreuz, das von den einen als Totenmal, von den anderen als Grenzzeichen angesehen wird. Darüber gibt es die Sage

DAS STEINKREUZ IM WALDE

„Von Miesenbach nach Schwedelbach führt über den großen Hebenhübel ein Fußpfad. Daran steht ein steinernes Kreuz, in das eine Schere und Stricknadeln eingehauen sind. Die Leute nennen die Stelle den Hexenplatz. Unter dem Kreuze liegen, wie sie erzählen, ein Stricker oder Strumpfwirker und ein Scherenschleifer begraben. Ein Mädchen aus Schwedelbach soll einst den beiden Liebe geheuchelt haben. Und als sie eines Sonntags mit dem Stricker nach dem Hexenplatz ging, da wurde es von einer falschen Freundin dem Scherenschleifer hinterbracht.

Der begab sich sogleich dorthin, fand die zwei und tötete aus Eifersucht den Stricker. Obwohl auch er im Streite eine große Wunde erhalten hatte, so konnte er doch noch das fliehende Mädchen verfolgen. Das rannte in aller Eile den Hübel hinunter und fiel dabei in die Wasserrausch. Dort ereilte es sein Verfolger; doch die Jungfrau entwand ihm den Dolch und versetzte ihm damit einen tödlichen Stoß. Darum hat sie noch heute keine Ruhe und muß auf dem Hexenplatz im Hebenhübel als weiße Frau umgehen. Sonntagskinder wollen sie schon oft um die Mittagsstunde dort gesehen haben.“

Die Geschichte findet sich in der Sagensammlung von Friedrich Wilhelm Hebel und wurde zudem in spätere Anthologien aufgenommen. Der einheimische Autor Hugo Frick hat sie zu der Erzählung „Der Zweikampf“ erweitert, die Reinhard Blauth in seiner Ortschronik „Weilerbach“ abdruckt. Von dem Mißgeschick und dem unverhofften Glück eines Schwedelbachers, der sein Brot in der nahen Stadt verdiente, handelt schließlich die Sage

DIE GOLDENE KUTSCHE
„Ein Mann ging des Abends von Kaiserslautern durch den Reichswald gen Schwedelbach. Er trug unterm Wams seinen kargen Lohn. Üble Gesellen lauerten ihm auf und beraubten ihn seines Geldes. Geängstet und geschlagen eilte er heimwärts. Er mußte die alte Römerstraße überqueren. Dort aber näherte sich ihm eine goldene Kutsche. Ein Vornehmer lehnte sich heraus und reichte unserem nächtlichen Wanderer einen Beutel mit Gold. Ehe er sich bedanken konnte, war das Gefährt verschwunden.“

Das Steinkreuz im Wald

„Die geholte Glut aber war lauter Gold“

VON EINEM GEIZIGEN BAUERN UND ARMEN FRAUEN IN RAMSTEIN UND MIESENBACH

Sagen erheben den Anspruch, Wirklichkeit zu vermitteln; sie verlangen deshalb, geglaubt zu werden. Tatsächlich enthalten die Sagen viel Wahres, weil sich die Geschichte und Landschaft einer Region in ihnen wiederfindet. Dies gilt auch für die überlieferten Erzählungen von Ramstein und Miesenbach, die Friedrich Wilhelm Hebel in sein 1906 erschienenes Buch „Pfälzische Sagen“ aufgenommen hat. Ramstein, die größte Gemarkung der Westpfalz, am Rand von Reichswald und Moorniederung entstanden, bot reichen Boden für phantasievolle Geschichten. So wird über die Erlebnisse eines Bauern im Bruch berichtet:

IRRLICHTER IM BRUCH

„Im Bruch sehen die Leute oft Irrlichter; das hört man viel von den alten Bauern um den Reichswald herum erzählen. Die haben früher, ehe die Bahn ging, sehr oft Holz gefahren. So kam ein alter Bauer von Miesenbach häufig nach St. Wendel und mit Grubenstempeln nach Bexbach. Wenn er nun um Mitternacht nach Hause fuhr, so sah er jedes Mal ein Irrlicht; das ging vom Katzenbacher Busch durch das Heringstal über das nächste Bruch, dann über die Neuwoogsbrücke nach dem Jammertaler Wald, bis es am Dreiweiher verschwand. Einmal hat der Bauer sogar an der Neuwoogsbrücke seine Pferde anhalten müssen, bis das Irrlicht vorbei war, sonst wäre er mit ihm zusammengestoßen. Da will er denn die Erscheinung deutlich gesehen haben. Es war ein natürlicher Schafskörper mit schöner, weißer Wolle und in demselben ein brennend Licht, so erzählt er es noch heute.“

Die einstige Großgemeinde und heutige Stadt hat zudem eine wechselvolle Vergangenheit. Funde aus der Stein- und Eisenzeit belegen eine frühe Besiedlung; bei der Unterschernauer Mühle stand vormals eine römische Villa. Ramstein wird 1215 erstmals urkundlich erwähnt, war schon im Mittelalter Sitz einer großen Pfarrei und der größte Gerichtsort im ehemaligen Reichsland.

Während sich Ramstein beiderseits des Mohrbaches entwickelte, der bei der Moordammühle aus dem Mohrborn entspringt, liegt Miesenbach im Tal eines kleinen Gewässers, das dem Dorf seinen Namen gab. Das Bächlein hat seine Quelle am Hebenhügel (361 m), an dem fünf Gemarkungen zusammenstoßen. Die Kommune, die in der Geschichte einige Parallelen zu Ramstein aufweist, wurde im Zuge der Verwaltungsreform mit der größeren Gemeinde zusammengelegt.

Die wirtschaftliche Entwicklung war zunächst von der Entwässerung des Bruchs und der Nutzung des Torfs bestimmt. Der Weg zum heutigen Wohlstand war weit und beschwerlich. Der Ort veränderte sich vom Waldarbeiterdorf zur Arbeiterwohngemeinde, in der ebenso Wandermusikanten und Bergleute lebten. Um 1830 war die

Not so groß, daß durchschnittlich zehn Familien im Jahr auswanderten. Gegen Ende des 19. Jahrhunderts brachte die angesiedelte Textilindustrie einigen Aufschwung. Nach dem Zweiten Weltkrieg setzte mit dem Bau von Ramstein Air-Base eine grundlegende Änderung ein. Der landschaftliche Hintergrund, das geschichtliche Werden und wirtschaftliche Wachsen spiegeln sich in den lokalen Überlieferungen. Dabei bekundet sich in den hiesigen Sagen ein starker Gerechtigkeitssinn. Ein Übeltäter, der sich gegen Recht und Ordnung vergeht, findet im Leben und im Tod keine Ruhe.

DER BÖSE MÜLLER

„Auf einer Mühle bei Ramstein lebte einst ein gar schlimmer Müller. Der soll manche böse Tat auf dem Gewissen haben, sogar mehr als einen Mord, den er um Geldes willen an denen verübte, die bei ihm über Nacht blieben. Als die Sache an den Tag kam, ging er nach Amerika. Wie er aber auf dem Schiff war, fing es plötzlich an zu sinken. Da sagte der Kapitän: ‚Es ist einer auf dem Schiff, den das Wasser nicht trägt. Es muß gelost werden.' ‚Ihr braucht nicht zu losen,' rief der Müller, ‚ich bin der Mann!' und stürzte sich ins Meer.

Nach seinem Tode aber ging er in der Mühle jede Nacht um und stellte viel Unheil an. In dem Zimmer, in dem er seine Opfer getötet hatte, konnte man das Blut nicht mehr wegbringen und eines Morgens war von seiner Hand ein großes Schwein hingemalt und der böse Müller saß obendrauf mit Blechschuhen an den Füßen. Da ließ man ihn durch einen Juden auspeitschen von der Mühle bis ins Fleischackerloch.

Alle sieben Jahre kam er wieder und wenn dann nicht eine große Schüssel voll Knöpf (Kartoffelklöße) und ein paar Blechschuhe in dem Zimmer standen, so band er im Stalle drei Stück Vieh an eine Kette oder die Kühe mit den Schwänzen zusammen, so daß sie nicht auseinander konnten. Gar oft mußte Hilfe geholt werden, um das Unheil wieder gut zu machen. Das Zimmer, das noch allein stand, wurde vor ungefähr 30 Jahren abgerissen. Die Söhne des Übeltäters aber sind auf der Mühle verkommen."

Offenbar hat das schon im 13. Jahrhundert geschaffene Gericht, das immerhin mit einem Schultheißen, zwei Schöffen, einem Gerichtsschreiber und einem Büttel besetzt war, das Gewissen der Bevölkerung in besonderer Weise geschärft. Um Gerechtigkeit geht es ferner in der folgenden Geschichte, in der eine Magd drei seltsamen Männern begegnet.

DIE GLUT

„Ein alter Bauer von Miesenbach, ein gar geiziger Mann, weckte seine Magd immer sehr frühe. Eines Morgens nun im Herbste beim Kartoffelausmachen, als es noch dunkel war, sollte sie in der Viehküche das Feuer unter dem Kessel anstecken. Sie brachte es aber um alles in der Welt nicht zum Brennen. Da sah sie plötzlich einen Haufen Glut hinter dem Hause im Kleegarten. Dreimal ging sie hin und holte sich jedesmal eine gehörige Schippe voll; aber unter dem Kessel wollte es immer noch kein Feuer geben. Als sie deshalb zum vierten Male in den Garten kam, lagen ihrer Drei um die Glut und sagten, sie habe genug und bekäme jetzt nichts mehr.

Da weckte sie ihren Herrn und erzählte ihm, was vorgefallen war, auch daß der Torf zu naß sei und nicht zum Brennen komme. Der Alte merkte, wie es um das Feuer im Kleegarten stehe, und schickte die Magd zu Bett: er wolle selbst die Tränke für das Vieh kochen. Die geholte Glut aber war lauter Gold, das sich der Bauer aneignete.

So aber wollten es die drei Männer nicht. Drei Nächte hintereinander erschienen sie und klopften dem Alten, er solle dem Mädchen das Geld geben. Der aber tat es nicht, sondern schaffte seine Magd nach Amerika. Ein Jahr später kamen die Drei wieder drei Nächte hintereinander und verlangten, er solle dem Mädchen das Geld schicken, sonst gehe seine Familie im dritten Gliede unter. Der geizige Alte behielt das Geld auch jetzt noch und seine Enkel gingen wirklich zu Grunde."

In Miesenbach wird sogar noch eine zweite Sage von der Geldglut erzählt. Nach ihr war ein alter Bauer aus dem Dorf auf dem Rückweg von Schwedelbach. Als er um Mitternacht durch den großen Wald am Hebenhügel kam, wollte er aus Furcht oder Langweile eine Pfeife rauchen, hatte aber kein Feuerzeug bei sich. Da entdeckte er eine Feuerglut, um die drei Männer lagen. Er fragte sie, ob er ein wenig Glut für seinen Tabak haben könne. Als er am anderen Morgen seine Pfeife anstecken wollte, lag ein Goldstück darin. Er erzählte seiner Frau, was er erlebt hatte; die schalt ihn jedoch und sagte: ‚Du bist recht dumm. Warum hast du nicht die Glut ausgeschlagen, so wäre alles Gold dein gewesen!‘ Im Westrich war das Leben in früherer Zeit recht schwer. Die Sagen über den Landstrich handeln daher mehr von Not und Elend, als

Die seltsame Glut

von Glück und Wohlergehen. In den hiesigen Geschichten werden diese menschlichen Schicksale und gesellschaftlichen Verhältnisse gleichfalls spürbar, selbst wenn sie von der wilden Jagd berichten.

DIE WILDE JAGD

„In Miesenbach auf dem Matzenberg und im Ramsteiner Eck wohnen meistens Leute, von denen die Männer in Völklingen oder Friedrichsthal und in den Gruben arbeiten. Die Frauen pflanzen einen Acker oder auch zwei und haben eine Kuh im Stalle, aber nicht eine Hand voll Wiesenwachs für dieselbe. Sie gehen drum in das Bruch und in den Wald grasen. Trotzdem es zweimal im Jahre Streu gibt, reicht es nicht hin für die Leute, weil sie kein Stroh haben. Da ziehen die Frauen und Mädcheen nachts in den Waldschlag, wo es feucht ist und üppiges Moos wächst, und holen sich Streu. Es gehen ihrer fünf oder sechs, manchmal auch zehn oder zwölf zusammen und sie haben schon oft die wilde Jagd wahrgenommen.

Sie erzählen, man könne sie niemals sehen, sondern nur hören. Der Anfang wäre wie ein weit entferntes Gewitter. Wenn es aber näher kommt, so kann man alles deutlich verstehen: das Pfeifen und Kugelsausen und wieder anderes Schießen. Man hört die Hunde bellen, das geschossene Wild schreien und wie die Jäger rufen: ‚Tyras, bring's hierher!‘ Auch ein Hurrahrufen vernimmt man oft dazwischen. Diejenigen Frauen und Mädchen, die es schon erlebt haben, glauben und behaupten, es könne sich niemand den Lärm so vorstellen wie er ist. Wenn die Kugeln sausen, die Hunde bellen, die Treiber klappern, das geschossene Wild schreit und die Jägerstimmen dazwischen rufen, das höre sich alles gar schauerlich an, diese Jagd hoch oben in der Luft.“

Von leibhaftigen Jägern, die Wunderbares erleben, erzählt eine andere Sage, die – an eine bestimmte Szenerie und bestimmte Personen gebunden – sich desgleichen von den realen Umständen löst und ins Übersinnliche und Phantastische überwechselt.

DER SCHUSS AUF DAS FLÄMMCHEN

„Zwei Jäger von Miesenbach wußten, daß in der Stückelbach und dem kleinen Hebenhübelwald ein ganzes Rudel Rehe war, die oft nach der Nachbarsjagd im Kottweiler Bann wechselten. Sie stellten sich deshalb immer abends an der Grenze auf und erlegten auch wirklich zwei von den Tieren. Einmal gingen sie spät heim, es war schon nahe an Mitternacht, und als sie an den Hungerbrunnen kamen, der nicht weit vom Friedhof liegt, da sahen sie ein Feuer, das ganz dicht über dem Boden schwebte. Manchmal schien es, als wollte es in die Erde verschwinden. Der älteste der Jäger ließ den andern darauf schießen; der aber hatte nicht den Mut, weil der Friedhof so nahe war. Sie gingen nun auf die Straße, die nach Mackenbach führt, um die Erscheinung von dort aus zu besehen. Es war aber immer das nämliche Feuer, das sich über dem Boden hin und her bewegte.

Da stieß einer zu ihnen, der nach Mackenbach gehen wollte, lachte unter Fluchen die beiden Jäger aus und sagte: ‚Wer weiß, wer euch da den nächtlichen Spuk gemacht hat!' Er nahm dem Jüngsten das Gewehr ab und rief dreimal: ‚Bist du ein Mensch, so gib Antwort oder ich schieße.' Er erhielt keine Antwort und schoß darauf hin. Da stieg das Flämmchen unter Prasseln in die Höhe und das Gewehr entfiel seinen Händen und war spurlos verschwunden.

Der Mann ging aber nicht mehr den Weg nach Mackenbach, sondern übernachtete bei einem der Jäger. Am andern Morgen in aller Frühe eilten sie an die Stelle, von wo aus der Mackenbacher geschossen hatte. Sie fanden auch durch die Fußspuren genau den Platz wieder; aber von dem Gewehre war nichts mehr zu sehen. Und dort, wo das Flämmchen geschwebt hatte, wuchs schöner, grüner Rasen. Die Jäger gingen wohl noch öfter zur Nachtzeit auf die Jagd, aber nie mehr über den Hungerbrunnen zurück."

Wenn es einmal nicht mit rechten Dingen zugeht, liegt es nahe, einen oder eine aus der dörflichen Gemeinschaft dafür verantwortlich zu machen. Eine ungewöhnliche Frau wird so schnell zu einer Hexe, die in dem Ort ihr Unwesen treibt.

Frauen und die Wilde Jagd

DIE HEXE

„Auf dem Glaserhöfchen in Miesenbach wohnte vor langer Zeit eine Frau, von der die Leute sagten, sie sei eine Hexe. Der eine Bauer klagte: ‚Mir wird das Korn, das ich für die Mühle gewogen habe, aus dem Sack gestohlen.' Ein anderer: ‚Meiner Frau ist wieder ein Hafen Latwerg fortgekommen.' Und ein dritter beschwerte sich: ‚Meine Kühe geben keine Milch und sind doch alle frisch.'

Da paßten die Leute auf den Dieb auf. Einer merkte, wie eine Taube oben zum Fenster hineinflog, wo die Frucht lag, und es war doch im ganzen Dorf keine Taube. Ein zweiter sah einen Schmetterling zum Kamine herunterkommen. Der alte Adam endlich kam dazu, wie eine Katze durch das Hühnerloch in den Stall schlich. Er ging ihr nach und mußte sehen, wie sie eine Kuh nach der andern molk. Das war ihm doch zu arg; wütend sprang er hin und klopfte dem Tier gehörig auf die Pfoten. Dabei dachte er sich: „Das kann niemand anders sein als die Hexe vom Glaserhöfchen."

Am andern Morgen ging er ihr ins Haus und fragte, ob sie helfen könne Kartoffeln ausmachen. Die Frau aber lag mit verbundenen Händen im Bett und klagte: „Ich wollte gern helfen, wenn meine Arme und Hände nicht so geschwollen wären. Ich weiß gar nicht, woher das kommt." „Ich weiß es", sagte der alte Adam. „Kartoffeln machen wir keine aus; aber ich kenne jetzt die Diebin, die mir meine Kühe gemolken hat." Von dieser Zeit an wurde keine Frucht mehr gestohlen, es fehlte kein Latwerg mehr und auch die Kühe im Stalle blieben verschont."

Blick vom Hebenhügel

„... und dreizehn künden die Steine"

FRANZ VON SICKINGEN WÜRFELT UM SEIN SCHICKSAL

Er maß knapp einen Meter und sechzig Zentimeter und war dennoch ein großer Mann: Franz von Sickingen, einflußreicher Ritter und gefürchteter Feldhauptmann, kaiserlicher Rat und Kämmerer, den der Volksmund wegen seiner kleinen Gestalt liebevoll „das Fränzchen" nannte. Gleichzeitig stattete man ihn jedoch mit überirdischen Fähigkeiten und übermenschlichen Kräften aus, so daß er in der Vorstellung des Volkes beinahe die Rolle eines Riesen übernahm. Von seinen Kraftproben werden mehrere Geschichten erzählt. So habe Franz einmal eine sehr schwere Kugel nach einem viel kleineren Ring geworfen – mit solcher Wucht, daß sich der Ring ausdehnte, die Kugel durchließ und sich sogleich wieder verengte.

Am bekanntesten ist indessen die Sage über die Sickinger Würfel, drei Quadersteine, die so groß und ungefüg waren, daß nur Franz sie heben und werfen konnte. Sie lagen schon seit urdenklichen Zeiten unten in Landstuhl, genau genommen schon vor den Jahren der Burg Nanstein, und wiesen seltsame Figuren und Zeichen auf. Niemand wußte so recht, wie sie dort hingekommen waren, aber eines Tages brachte sie ein findiger Kopf mit der sprichwörtlichen Stärke des Ritters in Verbindung. Die Ab-

Die Beschießung des Nanstein

sicht, eine auffallende Gegebenheit der unmittelbaren Umwelt zu erklären, ließ daraus eine Sage entstehen, nach der es mit jenen Steinquadern die folgende Bewandtnis hat:

„Am Vorabend der großen Belagerung seiner Burg durch die verbündeten Feinde saß Franz am Fenster und schaute hinab in das Tal. Den Weissagungen und geheimen Künsten von je her zugetan, weshalb er auch mit Doktor Faust in Verbindung gestanden habe, griff er zum Würfelbecher. Der Tisch war eine Felsenplatte, Quadersteine die Würfel, die er wie Nüsse umherwarf. „Kein Glück!", rief er mißmutig, – „wieder nicht! – auch nicht zum dritten und letzten Male!" Und in grimmiger Wut warf er die Würfel den Berg hinunter. Noch niemand hat sie bis heute auch heben und wegtragen können."

Die Sage über den Ritter, der in der Stunde der Entscheidung die Würfel befragt, ist in Landstuhl und in der ganzen Umgebung weit verbreitet. Der Kaiserslauterer Ludwig Schandein, der vor allem durch seine Mundartgedichte bekannt wurde, veröffentlichte auch bedeutende Beiträge zur pfälzischen Volkskunde. Er arbeitete an dem großen Sammelwerk „Bavaria" mit und stellte im vierten Band (München 1867) die Geschichte von den Sickinger Würfeln unter den bekannten Sagen der Rheinpfalz vor. Der Stoff wurde denn auch in der Folge wiederholt dichterisch behandelt und poetisch bearbeitet.

Das wohl früheste Gedicht stammt von Laurian Moris, der die „Deutsche Chronik" redigierte, eine Wochenschrift für Belehrung, Unterhaltung und praktisches Leben. Als Autor veröffentlichte er zudem mehrere Bücher: „Nächte am Zürichsee" (1843), „Stunden am Meer" (1852) und „Frieden" (1855). Moris gab zusammen mit Friedrich Baader 1844 im Verlag von Karl Göpel in Stuttgart den Band „Die Sagen der Pfalz aus dem Munde des Volkes und deutscher Dichter" heraus. Die Sammlung enthielt auch die folgenden Verse:

Auf Landstuhl saß der tapfre Ritter
Und sinnend schaut' er in das Tal;
Es dufteten die Fichtenwälder,
Umglänzt vom Abendsonnenstrahl.

Er schien wohl Manches zu erwägen,
Die Blicke waren finster schier,
Denn morgen sollt' der Kampf beginnen
Gen seinen harten Feind von Trier.

Und als er lange stumm gesessen,
Ging er zum hohen Würfeltisch,
Da faßt' er den gewalt'gen Becher
Und schüttelte die Würfel frisch.

„Will sehen, was sie Gutes deuten,
Und wie Fortuna spricht, das Weib."
Und polternd flog in leichten Händen
Der riesenhafte Zeitvertreib.

Der Tisch war eine Felsenplatte,
Die an der Veste sich erhob,
Die Würfel waren Quadersteine,
Zum Spielen wohl ein wenig grob.

Er spielte wie mit kleinen Nüssen,
Und warf sie kreuz und warf sie quer,
Und zählte die gefall'nen Punkte
Von allen Seiten hin und her.

„Kein Glück!“ sprach er in finsterm Tone,
„Nun, einmal noch sei es versucht!
Doch wenn die gleichen Augen fallen –
So sei das wüste Spiel verflucht.“

Und wieder schüttelt’ er die Steine
Mit furchtbar rasselndem Gemisch,
Und warf; – es drohte zu zersprengen
Der eisenstarke Würfeltisch.

Und wieder fand er sich verloren! –
„Wohlan denn nun zum letztenmal!
Was eins und zwei mir schnöd verkündet,
Bestät’ge drei, die heil’ge Zahl.“

Er warf die Steine durcheinander,
Sie fielen kreuz, sie fielen quer,
Er zählte die gefall’nen Punkte
Von allen Seiten hin und her –

Doch wieder fand er sich verloren! –
Da, von des Trotzes Mut entflammt,
Schmeißt er mit starker Hand die Würfel
Den Berg hinunter, insgesammt.

Noch sieht sie aufgestellt der Wand’rer
Jenseits der Straß’ in Tales Grund;
Daß sie dem Ritter wahr gesprochen,
Zeugt trauernd der Geschichte Mund.

Das Gedicht von Laurian Moris wurde in den Jahren danach wiederholt abgedruckt: von Franz Weiss in seinem Buch „Die malerische und romantische Pfalz“, von Fritz Claus in seinem Bändchen „Der Pfälzerwald“ und von der Zeitschrift „Palatina“ in ihrem Jahrgang 1871. Die Ortsangabe in der letzten Strophe des Gedichtes von Moris läßt übrigens erkennen, daß die drei mächtigen Steine damals noch nicht auf dem alten Marktplatz in Landstuhl, sondern jenseits der Kaiserstraße lagen, die ehedem eine Heerstraße der Römer war. In Wirklichkeit handelte es sich bei den uralten Steinwürfeln um Teile eines römischen Grabdenkmals. Die Bruchstücke aus einheimischem Material waren die Reste eines Votivaltares, den die 4. römische Legion von Mainz im Jahr 68 oder 69 nach Christus ihrem im Winterlager verstorbenen Hauptmann errichtet hatte. Nachdem das Denkmal fast zweitausend Jahre dort stand, nun aber durch den zunehmenden Straßenverkehr gefährdet war, ließ es die Stadtverwaltung 1902 an seinen heutigen Standort transportieren. Vor kurzem wurde die Anlage am Alten Markt außerdem mit einem erklärenden Hinweis versehen.

Von dem tapferen Ritter, der schon manchen Kampf gefochten hatte und der während der schweren Belagerung sinnend auf seiner stolzen Burg saß, kündet auch eine lyrische Gestaltung der Sage, die 1907 in der Zeitschrift „Pfälzisches Museum“ erschien. Sie stammt von dem Lehrer und Schriftsteller Jakob Böshenz und ist von den nationalen Gedanken der Wilhelminischen Ära bestimmt.

Vor Nanstein am blühenden Maientag
Da krachten die Karthaunen;
Kurpfalz und Trier und Hessen lag
Vor seinen Mauern schon manchen Tag.
Sickingen war schlechter Launen.

Und wie der Abend sich niederschwang,
Franziskus sitzt in Sorgen:
„Die Mauern geborsten, der Wachtturm sprang,
Und immer noch dröhnt's mit Donnerklang.
Was bringt mir der kommende Morgen?"

Er schlägt mit der Faust auf den steinernen Tisch:
„Den Würfeln will ich trauen!
Geschwind herbei das schwere Gemisch!
Den Becher geschüttelt, geworfen frisch!
So will ich die Zukunft schauen!"

Vier Landsknecht' schleppten den Becher herbei,
Gleich einem Riesenfasse.
Drinn lagen mächtiger Quader drei.
Da packt er gewaltig und schüttelt frei,
Und schon rollen die Stein' im Gelasse.

„O Unglückswurf! Stehn 'dreizehn' im Feld!
Nun wag' ich noch dies Eine!"

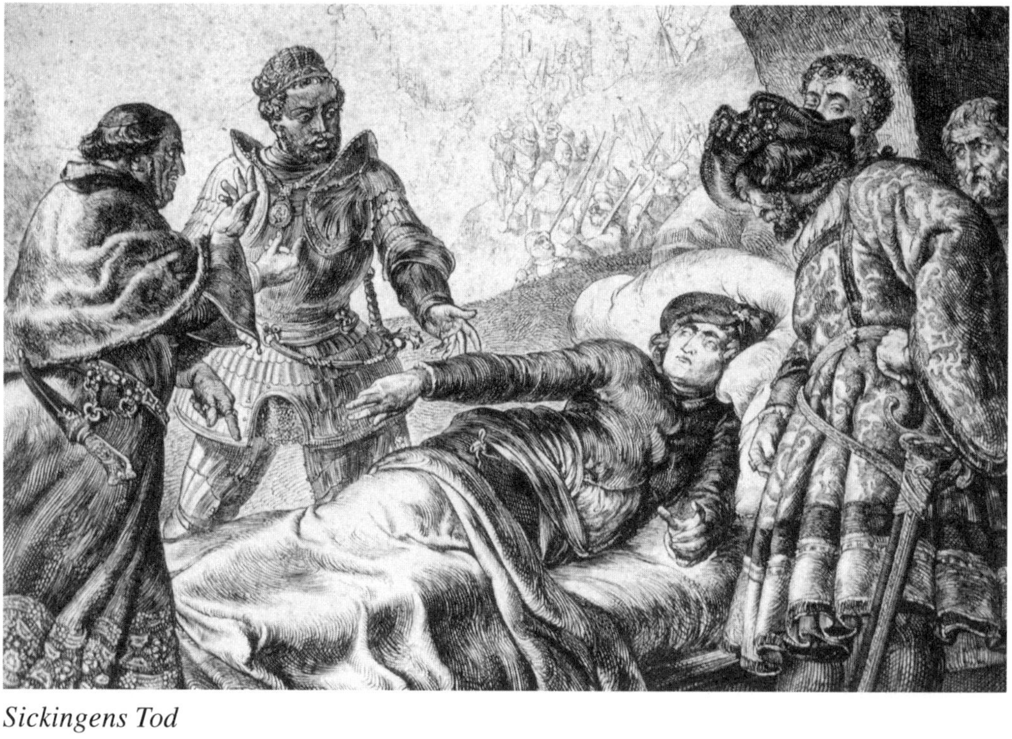

Sickingens Tod

Mit beiden Händen den Becher er hält:
„Sei's Glück, sei's Sieg!" – Es rollt und fällt,
und 'dreizehn' künden die Steine.

Da leuchtet sein Auge in Zornesglut:
„So sei nun Spieles Ende.
Fahrt wohl, ihr Würfel, alt und gut,
Fahr wohl, du köstlicher Lebensmut!
Wir stehen vor bitterer Wende.

Ich hatte ein herrliches Ziel erdacht:
Für Deutschland wollt' ich werben.
Für des Reiches Ehr' und des Reiches Macht
Manch' fröhliche Fehde hab' ich entfacht.
Nun läßt mich das Reich verderben."

Er schleudert in's Dunkel die Steine weit:
„Auf Nimmerwiedersehen!
Vergessen, du Mann der alten Zeit!
Gott gebe des Reiches Herrlichkeit
Ein fröhliches Auferstehen!"

Etwas verhaltenere Töne schlug der pfälzische Dichter Lorenz Wingerter in seinen Versen „Sickingens Würfel" an, die er 1923 in seinem Buch „Heimat öffne deine Quellen" veröffentlichte. Während bei Böshenz die Zahl dreizehn das Unheil verkündet, sind es bei ihm die gewürfelten sechzehn Augen, die Unglück bedeuten.

Er war gewohnt zu siegen,
sonst schreckten ihn Feinde nicht.
Die Kunde von neuen Kriegen
vernahm er voll Zuversicht.

Doch heute mit finstren Blicken
im Burghof der Sickinger stund:
„Ob's morgen wieder mag glücken,
mein Würfelspiel gebe mir's kund!"

Drei mächtige Quadersteine,
die nahm er spielend zur Hand:
„Mußt streiten gen dreie alleine,
den Sieger gebt mir bekannt!"

Und sechzehn Augen bekunden,
daß Franz der Besiegte wird sein:
„Noch ist ja mein Stern nicht
entschwunden,
das Glück war ja immer nur mein!"

Und wieder der Würfel rollte:
er zeigte dieselbe Zahl.
Verzweifelt der Sickinger grollte
und warf sie ein drittes Mal.

Und sechzehn Augen bekunden,
daß Franz der Besiegte wird sein.
Mein Stern ist mir immer entschwunden
„Nein!" ruft er und abermals „nein!"

Und trauend noch immer dem Glücke
warf Franz mit zornbebender Hand
die mächtigen Quaderstücke
wohl über den Burgmauerrand.

Die Sage beschränkt sich darauf, etwas tatsächlich Vorhandenes sowie ein einzigartiges Geschehnis mit herkömmlichen Mitteln zu schildern und in einen größeren Zusammenhang einzuordnen. Die dichterischen Gestaltungen des Stoffes bemühen sich dagegen, nicht nur Sage und Geschichte zu verknüpfen, sondern auch so etwas wie eine Deutung zu versuchen. Die Gedichte über Sickingens Würfel sind dabei oft von dem Geist der jeweiligen Zeit geprägt, lassen ihre geheimen Wünsche und Sehnsüchte erkennen. Dies gilt für die Ballade, die Otto Wenz in seinem Bändchen „Knospen und Blüten“ publizierte, das 1923 erschien. Ebenso für die Verse über den Ritter, die der Heimatfreund und Naturschützer Jakob Weber in seiner Broschüre „Unser Landstuhl“ 1939 veröffentlichte.

In unseren Tagen entstand ein Mundartgedicht von Heinrich Kraus, das in seinem Bändchen „Scharfer Tuwwak“ (1985) enthalten ist. Der mit dem Pfalzpreis für Literatur ausgezeichnete Schriftsteller porträtiert darin gleichfalls einen großmütigen Mann, der sich vor niemand auf der Welt fürchtete, den nun aber doch ein banges Gefühl beschleicht.

O’m Nanstän huckt de Franz
un guckt, wie’s duuschter werd.
In seiner Link die Lanz,
an seiner Sejt es Schwert.

Viel Feinde sin zu’m kumm,
sei Bursch isch ganz umstellt:
Bloß Fejer drumerum,
Kanonedonner bellt.

Sie han ne diesmol krieht,
er wäß nit in, nit aus.
Er wäß bloß, was’m blieht
von dene Färschte drauß.

De Ritter Franz, der guckt.
Wer hat’n do gekrisch?
Off ämol, hui, do huckt
e schwarzer Kerl am Disch.

„Was isch? E klänes Spiel?
Gewinnscht de, helf ich dir.
Ich kann, das wääscht de, viel!
Wenn nit, geheerscht de mir.“

„S’gewinnt der, wo riskeert.
Drej Wärfele! Egal!“
De Ritter Franz verleert.
Er schmejßt se bis ins Dal.

Der schwarze Dejwel lacht.
De Ritter isch enterbt.
E Schuß: e Kuchel kracht!
De Sickinge verderbt.

Ruine stehn im Rähn,
doch unne blieht de Ort.
Drej riesegroße Stän,
die leje jetz noch dort.

Die Sickinger Würfel

Kraus hat das alte Sagenmotiv außerdem in einer Szene seines Volksstückes „De letschte Ritter“ aufgenommen, das 1996 von den Burgspielen Landstuhl auf dem Nanstein uraufgeführt wurde. Gegen Ende des Schauspiels, das ebenfalls in Pfälzer Mundart gehalten ist, stellt der Teufel den Sickinger im Traum auf die Probe. Er würfelt mit ihm unter Blitz und Donner um sein Leben. Der Teufel gewinnt und Franz wird am nächsten Tag im Kampf so schwer getroffen, daß er bald darauf in einem Felsengemach seiner Burg stirbt.

Sickingen-Monument

„Von dort an verfolgte den Ritter das Unglück"

SICKINGEN-SAGEN AUSSERHALB UNSERER REGION

Seine kraftvolle Persönlichkeit, sein wechselndes Leben und tragisches Ende auf der Burg Nanstein haben die Menschen zu allen Zeiten bewegt und beschäftigt. Franz von Sickingens Nachruhm hörte in unserer Gegend nie auf: man bewahrte sein Andenken in phantasievollen Erzählungen, die gleichwohl einen geschichtlichen Kern enthielten. Indessen gibt es nicht nur Sagen über Sickingens Wirken in Landstuhl. Das „Fränzje" hat mancherlei Spuren in der pfälzischen und saarländischen Sagenwelt hinterlassen. Schon um seine Kindheit rankt sich eine Geschichte, die in das Mythische und Übernatürliche spielt.

DER GEIST DES ROTENFELS

„Im Rotenfels haust ein Geist, der hie und da in nebligen Mondnächten über die Hochfläche langsam dahinschreitend gesehen worden ist. Er mißt gut zwei Menschenlängen, hat einen langen, weißen Bart und trägt einen braunen, bis zu den Füßen reichenden Mantel und einen großen, breiten Schlapphut. Wehe dem, den er auf einem verbrecherischen Vorhaben begriffen unterwegs antrifft. Er ergreift ihn und wirft

Belagerung einer Burg

ihn die Felswand hinab, so daß sein Körper unten zerschmettert ankommt. Aber ebenso ist er dem Guten gnädig gesinnt, und wenn er einen in Not sieht, so hilft er ihm gern.

Einmal hatte sich Franz von Sickingen als Knabe in den Felswänden des Rotenfels verstiegen. Er konnte nicht mehr vorwärts und rückwärts. Um Hilfe rufen mochte er nicht, er fürchtete, später deswegen verspottet zu werden. So harrte er auf dem engen Plätzchen, worauf er sich gesetzt hatte, aus und dachte, wenn ich mich etwas ausgeruht habe, so will ich den Aufstieg nochmals versuchen. Ich werde mich dann schon in die Höhe ziehen können. Ermattet von dem Herumklettern schlief er aber ein und schlief noch, als die Nacht hereinbrach. Es war ein Glück, daß er so todmüde war, daß er sich im Schlafe gar nicht bewegte, denn sonst wäre er unfehlbar bei der geringsten Bewegung in die Tiefe gestürzt, da die Felsplatte, auf der er sich niedergelegt hatte, nur gerade soviel Raum bot, daß er zusammengekauert Halt finden konnte. Auf einmal fühlte er, wie ihn jemand anfaßte, sanft auf seine Arme nahm und ihn im Fluge über die Nahe nach der Ebernburg brachte, dort am offenen Fenster in sein Schlafgemach mit ihm hineinflog und in sein Bett legte. Wie waren seine Eltern aber, die ihn schmerzvoll mit ihren Leuten in der Burg und in der Umgebung überall gesucht hatten, erstaunt, als sie ihn plötzlich heil und gesund, fest schlafend in seinem Bette vorfanden. Aber als er ihnen erzählt hatte, wie es ihm ergangen war, da wurden ihre Herzen voll Danks gegen den gütigen Geist des Rotenfels.“

Der Rotenfels, ein Bergmassiv auf dem linken Naheufer zwischen den Orten Norheim und Bad Münster am Stein, liegt der Ebernburg, der Geburtstätte Sickingens, genau gegenüber. Der Fels, die höchste Steilwand nördlich der Alpen, hat eine Höhe von 237 Metern über dem Meeresspiegel und eine Breite von zwei Kilometern. Das Bergmassiv verdankt seinem Namen dem Porphyr, einem Kalifeldspat führenden Gestein mit rötlicher Färbung. Entlang der gesamten Kante des Rotenfels führt ein Wanderweg, von dem man einen herrlichen Ausblick auf die Umgegend hat.

Die Sage von dem Berggeist, der den heranwachsenden Franz in seinen Schutz nimmt, wurde wiederholt aufgezeichnet. Sie findet sich in Alexander Schöppners „Sagenbuch der Bayerischen Lande. Aus dem Munde des Volkes, der Chronik und der Dichter“, das 1853 in drei Bänden in München erschien. Der Kaiserslauterer Heimatforscher Ludwig Schandein nahm die Geschichte in seinen Beitrag „Volkssagen der bayerischen Rheinpfalz“ auf, den er 1867 in dem Sammelwerk „Bavaria“ veröffentlichte. Johannes Hüll brachte in seinen „Dichtungen eines pfälzischen Poeten“ (Leipzig 1890) ein Poem mit 27 Strophen über den jungen Franz. Der von uns zitierte Text ist in dem von Hermann Stumpf herausgegebenen Bändchen „Geschichten und Sagen des Nahegaus“ enthalten, das 1921 in Kreuznach herauskam.

In den früheren Fassungen, die noch mehr im Geist der Romantik erzählt sind, trägt der Berggeist den Knaben in seine kristallene Wohnung, zeigt ihm alle seine Schätze und läd ihn ein, sich zu nehmen, was er wolle. Franz begnügt sich mit einem Edelstein an einem goldenen Kettchen und bittet darum, daß er wiederkommen dürfe. Zum Schluß der Geschichte heißt es: „So lebte Franz forthin in steter Gemeinschaft mit dem Geist des Rotenfels. Als er zum Ritter wurde, da standen ihm dessen Schätze offen zu seinen Taten und Zügen. Nur einmal warnte ihn der Geist – als er gegen Trier zog – und wandte sich grollend von ihm, als er dennoch den Zug unternahm. Von dort an verfolgte den Ritter das Unglück, bis er von seinen Feinden besiegt auf seiner Feste Landstuhl den Tod fand. Der Geist aber trauerte tief um ihn und verschloß sich ein Jahr in seiner kristallenen Wohnung. Dann ließ er sich wieder sehen und schwebt noch heute um Fels und Burg. Trübe und wolkig ist seitdem sein Gewand, und im Grase am Ufer der Nahe glänzen seine Tränen, die er um seinen Liebling, den letzten Ritter, weint."

Insbesondere hat sich Sickingens Kriegszug gegen den Trierer Kurfürst und Erzbischof Richard von Greiffenklau im Gedächtnis der Bevölkerung erhalten. Auf dem Weg nach Trier eroberte und plünderte der Ritter die kleine Feste St. Wendel. An die Beschießung der Stadt in den ersten Septembertagen des Jahres 1522 erinnert noch eine Steinkugel, die in der Südostseite des Wendeldomes an einem Strebepfeiler eingemauert ist. Wie Karl Lohmeyer in seinem Buch „Die Sagen der Saar" (Saarbrücken 1935) berichtet, nennt der Volksmund eine Anhöhe des Metzelberges bei Furschweiler „Franze Küppche". Von dieser Bergkuppe aus soll Sickingen mit seinen Geschützen das damals kurtrierische Städtchen St. Wendel beschossen haben. Ähnliche Flurnamen gibt es bei Saarburg und Trier, die unter der Bezeichnung „Franzensknöppchen" auf die einstigen Stellungen der Kanonen Sickingens hinweisen.

Sickingen zieht in St. Wendel ein

Auf dem weiteren Vormarsch gegen Trier eroberte der Ritter die Grenzfeste Grimburg im Hochwald, den Sitz eines kurfürstlichen Amtes. Das Ereignis führte zu einer Sage, die den äußeren Anlaß poetisch ausschmückt und umgestaltet. In der mündlichen Überlieferung spielen dabei eine „Weiße Frau" und ein „Schwarzer Ritter" eine Rolle. Fred und Gabriele Oberhauser bemerken dazu in dem Buch „Die Saar – Mysteriöses, Sagenhaftes" (Freiburg 2000):

DIE EROBERUNG DER GRIMBURG

„Als der Sickinger wie ein Sturmwind ins Wadrilltal einbrach, meldete sich bei ihm ein Ritter in einem schwarzen Harnisch, ein Überläufer aus den Diensten des Trierer Kurfürsten. Er kannte nicht nur die Grimburg recht genau, sondern auch das hier lebende Edelfräulein, eine aus der Abtei Fraulautern entflohene Nonne. Ein unzufriedener Bauer aus der Hermeskeiler Gegend spielte gegen klingenden Lohn den Liebesboten.

Das Edelfräulein schloß ihrem Ritter eine Pforte in der Wallmauer auf, dessen Leute drangen in die Burg ein, entwaffneten die überraschte Wache auf der Mauer, öffneten das Haupttor, und kaum eine halbe Stunde später war Franz von Sickingen Herr der Burg. Das Edelfräulein wurde von einem verirrten Pfeil getroffen. Weder sie noch der Schwarze Ritter fanden Ruhe im Grab und müssen als Wiedergänger in der Ruine spuken. Als ein Jahr später Franz von Sickingen bei der Verteidigung seiner Burg Nanstein bei Landstuhl fiel, soll ihm in der Nacht davor eine Weiße Frau erschienen sein und ihm seine Todesstunde angekündigt haben."

Ebenso verhalf die mächtige Gestalt des „letzten Ritters" den Bewohnern der Stadt Zell an der Mosel zu ihrer ehrenvollen Umschreibung. Der Ort hatte sich im Lauf der Jahrhunderte vom ärmlichen Dorf zum ansehnlichen Städtchen entwickelt, dessen privilegierte Bürger dem Landesherren besonders verbunden waren. Rainer Schlundt teilt dazu in seiner Sammlung „Sagen aus Rheinland-Pfalz" (Köln 1983) die folgende Begebenheit mit:

DIE STANDHAFTEN ZELLER

„Als Franz von Sickingen, gefürchteten Andenkens, im Jahr 1522 unter Kurfürst Richard von Greiffenklau gen Trier zog, um es einzunehmen, sendeten die Zeller aus ihrer Bürgerschaft fünfzig wehrhafte Männer, welche eine treffliche Stütze dem arg bedrängten Kurfürsten wurden. Einst wagte sich die kleine Hilfsschar bei einem Ausfall zu weit vor und sah sich plötzlich durch eine wohl zehnfache Übermacht abgeschnitten. Trotzdem ließen sie nicht den Mut sinken und wehrten sich mannhaft gegen den Feind, bis Succurs (Beistand) nahte. Seit dieser Zeit ging das Sprichwort: Er steht fest wie ein Zeller!"

Der Feldzug gegen Trier konnte nicht erfolgreich abgeschlossen werden; Sickingen mußte die Belagerung der Stadt ergebnislos abbrechen und sich zurückziehen. Sein Sohn Hans war derweil bemüht, mit einer kleinen Besatzung das eroberte St. Wendel zu behaupten. Nachdem der kurtrierische Feldhauptmann Gerlach von Isenburg die

Stadt drei Tage lang beschossen hatte und die Hälfte der Verteidiger tot oder verwundet war, floh Hans mit den restlichen Männern im Schutz der Nacht durch eine Maueröffnung. Karl Lohmeyer bringt dazu in seinem Sammelband die Sage

DAS SICKINGER LOCH

„Beim Rückzug des vor Trier vom Kriegsunglück verfolgten Franz von Sickingen sollte sein Sohn die Stadt St. Wendel halten und gegen die kurtrierischen Truppen verteidigen. Das Nutzlose einer längeren Verteidigung einsehend, entwich der junge Sickinger aber nachts mit der kleinen Besatzung durch eine in die Südmauer gelegte Bresche. Die vermutliche Stelle heißt heute noch Sickinger Loch und liegt etwa in der Mitte der ehemaligen Kaiserstraße, wo auch noch Reststücke der alten Stadtmauer zu sehen sind.

Am Tage nach der Flucht des jungen Sickingen soll ein Bote des Vaters in St. Wendel mit einem Schreiben eingetroffen sein, worin Franz seinem Sohn befohlen habe, den Kirchenschatz des heiligen Wendelinus zu rauben, die Gebeine des Ortspatrons zu vernichten und die Stadt einzuäschern. Der Bote kam aber zu spät, und alles war wieder gerettet."

Die ehemalige Kaiserstraße in St. Wendel heißt heute Wendelinusstraße, die Bresche in der Südmauer „am Kappesbord" ist auch als Kaiserloch bekannt geworden. Nach einer anderen Version der Sage entkamen die Sickinger Soldaten durch das „Hundsloch" oder den „Hundsschlupf" im Südwesten der Stadt. Johann Nikolaus Riotte, ein Bürger von St. Wendel, schrieb dazu 1809 in der Geschichte seiner Familie: „Sickingens Sohn, Befehlshaber in St. Wendel, war ebenfalls genötigt, sich mit seinen Leuten durch das sogenannte Hundeloch heimlich zu retirieren (zurückzuziehen). Dieses Loch war unterhalb meines Hauses und ich habe dasselbe, um den hinteren Hof zu sperren, zumauern lassen."

In gleicher Weise ergab sich durch ein anderes Ereignis der regionalen Geschichte eine zunächst mündlich überlieferte Sage. Anfang November 1522 versuchte Hans von Sickingen die kurpfälzische Burg Lützelstein im Elsaß zu überrumpeln. Stephan Würdtwein stellte dazu in der ersten Sickingen-Biografie (Mannheim 1787) fest: „Machten nun einen trefflichen Anschlag auf das Schloß Lützelstein, dasselbig durch seinen Sohn Hannsen ersteigen zu lassen, welcher auch davor kommen, die Leitern angeschlagen. Aber weil dieselbe zu kurz, und die im Schloß solches ziemlich innen worden, mußten sie ohnverrichteter Sachen wieder abziehen und die Leiter dahinten lassen." Nach Karl Lohmeyer entstand daraus die Sage

DER ÜBERFALL DER FESTE LÜTZELSTEIN

„Es war im November 1522, als man auf dem Lützelstein bei Schmaus und Spiel versammelt war, wobei einer der Ritter erzählte, daß gerade in einer ähnlichen Situation wie jetzt, ein Feind einmal die Sorglosigkeit der Wächter, wie sie eine solche Festlichkeit mit sich brachte, ausnützte, den Wall erstieg und die Feste eroberte. Es war ein Wort zur rechten Zeit, denn nun machte sich der bis dahin säumige und mitfeiernde Burgwart auf die Runde über die Wälle. Und horch! Kaum hatte er sich von den zechenden Genossen entfernt, so ertönte durch sein Horn der dräuende Ruf: Feinde! Feinde!

Franz von Sickingen, der Grund zu haben glaubte, sich über den damaligen Besitzer des Schlosses, den Kurfürsten der Pfalz, zu beklagen, hatte die neblige Herbstnacht benutzt und mit seiner Schar einen Teil des Walls erstiegen. Nun griff die Besatzung, noch gerade zur rechten Zeit, zu den Waffen und war auch so glücklich, den kühnen Feind zum Rückzug zu bringen."

Schließlich diente eine Burg im oberen Köllertal als geschichtlicher Hintergrund für eine volkstümliche Erzählung um Sickingen. Die Sage bezieht sich gleichfalls auf erwiesene Fakten und knüpft an bekannte Personen an. In Mehlenbach gab es vom 13. bis 16. Jahrhundert eine adlige Familie, deren nahe beim Dorf gelegenes Schloß schon 1638 als zerfallenes Gemäuer bezeichnet wird und heute ganz verschwunden ist. Die bei Karl Lohmeyer abgedruckte Sage berichtet darüber:

DER RAUBRITTER VON MEHLENBACH

„Auf dem Banne von Numborn lag einst auf einer kegelförmigen, aus dem Tal aufsteigenden Berghöhe die Burg Mehlenbach. Der nach dem Schlosse benannte Ritter soll zur Klasse der Raubritter gehört haben. Er habe, um vor Nachstellungen gesichert zu sein, seinem Streitroß die Hufeisen umgekehrt aufschlagen lassen, damit man, wenn er in das Schloß hineingeritten, glauben sollte, er habe dasselbe eben erst verlassen. Einst hatte er am Tage des heiligen Martin sich zu Tisch gesetzt, um zu speisen. Als die Haushälterin ihm eine gebratene Gans auftrug, äußerte er: Wenn Fränzchen von Sickingen wüßte, daß ich da eine Gans esse ... Und kaum hatte er diese Worte gesprochen, als Franz von Sickingen schon vor ihm stand, den Wehrlosen zu Boden streckte und die Burg sofort zerstörte. Infolge eines geheimen Einverständnisses hatte die ihres unfreien Lebens überdrüssige Haushälterin die Zugbrücke herab – und das Fränzchen hereingelassen."

Die in einem Zeitraum von 150 Jahren veröffentlichten Sagen machen deutlich, daß der übermütige und heldenhafte Sickingen über den heimatlichen Bereich des Nanstein hinaus in die Welt der Sage einging. Seine populäre Gestalt tritt in Ortssagen verschiedener Landschaften als zentrale Figur auf, gleichsam als ein Sinnbild und Zeichen, in dem sich die Sehnsucht seiner Landsleute nach dem Geheimnisvollen und Wunderbaren bekundet.

„Über der Burg nun hebet der Mond sich in leuchtender Pracht"

VON EINEM HEIDNISCHEN WEIB UND EINEM SCHLOSSWÄRTER AUF DEM NANSTEIN

Am 21. März 1189 unterzeichnete König Heinrich VI. zu Nannenstein eine Urkunde, die eine Schenkung an die Kirche zu Minden betraf. Als Sohn des Kaisers Barbarossa hatte er zu dieser Zeit die Reichsgewalt inne, weil sich sein Vater auf einem Kreuzzug zum Heiligen Land befand, von dem er nicht mehr zurückkehren sollte. Heinrich war vermutlich während eines Jagdrittes von Lautern auf dem Nanstein eingekehrt und hatte bei dieser Gelegenheit verschiedene Schriftstücke unterschrieben. Die Schenkungsurkunde von 1189 ist die erste dokumentarische Erwähnung des Nanstein.

Die Anfänge liegen freilich weiter zurück. Es begann damit, daß ein Edler namens Nanno, Nanto oder Nantharius hier seinen Wohnsitz nahm und der Siedlung im Tal sowie dem Felsen auf der Höhe seinen Namen gab. Das königliche Hofgut Nannenstuol wird um 830 in einem Verzeichnis des Klosters Lorsch erstmals genannt. Lange Zeit führte der Ort den Namen Nanstuhl, bis sich um die Mitte des 16. Jahrhunderts das N in ein L wandelte.

Burg Nanstein im Zustand von 1625

Der Nanstein, ein mächtiger Felsen am Rand eines Bergsattels, trug während der römischen Besiedlung vermutlich ein Kastell. Zu Beginn der Stauferzeit entstand auf dem bewaldeten Höhenzug, einem Ausläufer des Kahlenberges, die Ritterburg Nanstein. Kaiser Friedrich I. erbaute 1152 bis 1160 in Lautern eine prächtige Pfalz, außerdem im Umkreis einige Burgen, die das Reichsland und die durchführende Heerstraße schützen sollten.

Auf den Burgen wohnten Dienstleute oder Ministeriale des Herrschers, die das umliegende Land zu pflegen und zu verwalten hatten. Die Burgleute nannten sich jeweils nach ihrem Wohnsitz, der hiesige demnach „von Nanstein" oder „von Nannenstein". Von einem dieser Dienstleute berichtet die folgende Sage, die Friedrich Wilhelm Hebel 1906 in seine Sammlung „Pfälzische Sagen" aufnahm.

DIE WALDKAPELLE

„Im alten Reichsforst bei Kaiserslautern sah man noch zu Anfang der französischen Revolution Überreste einer Kapelle, von deren Entstehung folgende Sage ging. Blicker von Nanstall (Landstuhl) wurde mit einem Teile des Forstes belehnt, weil er dem Kaiser treue Dienste im Felde geleistet. Außer dem Kriege liebte er nichts so sehr als die Jagd und selbst die Sonntage und die Feste des Herrn waren ihm nicht heilig genug, um das Weidwerk an solchen Zeiten ruhen zu lassen. Einstmals, den Abend vor Ostern, jagte er bis tief in die Nacht. Da vernahm er plötzlich ein Geräusch wie von vielem Hochwild, die Rüden schlugen an, er verteilte schnell seine Knechte und legte einen Pfeil auf den Bogen. Das Geräusch näherte sich immer mehr, die Hunde winselten und schmiegten sich ängstlich an ihren Herrn an.

Auf einem Sechzehnender von ungeheuerer Größe kam ein schwarzer Jäger geritten. Er stieß in sein Hüfthorn und ringsum erhob sich das wilde Geschrei der Jagd. Ganze Rudel von Hirschen und Rehen sprangen aus dem Dickicht. Dem Ritter von Nanstall sträubten sich die Haare empor und ein Todesschauer rieselte durch sein Gebein. Jetzt ritt der schwarze Jäger auf ihn zu. Der Ritter, in der Angst seines Herzens, stieß in das Hüfthorn, um seine Knechte herbeizurufen, und er tat es mit solcher Gewalt, daß ihm die Adern sprangen und er tot zur Erde fiel. Auf der Stelle, wo sein Leichnam gefunden wurde, ließen seine Nachkommen eine Kapelle bauen."

Die Burg unmittelbar östlich von Landstuhl, die etwa 80 Meter über der Stadt auf einem Gesteinsgebilde liegt, hatte eine recht wechselvolle Geschichte. Verschiedene Geschlechter erhielten sie als Reichslehen oder Kriegsbeute, durch Verpfändung oder Erbschaft. Viele adlige Familien besaßen nur Teile davon, bis schließlich Franz von Sickingen 1519 die ganze Burg erwarb, auf die er bisher schon kleinere Anrechte hatte. Er erkannte den strategischen Wert der etwa 70 Meter langen und 15 Meter hohen Felsenanlage und baute sie zur Feste aus.

Sickingen wurde zu allen Zeiten zum Gegenstand dichterischer Gestaltungen. Christian Jakob Wagenseil widmete ihm 1793 in einer Berliner Zeitschrift ein Gedicht, in dem er den Ritter nach seinem Tod auf dem Nanstein umgehen läßt. Die Verse nehmen dabei das Motiv von Wotans wilder Jagd auf, wenn sie feststellen:

Dort, wo des Sickings ruiniertes Schloß
Die Wolken embrassieren,
Ist öfters nun der Teufel los,
Hört man die Trommel rühren,
Der Rosse Schnauben, Waffenklang
Der Wagen Rasseln, Schlachtgesang
Und Donner der Kanonen.

„Ach!" rufen die Sickinger dann,
„Franz ist heut ausgezogen!"
Er hat, so oft ein Krieg begann,
Noch nie dies Dorf betrogen.
Stets traf die Unglücksahndung ein.
Denn, wird es Krieg, hört Groß und Klein
Dies fürchterliche Sausen.

Wird's Frieden, kehrt er froh zurück
Im sanften Ton der Flöten.
Man hört die schönste Feldmusik
Von Pauken und Trompeten.
Die Pferde wiehern lustig drein,
Da heißt's: „Seid fröhlich! Franz zieht ein!
Gottlob! Nun wird es Frieden!"

Auch in einem anderen Sagengedicht haben wir es beinahe mit vorchristlichen Vorstellungen zu tun, mit einem Nachklang germanischer Mythologie, in welcher der Göttervater in der wilden Jagd über die Erde und durch die Nacht fährt. Es stammt von dem Heimatdichter Fritz Claus, der als der Sänger des Pfälzer Waldes bekannt wurde. Claus veröffentlichte die Strophen in einer Sammlung von Gedichten und Sagen, die 1909 erschien.

DES SICKINGERS JAGD

In goldenem Abendschimmern
Liegt still, vom moos'gen Stein
Geziert, in Schutt und Trümmern
Burg Nannstein im Sonnenschein.

In stummer Trauerklage
Schaut sie den Berg hinab.
Dort ruht im Sarkophage
Der Sickinger im Grab.

Die Sonne sinket nieder;
Vom Turm das Ave schallt. –
Verstummt sind Vögleins Lieder,
Nacht decket Flur und Wald. –

Da! – Welch' unheimlich Heulen,
Gelärm und Hundegebell? –
Gespenstige Schatten eilen
Zur Burg hin, – windesschnell.

Der Wanderer, voll Schauern, –
Bekreuzt sich, – steht entsetzt. –
„Ha! Sieh dort!" – Turm und Mauern
Erheben hoch sich jetzt. –

Erhellt sind Turm und Fenster;
Grell strahlt der Rittersaal,
Wo nun die Luftgespenster
Beginnen das Geistermahl.

Laut klirren Schwert und Becher,
Horch! – Würfelspiel und Tanz! –
Laut jubeln dort die Zecher:
„Hoch, Sickingen! – Heil, Franz!"

Da schlägt die zwölfte Stunde,
Einstürzen Mauern und Turm,
Blitzschnell in weiter Runde
Herrscht Wettergraus und Sturm.

Rings Zischen, Pfeifen, Heulen,
Gelärm und Hundegebell.
Gespenstige Schatten eilen
Vom Schlosse, – windesschnell.

Des Wand'rers Lippe bebet:
„Das war des Sickingers Jagd!"
Hoch über der Burg nun hebet
Der Mond sich in leuchtender Pracht.

Von einer Begegnung mit jenseitigen Mächten berichtet ebenso eine Sage über einen Schloßwärter auf dem Nanstein, die gleichfalls in dem Sagenbuch von Friedrich Wilhelm Hebel enthalten ist.

DER SCHLOSSWÄRTER AUF BURG NANSTEIN

„Vor etwa 80 Jahren war schon ebenso wie heute auf Burg Landstuhl ein Wärter, der die Ruinen und Anlagen des alten Sickinger Schlosses zu hüten hatte. Dem erschienen einst am hellichten Tage im Innern der Burg drei Ritter und drei Ritterfrauen. Die letzteren trugen Kuchen bei sich, den sie dem alten Schloßwärter anboten. Der nahm jedoch nichts davon, sondern war über das Gesehene so erschrocken, daß er den Schlüssel zum Eingang stecken ließ und den Berg hinunter in sein Haus eilte. Einige Tage darauf starb er. Auch sein Nachfolger will die gleiche Erscheinung gesehen haben, nahm jedoch dabei keinerlei Schaden." Überdies lieferte ein Schriftsteller der Gegenwart eine Variation der Sage über den Nanstein. Karl Anton Vogt verfaßte ein historisches Festspiel „Franz von Sickingen", das 1951 zum Landstuhler Heimatfest auf dem alten Marktplatz aufgeführt wurde und in den Jahren danach wiederholt auf der Freilichtbühne der Burg zu sehen war. Neben dem Schicksal des Ritters berichtet das Stück über wesentliche Ereignisse in der Entwicklung der Stadt. Gleich zu Beginn bietet die Nanna-Ballade eine kurzgefaßte Geschichte des Landstrichs. In einer eingeschobenen Szene erzählt ein alter Barde vom Schloßberg und seinen Bärenhöhlen.

Dort hauste vor dreitausend Jahren das Götterweib Nanna, die so schön wie der Sonnenschein war und dadurch die Kelten anlockte. Tausend Jahre später folgten ihnen die Römer, die den Schloßberg besetzten und die göttliche Maid in Minerva umbenannten. Sie fertigten ein Steinbildnis von ihr an, dessen Überreste heute noch am Heidenfelsen zu sehen sind. Vor zwölfhundert Jahren kamen die Franken in unsere Gegend, die das Denkmal und den Tempel zerstörten. Das heidnische Weibsbild, das die Zeiten überdauert hatte, sollte ebenfalls umgebracht werden. Als der fränkische Oberst schon mit dem Schwert dazu ausholt, fragt er sie noch nach ihrem Namen. Auf die Worte, sie heiße Nanna, fällt er vor ihr nieder und gibt sich als Nanno zu erkennen. Er verliebt sich in sie; über den weiteren Verlauf der Sage heißt es: „Der Nanno, der hat sine Nanna gefundt. Ihre Heimat heißt Nanstuhl zur selbigen Stund." Womit wir wieder am Anfang wären.

„In der Nacht eilten oft Irrlichter über das Moor"

VON WERWÖLFEN UND DEM LEIBHAFTIGEN IM LANDSTUHLER BRUCH

Eine Frau, die ihr eigenes Kind tötete, leistet einen Meineid. Ein kleines Männchen in Frack und Zylinder hält Schritt mit einem gallopierenden Pferd. Ein Bauer begegnet auf der Heimfahrt einem Moorlicht. Ein einfacher Dorfbewohner zählt zu den Werwölfen. Ein Mädchen befreit seinen Verlobten aus den Händen des Teufels. Das sind die Themen einiger wundersamer und phantasievoller Geschichten, die über das Landstuhler Bruch überliefert werden.

Eine ganze Reihe von Sagen sind am Landstuhler Galgenhügel angesiedelt, der auf alten Gemarkungskarten noch als Flurnamen auftaucht. Der Galgen als Zeichen der Gerichtsbarkeit stand in früherer Zeit bei der heutigen Moordamm-Mühle, später an der Grenze zwischen Landstuhl und Kindsbach gegenüber dem Heidenfelsen. Das umliegende Feld hieß das Galgenfeld und wird in mehreren Urkunden erwähnt: „beim alten Galgen" (1574), „bei dem Hochgericht" (1588), „bey dem alten galgen" (1670) und dem Acker „ahn dem gericht" (1709).

Der Hügel, eine mittelalterliche Hinrichtungsstätte der hiesigen Herrschaft, war mit seinem grausigen Szenario von Galgen und Gehängten, bleichenden Gerippen und krächzenden Raben besonders geeignet, die Phantasie der Einheimischen anzuregen. Der Hügel ist denn auch der Schauplatz mehrerer Sagen.

Die Moordamm-Mühle

FALSCHE AUSSAGE

„Weil sie einen Meineid leistete, muß eine Frau in der Geisterstunde zwischen Kindsbach und Landstuhl am Galgenhügel umgehen. Sie hatte ihr eigenes Kind ermordet, einen unschuldigen Mann aber der Tat bezichtigt. Er wurde am Galgen aufgehängt. Sie findet keine Ruhe, geistert am Platze ihres Frevels in weißem Gewand und unter lautem Klagen."

Wir kennen die Gestalt der weißen Frau aus manchen Märchen. Im Unterschied zu den Märchen sind die Sagen jedoch in irgendeiner Weise real gebunden, muten sie wirklicher als ein Märchen an. Während die Märchen gleichsam orts- und zeitlos sind, werden die Ereignisse der Sagen meist genau lokalisiert und datiert wie in dem folgenden Beispiel.

EIN ZWEIKÖPFIGES KÄLBCHEN

„Nachts um zwölf war ein alter Mann mit der Kutsche unterwegs. Er wollte in Landstuhl den Tierarzt holen, denn die „Scheck" stand am Kalben, und bei der war bis jetzt die Hilfe des Arztes stets notwendig gewesen. Es war eine stockdunkle Nacht. Gott sei Dank leuchtete die Laterne mindestens zehn Meter weit, und so kam der Kutscher nicht vom Wege ab.

Am Galgenhügel fiel das Pferd in ein Tempo, daß der Mann um seine Kutsche bangte. Das Pferd steigerte stetig seinen Lauf, da konnte der Kutscher machen, was er wollte. Und plötzlich sprang vorne einer mit, ein kleines Männchen im Frack, den Zylinder auf dem Kopf. Es hielt jedes Tempo mit und sah dabei über die Schulter den Fahrer stetig an, daß dem ganz Angst wurde, und seine Haare sich sträubten. Selbst den heißen Atem des Männchens glaubte der alte Mann im Gesicht zu verspüren. Gerade als der Fahrer die Grenze des Galgenhügels errreicht hatte, verschwand die Gestalt, wie sie gekommen war. Die „Scheck" brachte in derselben Nacht ein zweiköpfiges Kälbchen zur Welt. Die Leute von Kindsbach munkelten dies und das."

Unsere Gegend war in früherer Zeit von düsterem Wald und schaurigem Moor bedeckt. Das Landstuhler Bruch, ein Teil der Westpfälzischen Moorniederung zwischen der Sickinger Höhe und dem Nordpfälzer Bergland, umschloß ehedem einen einheitlichen Naturraum. In der Römischen Zeit (50–400 n.Chr.) war der Rand des Gebrüches dicht besiedelt. Dies beweisen zahlreiche Funde und Überreste wie die „Drei Steine", die Fragmente eines römischen Grabdenkmals, die später als die „Sickinger Würfel" bezeichnet wurden und eine eigene Sage begründeten.

Gegenüber den 258 Metern der Stadt liegt die Moorniederung an ihrer tiefsten Stelle nur 235 Meter über dem Meeresspiegel. Das Moor wurde von 1745 an kultiviert und der reichlich vorhandene Torf abgebaut. Man legte das Bruch trocken und gewann wertvolles Weideland. Von den ursprünglichen Verhältnissen kündet nur noch das Naturschutzgebiet Geißweiher mit seiner einmaligen Flora und Fauna. Es gibt heute nur noch einige versumpfte Wiesen. Das ehemalige Moor lebt jedoch in den örtlichen Sagen als dunkle Erinnerung fort, zumal seine seltsamen und unerklärbaren Naturereignisse oft tief in das alltägliche Leben eingriffen.

IRRLICHTER

„Wo heute Kaiserstraße, Autobahn und Eisenbahn nebeneinander hinziehen, dehnte sich einst das Landstuhler Bruch mit all seinen Mooren, Sümpfen und Gewässern. Damals führten nur wenige Wege über Knüppeldämme. In der Nacht konnte man oft Irrlichter über das Moor eilen sehen, einmal eins vom Katzenbacher Busch durch das Heringstal über die Neuwoogsbrücke nach dem Jammertaler Wald, wo es am Dreiweiher verschwand.

Ein Bauer war spät mit seinem Fuhrwerk auf dem Heimweg. Ein Irrlicht tanzte übers Bruch hin. Dann kam es näher. Er hielt an einer Brücke über einem Wasserlauf seine Pferde an. Das Irrlicht tänzelte vorbei. Der Bauer sah ihm nach und erkannte den Körper eines Schafes, von schöner, krauser Wolle umgeben; in ihm aber leuchtete ein Licht. Es entfernte sich wieder. Klopfenden Herzens kam der Bauer nach Hause.“

Im unwegsamen Bruch hausen neben den freundlichen Moorlichtern auch gefährliche Tiere, vor allem der Wolf, der die Bevölkerung leibhaftig oder auch als Dämon in Angst und Schrecken versetzte. Eine unserer Sagen handelt daher von Menschen in Wolfsgestalt.

WERWÖLFE

„Werwölfe tauchten früher in allen Landstrichen unserer Heimat auf. Auch im Landstuhler Bruch gab es welche, die sich an Orten trafen, wohin sich kein Mensch traute. Peter Holsch, aus einem Dorf jener Gegend, sollte zu ihnen zählen. Sein Jüngstes trug ein Wolfsmal auf der Brust. Die Männer trauten ihm schon lange nicht mehr, und sie suchten nach einer schwarzen Zottel am Hals oder am Arm des Peter, um ihn zu überführen. Die Frauen mieden die Familie Holsch, wie man Leprakranke meidet. In der Dämmerung schlichen einige Burschen in Peters Haus, raubten das Kind und trugen es auf eine Erhebung über dem Bruch. Man wollte den Vater prüfen.

Am nächsten Morgen fanden sie Peter neben dem schlafenden Kind, das ganz bespritzt war von bläulich getrocknetem Blut. Der Peter aber war fürchterlich zugerichtet. Mußte er sein Kind gegen die Werwölfe verteidigen? Noch geheimnisvoller wurde die Sache dadurch, daß nacheinander Männer in den Nachbardörfern starben, die noch den Tag zuvor rüstig wirkten. An Bißwunden sollen sie gestorben sein. Die Erhebung aber trägt bis heute den Namen Wolfsberg.“

Im einsamen und düsteren Moor lebten freilich nicht nur Wölfe, sondern sogar der Herr der Finsternis, der Teufel. Von der Begegnung eines Korbmachers und einer beherzten Frau mit dem Satan erzählt die folgende Geschichte.

NIMM IHN WEG

„Auch der Teufel haust in der Nähe des Landstuhler Bruches. In einem Hohlweg hat er sein Quartier. Vor langer Zeit wollte der Korbmacher Gustav Schratt seine Martina heiraten, doch fehlte es ihnen am Nötigsten. Sie waren arm wie eine Kirchenmaus. Da kam der Gustav auf den Gedanken, daß eigentlich der Teufel ein wenig nachhelfen könnte, und er sprach zu seiner Martina: „Laß mich das einmal machen. Was kann mir dabei schon passieren? Ich brauche nur in die Höhle einzutreten, wenn sich das Tor öffnet. Drinnen fülle ich meine Taschen mit goldenen Münzen, die so groß sind wie ein Handteller. Dann bauen wir uns ein Haus, und es wird uns an nichts fehlen. Ich werde schon die Zeit nicht verpassen!"

Er machte sich auf den Weg. Nach einer Weile folgte ihm Martina, die Holzschuhe in der Hand, weil sie auf dem Pflaster zu großen Lärm verursachten. Der Mond leuchtete ihr voran, als sie sich in die Hohl schlich. Dort war der Gustav verschwunden, dort gähnte ein dunkles Loch im Berg, und dort stand die Tür weit offen. Ein Holzschuh entfiel ihrer Hand, sie achtete es kaum. Es schlägt drei Viertel ein Uhr, und es schlägt ein Uhr, von Gustav keine Spur. Sie schreit seinen Namen, ein teuflisches Lachen antwortet. Das Tor schlägt zu, doch siehe ein kleiner Spalt bleibt offen. Warum nur?

Da entdeckt die Verzweifelte ihren Holzschuh, der dort eingeklemmt ist. Eine Krallenhand tastet nach dem Schuh, doch umsonst. Der Teufel vermag nicht den Schuh zu entfernen. Er heult und tobt, daß die Berge erzittern. „Nimm ihn weg!" schreit der Satan. Doch Martina, als sie sieht, daß der Teufel noch nicht einmal imstande ist, den Holzschuh wegzunehmen, bekommt Mut und sagt: „Ich habe keine Angst mehr vor dir. Gib mir den Mann heraus, oder der Schuh bleibt, wo er ist, bis der erste Bauer im frühen Licht des Morgens erscheint!"

Noch einmal befiehlt der Teufel, doch dann wird seine Stimme verführerisch: „Laß doch ab von diesem untreuen Mann! Letzten Sonntag küßte er eine andere. Ich weiß einen besseren für dich. Nimm doch den Schuh weg!" Da fährt Martina in die Höhe, zornig blicken die Augen: „Was hat der, eine andere geküßt? Ich kann es mir denken, wer das war. Aber jetzt soll er erst recht herauskommen. Dem werde ich heute Nacht noch etwas erzählen!"

Der Teufel gibt den Kampf auf und den Gustav frei. Er sieht nicht gerade gut aus, der Gustav. Ganz angesengt ist er vom Höllenfeuer. Was er zu hören bekam, und was er später in seiner Ehe erdulden mußte, weiß keiner. Nur einmal soll er den Mund aufgetan und gesagt haben, daß er doch lieber beim Satan geblieben wäre, denn die Weiber, die es selbst mit dem Teufel aufzunehmen imstande wären, sie seien unausstehlich. Martina aber hob den Holzschuh auf, bis sie eine Greisin war."

Die zitierten Texte sind der Sammlung „Pfälzer Sagen" entnommen, die Viktor Carl 1967 und 1983 in drei Bänden herausgegeben hat.

„Da sahen sie in luftiger Höhe ein Gespann“

SCHAURIGE GESCHICHTEN VOM BÄRENLOCH UND HEXENTANZPLATZ IN KINDSBACH

Die unheimliche Stätte liegt mitten im Wald, wird von ungefügen Felsen umsäumt und ist im Volksmund als „Hexentanzplatz“ bekannt. Hier tollten die Hexen in der Walpurgisnacht, um Allerheiligen herum und vom 6. Dezember den ganzen Winter hindurch bis zur Fastnacht. Keiner von uns nüchternen Heutigen hat eine dieser Zauberinnen, die mit dem Teufel im Bunde stehen sollen, jemals gesehen. Dennoch werden sie als dürre und gebeugte Gestalten beschrieben, mit spitzer Nase und glühenden Augen, die Haare vom Kopf nach allen Richtungen abstehend, mit knochigen Fingern und langen Nägeln, eine Katze auf der Schulter und einen Höcker auf dem Rücken.

Kindsbach scheint durch seine reizvolle Lage am Rand einer romantischen Landschaft besonders für phantasievolle Geschichten und erbauliche Erzählungen geeignet. Der Heimatforscher Valentin Kuhn hat im ersten Drittel des vorigen Jahrhunderts neben der felsigen Szenerie im Wald noch vier weitere Schauplätze für ungewöhnli-

Hexe

che Begebenheiten ausgemacht und mehr als zwei Dutzend Sagen und Legenden darüber gesammelt.

Die Gegend am Südrand der Westpfälzischen Moorniederung war schon recht früh besiedelt. Auf dem Großen Berg wurden die Reste einer römischen Befestigung ausgegraben, mehr im Tal erinnert der sogenannte Heidenfelsen mit seinen Figuren an ein gallo-römisches Quellheiligtum. Die Siedlung entstand an der alten fränkischen Straße von Kaiserslautern nach Homburg und erhielt ihren ursprünglichen Namen Königsbach von dem angrenzenden Königsland und dem nahen Bach, der aus dem Bärenloch, einer Waldschlucht mit Weihern und Felsen, kommt.

Am 1. März 1363 vermachte Wirich von Dhaun der Komturei Einsiedel einen Hof nebst Mühle zu Königsbach. Der Ortsname wandelte sich über Kunigspach und Künschbach zu der heutigen Form. Das Dorf zählte einst zum Sickinger Großgericht und hatte im Mittelalter keine eigene Kirche. An der Grenze der Bistümer Worms und Metz gelegen, war es eine Filiale der Pfarrei Horbach. Anfangs des 18. Jahrhunderts, als der Ort elf Wohnhäuser umfaßte, entstand eine Wallfahrtskapelle, die der weinenden Muttergottes geweiht war.

Nach der Zahl der überlieferten Sagen nahmen die Vorgänge um den „Galgenhügel" in den Ängsten und Träumen der Bevölkerung einen breiten Raum ein. Westlich von Kindsbach, zwischen Kaiserstraße und Eisenbahnlinie, stand in früherer Zeit ein Galgen, an den die zum Tod Verurteilten gehängt wurden. Über den Hügel verläuft der „Gerechtigkeitsweg", um den zwei Bauern dreißig Jahre lang prozessierten. Es ist nicht geheuer dort, vor allem im Dunkel der Nacht, wie die folgende Geschichte beweist.

DER HUND VOM GALGENHÜGEL

„Ein Rottenarbeiter aus Kindsbach ging von Landstuhl heim. Es war nachts um 12 Uhr und er kam von der Freierei. Über den Galgenhügel führt ein Weg nach Norden hinüber zur Bahnlinie. Auf diesem Wege sah er einen Hund stehen mit großen feurigen Augen. Er fürchtete sich jedoch nicht und las sich von einem Wackenhaufen die Hosen- und Joppentaschen voll Steine. Er näherte sich dann dem Hund und warf nach ihm, um ihn zu vertreiben.

Als er den ersten Stein geworfen hatte, stellte sich der Hund gegen ihn. Lautlos ging er auf den Rottenarbeiter zu, riß seinen Rachen auf, wobei seine Augen noch feuriger funkelten. Da bekam es der Rottenarbeiter mit der Angst zu tun und lief, laut um Hilfe schreiend, dem Dorfe zu. Schon von weitem hörte ihn sein Vater, der ihm entgegeneilte. Dem erzählte er sein Erlebnis, worauf ihm die Antwort zuteil wurde: „So geht es all denen, die nicht bei Zeit eingehen."

Ähnliche Erfahrungen machte eine Frau, die auf einer Kirchweihe im Saarland war und nun vom Landstuhler Bahnhof aus nach Hause lief. Am Galgenhügel begegnete ihr ein hüpfendes Etwas, an dem sie nur vorbeikam, nachdem sie das Kreuzzeichen gemacht hatte. Ein andermal hatte sich ein Schuhmacherlehrling, der über Sonntag seine Eltern in Kindsbach besuchte, zu spät auf den Rückweg zu seinem Meister nach

Landstuhl begeben. Am Galgenhügel erhielt er deshalb von unsichtbarer Hand zwei fürchterliche Ohrfeigen. Ebenso erging es einem jungen Bergmann, der sich in Landstuhl verspätet hatte. Kurz vor dem Galgenhügel bekam er einen geheimnisvollen Mitläufer, der erst vor dem Dorf wieder verschwand. Einem junger Mann, der nachts von Bann über den Berg herunterstieg, sprang eine Katze auf die Schulter, krallte sich fest und wurde immer schwerer. An dem ersten Haus von Kindsbach wurde er sie endlich wieder los. Am Galgenhügel geht auch eine Dame in weißem Gewand um, weil sie einst durch ihre falsche Aussage einen Unschuldigen an den Galgen gebracht hat. Selbst wer mit der Kutsche fährt, ist vor unliebsamen Begegnungen nicht sicher. Als der alte D. um Mitternacht den Tierarzt in Landstuhl holen wollte, lief am Gerechtigkeitsweg plötzlich ein Mann mit Frack und Zylinder neben dem Gefährt her und verschwand erst, als die Grenze des Galgenhügels erreicht war. In einem anderen Fall holte ein Kindsbacher, dessen Nachbar im Sterben lag, den Pfarrer von Landstuhl zur Versehung. Am Galgenhügel stieg das Kutschpferd kerzengerade in die Höhe und konnte erst nach einer Weile zum Weitergehen bewegt werden. Sonderbar und unerklärlich waren auch die Lichterscheinungen bei dem verrufenen Hügel. Des öfteren wanderte nachts ein Lichtschein über die Bahnlinie. Ein Mann glaubte, es sei ein Bahnwärter mit seiner Lampe, lief dem Licht nach, sah aber niemand, der es trug. Eine andere wundersame Geschichte ereignete sich am hellichten Tage. Als zwei Bahnwärter um die Mittagszeit die Bahnlinie abschritten und von Landstuhl her das Angelusläuten zu hören war, erhob sich südlich der Kaiserstraße eine leuchtende Monstranz vom Erdboden und schwebte frei in der Luft. An jener Stelle soll ein Schatz begraben sein.

Die Sagen vom „Wilden Jäger“ haben dagegen den Wald als Hintergrund, den ersten Anstieg der Sickinger Höhe, oberhalb der Biedenbach und des Heidenfelsens. Der wilde Jäger ist ganz in Gold gekleidet, hat einen langen Bart und reitet auf einem schwarzen oder weißen Pferd. Er erinnert dadurch an den Göttervater Wotan der Germanen, der mit seinem Gefolge durch die Nacht brauste. In Kindsbach werden nicht weniger als sechs Sagen von ihm überliefert. Friedrich Wilhelm Hebel hat die nachstehende in seine Sammlung „Pfälzische Sagen“ aufgenommen:

DIE NACHTFAHRT DES WILDEN JÄGERS

„Am Perlenberg bei Kindsbach, auf dessen Gipfel ehedem eine Burg lag, brannte einst ein Kohlenbrenner mit seinen beiden Söhnen im Walde Holzkohlen. Von Zeit zu Zeit, auch in der Nacht, mußten sie die Meiler nachsehen, daß sie genügend Luft hätten und daß keiner verbrenne. Als sie wieder einmal nachschauten, kurz nach Mitternacht, hörten sie am „Gebrannten Loch“ ein ziemlich lautes Rauschen in der Luft. Das konnten sie sich nicht erklären und forschten nach, was es sei.

Da sahen sie in luftiger Höhe ein Gespann, das sehr schnell dahinfuhr. Es bestand aus vier weißen Pferden mit einer schwarzen, geschlossenen Kutsche. Das Gefährt war ziemlich hoch und von einem glänzenden Scheine umgeben, so daß man die Umrisse genau sehen konnte. Ob ein Lenker und Insassen darin waren, blieb für die

Kohlenbrenner unerkennbar. Das seltsame Gespann fuhr in der Richtung vom „Großen Berg“ zum „Kleinen Berg“. Fünf lange Minuten schauten die Köhler der Fahrt zu, und es wurde ihnen ganz gruselig dabei. Sie waren ergriffen von der merkwürdigen Erscheinung, und lange nachher, als die Kutsche mit den Pferden schon verschwunden war, hörten sie immer noch das sonderbare Rauschen. Dann wurde es auffallend still; das war die Nachtfahrt des wilden Jägers.“

Zwei Erzählungen über den sonderbaren Jäger knüpfen unmittelbar an geschichtliche Ereignisse an. Zur Zeit der Französischen Revolution wohnte auf dem Forsthaus Steigerhof ein Förster, der auch in Kindsbach ein Haus besaß. Er soll einen reichen Spanier und seinen Bediensteten einst im Wald beherbergt und hinterrücks ermordet haben. Als der unversehens reich gewordene Förster seinen Abschied nahm und fortan in seinem Haus im Dorf lebte, war es dort nicht mehr geheuer. Auch im Wald auf dem Kindsberg hörte man Räder rasseln, Pferde schnauben und Hunde bellen, dazwischen aber die Stimme des wilden Jägers. Der ehemalige Förster nahm bald ein schlimmes Ende. Nach einer zweiten Version der Sage soll der Unhold ein wohlhabendes französisches Ehepaar umgebracht haben, das vor der Revolution emigriert war. Der weitere Fortgang der Geschichte ist derselbe.

Desgleichen ist zwei weiteren Sagen zu entnehmen, daß dem wilden Jäger daran liegt, die Ehrlichkeit und Gerechtigkeit unter den Menschen zu wahren. Ein Steinbrecher sah auf dem Weg nach Hause einige dürre Bäumchen stehen. Als er sie in der Dämmerung mit Axt und Säge ummachen wollte, erhob sich im Wald plötzlich ein

Der Hexentanzplatz

Wagengerassel, so daß er schnell von seinem Vorhaben abließ. In einem anderen Fall hatten sich einige Männer von Kindsbach gegen das Verbot in den Wald begeben, um Streu für das Vieh zu holen. Als sie ihre Tücher mit dem Laub füllen wollten, entstand schlagartig ein gewaltiger Lärm und überall erklang der Ruf „Hoioho, hoioho!", so daß sie alles im Stich ließen und nach Hause eilten. Der wilde Jäger wird in einer weiteren Erzählung auch der „wilde Hans" genannt. Er hat in jedem Jahr ein Paar bleierne Schuhe zugut und richtet allerlei Schabernack an, wenn sie nicht rechtzeitig unter einem Felsen abgestellt sind.

Über das Treiben der Hexen gibt es in Kindsbach vier Sagen. Wie eingangs erwähnt haben die Zauberinnen ihr Wesen am Hexentanzplatz, aber auch auf einem Teil des Kindsberges und in den „Alten Weiberstöcken", manche ziehen sogar vom Bärenloch durch das Dorf hinüber ins Bruch. In besonderen Nächten wollen sie in die Häuser eindringen und die kleinen Kinder verhexen. Dagegen hilft nur, wenn man einen Besen umgekehrt hinter die Tür stellt. Einmal ließen die Hexen einem Bauern von Einsiedlerhof das Vieh verschwinden. Er rief Leute von Kindsbach herbei, die drei Tage lang mit ihm suchten. Danach standen die Kühe überraschend wieder im Stall und waren gerade frisch gefüttert. Bei anderer Gelegenheit war eine Hexe bei der üblichen Versammlung gestürzt und konnte erst wieder tanzen, nachdem ein Wunder mit einem Baum ohne Wurzel geschehen war. Eine weitere Geschichte berichtet davon

WIE DIE FÖRSTER HEXEN JAGEN WOLLTEN

„In einer mondhellen Nacht „unnerten" (tollten) die Hexen auf dem Hexentanzplatz. In den „Alten Weiberstöcken", in den hohen Heidelbeersträuchern und Farnkräutern versteckt, saßen zwei Förster und paßten den Hexen auf, die sie beim Mondscheine schön beobachten konnten. Einer der beiden Förster wollte auf die Hexen schießen. Er legte an und drückte ab. Der Schuß ging jedoch nicht los und die Kugel kam nicht vorne zum Lauf heraus. Der Förster fluchte: ‚Der Teufel soll das Gewehr holen!' Da war das Gewehr auch schon aus seinen Händen entschwunden. Die Hexen hatten es ihm abgenommen, ohne daß er es merkte. Sie schossen damit wiederholt in die Luft, einmal ganz nahe, dann wieder in der Ferne, alle Augenblicke krachte woanders ein Schuß, obwohl nur eine Patrone im Lauf war. Um ein Uhr verließen die Hexen den Tanzplatz und gingen in das Bruch; dort trennten sie sich und jede ging in ihr Dorf oder an ihren gewöhnlichen Hexenplatz. Am nächsten Morgen fand der Förster sein Gewehr wieder unter den Heidelbeersträuchern."

Naturgemäß hat auch die düstere Moorlandschaft, das einsame Bruch, die Phantasie der Bevölkerung angeregt und einige Sagen hervorgebracht. So die Erzählung von dem Kindsbacher Holzarbeiter, der nach Mitternacht durch den Ramsteiner Wald nach Hause ging. An drei Stegen über Moorgräben traf er jeweils mit einem kleinen Männchen ohne Kopf zusammen. Oder die Geschichte von dem Torfstecher, der in einer Sommernacht mit einem Sack Torf durch das Bruch schlich. Plötzlich sprang ihm ein kleiner Hund auf den Rücken und verwandelte sich in ein fürchterliches Ungeheuer, so daß der Mann den Sack im Moor liegen ließ und eilends davonlief.

Die Bewohner von Kindsbach verdienten ihren Lebensunterhalt fast ausschließlich durch Ackerbau und Waldarbeit; sie betätigten sich überwiegend als Landwirte, Kohlenbrenner und Torfstecher, selbst wenn in dem Ort zeitweise eine Ziegelhütte und ein Sägewerk bestanden. Die Sagen, die unmittelbar im Dorf angesiedelt sind, berichten deshalb zum Teil über wirtschaftliche Not und kriegerische Bedrängnis.

In einigen Familien mußten die Kinder frühmorgens den Pferdemist auf der Straße einsammeln, sonst fanden sie tagsüber keinen mehr. Als sie dies auch einmal an einem Sonntag taten, erschien ihnen eine übermenschliche Gestalt zum Zeichen dafür, daß an Feiertagen kein Mist gelesen werden darf. Historischen Hintergrund hat eine Sage, die während eines schrecklichen Krieges um die Mitte des 18. Jahrhunderts spielt. Zu dieser Zeit zogen viele Soldaten durch das Dorf und nahmen den Leuten alles weg. Die Bewohner trieben deshalb das Vieh auf einem Pfad durch das Bruch auf den Leiterberg zwischen Kindsbach und Weilerbach, wo es über die unruhigen Zeitläufte sicher war. Mehr legendären Charakter hat schließlich die Geschichte

DER TEUFEL BEIM KARTENSPIEL

„In einem Hause an der Kaiserstraße war früher eine Wirtschaft, die von dem Löwenwirt geführt wurde. In der Christnacht saß da eine Anzahl Leute und man spielte Karten. Da kam ein älterer Mann dazu, der die Kartenspieler aufforderte, das Spiel sein zu lassen: ‚Hört auf und geht in die Christmette! Heute spielt man keine Karten!‘ Ein loser Bursche aber sagte: ‚Das ist ja Unsinn, daß es einen Gott geben soll!‘ Der alte Mann sagte darauf: ‚Aber einen Teufel gibt es!‘ Der Spötter versetzte darauf: ‚Dann soll er doch kommen!‘

Durch eine Ungeschicklichkeit ließ er bald darauf ein Kartenblatt unter den Tisch fallen. Er bückte sich und griff hinunter ins Dunkle, um das Blatt aufzuheben. Da wollte jemand seine Hand fassen, er zog sie schnell zurück und schaute selbst unter den Tisch. Erschreckt fuhr er in die Höhe und schrie: ‚Da unten sitzt der Teufel!‘ Zugleich entstand ein lautes Gepolter. Entsetzen erfaßte die Anwesenden, und alles flüchtete zu Tür und Fenster hinaus. Der Wirt mußte bald darauf seine Wirtschaft schließen, da keine Gäste mehr zu ihm kamen. Von den Kartenspielern aber rührte keiner mehr eine Karte an.“

„Da dröhnte das Tor von schweren Schlägen"

VON DER PESTGLOCKE, BLUTGELD UND EINEM HILFREICHEN FÖRSTER IN HAUPTSTUHL

Im Jahr 1930 versandte das Archiv des Pfälzischen Wörterbuches einen Fragebogen an die hiesigen Lehrer, der sich unter anderem auch nach den Sagen des jeweiligen Ortes erkundigte. Die Mitteilung war auf einem besonderen Blatt erbeten. Die Lehrer antworteten nach ihren Kenntnissen, den Angaben von Gewährsleuten oder mit Hilfe der Eltern ihrer Schüler. In Hauptstuhl füllte Josef Quirin, der von 1925–1951 als Lehrer und Schulleiter in dem Dorf wirkte, den gewünschten Zettel aus und schickte ihn nach Kaiserslautern. Die Notiz wird heute neben vielen anderen in einer Mappe bei der Pfälzischen Wörterbuchkanzlei aufbewahrt. Hauptstuhl, vielleicht nach der Wohnstelle eines Habo zunächst Habstall genannt, entstand erst anfangs des 16. Jahrhunderts. Wohl unter dem Einfluß des Nachbarortes Landstuhl wandelte sich die Bezeichnung von Haptstall (1670) zu Hauptstuhl (1828). Östlich von Hauptstuhl lag das ehemalige Pfarrdorf Ruppach, das im 15. Jahrhundert erstmals erwähnt wurde und das zu Beginn des folgenden Jahrhunderts unterging. Eine mündliche Überlieferung verlegt allerdings das Verschwinden von Ruppach in die Zeit des Dreißigjährigen Krieges.

Die Geschichte wurde 1928 von einem Verfasser mit den Initialen L.K.S. in einer Samstagsbeilage des „Pfälzischen Merkur" und 1972 von Robert Müller im „Westricher Anzeiger" in epischer Breite nacherzählt. Gemäß der Sage über die Pestglocke im Bruch soll im Jahr 1635 im Gefolge der durchziehenden Truppen der schwarze Tod in das Dorf gekommen sein. Die Bevölkerung schmolz durch die Seuche schnell dahin. Nur die Frau des Küsters blieb verschont und läutete dreimal am Tag die Pestglocke, die klagend

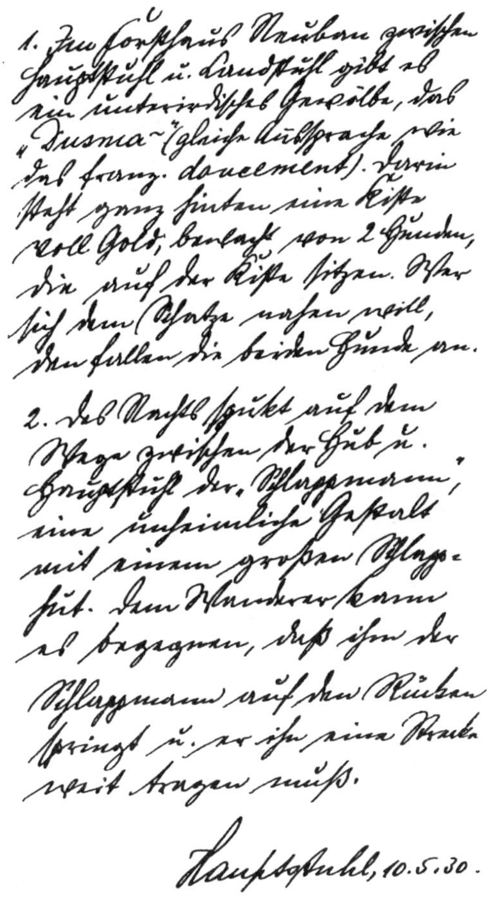
1. Im Forsthaus Neuborn zwischen Hauptstuhl u. Landstuhl gibt es ein unterirdisches Gewölbe, das „Dusma" (gleiche Aussprache wie das franz. daucement). Darin steht ganz hinten eine Kiste voll Gold, bewacht von 2 Hunden, die auf der Kiste sitzen. Wer sich dem Schatze nahen will, den fallen die beiden Hunde an.

2. Des Nachts spukt auf dem Wege zwischen der Hub u. Hauptstuhl der „Pflugmann", eine unheimliche Gestalt mit einem großen Pflughut. Dem Wanderer kann es begegnen, daß ihm der Pflugmann auf den Rücken springt u. er ihn eine Strecke weit tragen muß.

Hauptstuhl, 10.5.30.

Handschrift des Lehrers Quirin

über das Bruch rief: „Der Tod, der schwarze Tod! Erbarm dich Herre, unser Gott!" Als auch Jahre später immer noch der Ruf der Glocke ertönte, machten sich einige Leute von Landstuhl auf, um die Sache zu ergründen. Der Ort Ruppach war verlassen und verwüstet. Die Küsterin, die inzwischen wohl den Verstand verloren hatte, floh vor den Besuchern in die Kirche. Als diese das Gotteshaus gewaltsam geöffnet hatten, fanden sie die Frau tot am Glockenseil hängend. An den untergegangenen Pfarrort erinnern heute noch Flurnamen wie Ruppacher Schachen, Rupacher Wiesen, Rubacher Woog oder Weiher.

In einer Chronik heißt es, im Dreißigjährigen Krieg sei Hauptstuhl „gantz verbrennt". Aus jener Zeit mag auch die Sage herrühren, die Lehrer Quirin zunächst mit knappen Worten dem Archiv in Kaiserslautern meldete und die er später ausführlicher wiedergab.

DER SCHLAPPMANN

„Dem nächtlichen Wanderer kann es auf dem Weg zwischen der „Hub" (kleiner Hügel) und Hauptstuhl passieren, daß ihm der „Schlappmann" auf den Rücken springt. Es ist eine übergroße unordentliche Gestalt in zerrissenen Kleidern, die einen breitrandigen Hut trägt. Der Schlappmann läßt sich eine Strecke tragen und verschwindet dann so geheimnisvoll, wie er gekommen ist. Wer ein gutes Gewissen hat, bleibt von ihm unbehelligt." Bei dem Schlapphut der unheimlichen Gestalt mag man an die Kopfbedeckung eines marodierenden Soldaten denken, der in jenen Jahren die Gegend unsicher machte. Die Sage ist neben den weiteren Geschichten in dem „Heimatbuch der Gemeinde Hauptstuhl" enthalten, das Franz Traub herausgab (Otterbach 1995). Das Sammelwerk ist dem Mitverfasser und Heimatforscher Josef Quirin gewidmet, der die Ortschronik vorbereitete und zahlreiche Beiträge dazu lieferte.

Hauptstuhl, das Straßendorf am Südrand der Westpfälzischen Moorniederung, gehörte einst zum sickingischen Kleingericht. Die Freiherren von Sickingen besaßen auf der Gemarkung zwei Hofgüter: den „Neubau" östlich des Dorfes und ein weiteres in dem Ort selbst. Der Herrschaftsbesitz im Dorf, gelegentlich fälschlich als Schloß bezeichnet, war der frühere Poststall, der 1698 in der kaiserlichen Taxordnung genannt wird. Der „Neubau", an der Kaiserstraße und gegenüber dem Eingang zum Lochweihertal gelegen, entstand in der zweiten Hälfte des 18. Jahrhunderts. Sein Name kommt vermutlich daher, daß er auf den Resten eines Hauses errichtet wurde, das ursprünglich als Hofgut zur Herrschaft Zweibrücken gehörte. Die Landkarte des Reichswaldes von Etienne aus dem Jahr 1785 zeigt die phantasievolle Darstellung eines zweigeschossigen Gebäudes mit drei daneben stehenden Säulen, was aber kaum der Wirklichkeit entspricht. In dem Haus wohnte der Förster Peter Stadtmüller mit seiner Familie, der die Aufsicht über die gräflich sickingischen Wälder innehatte.

Im 19. Jahrhundert diente der „Neubau" als privates Forsthaus der Familie Gienanth, ab 1863 als Forsthaus der Familie Stumm. 1907 kam es in Staatsbesitz und gehörte zum Forstamt Landstuhl, seit 1978 hat es wieder einen privaten Eigentümer. Der „Neubau", der auch ein beliebter Rastort an der großen Durchgangsstraße war, hatte zwei große gewölbte Keller: einen unter dem Haus, einen mehr unter dem Hof. Einer der unterirdischen Räume ist der Schauplatz der folgenden Sage.

DER DUSSMANNSKELLER

„In dem hinteren „Dußma“ steht eine Kiste voll Gold, bewacht von zwei starken Hunden, die auf der Kiste sitzen. Wer sich der Kiste nahen will, den fallen die Hunde an. Nahe dem Neubau stand eine Sägemühle, die auch Wirtschaftsbetrieb hatte. Der Wirt hieß Dußmann und war ein unheimlicher Gesell. Er und seine Knechte sollen manchen, der hier übernachtete, beraubt und ermordet haben, wenn er sich zur Wehr setzte, und die Leichen im Keller verscharrt haben.“

Der düstere Keller verdankt seinen Namen aber wahrscheinlich dem Umstand, daß er gelegentlich als pädagogisches Mittel, als Kinderschreck eingesetzt wurde. Lärmenden Kindern wurde gedroht, wenn sie nicht leise (französisch „doucement“) seien, kämen sie in das dunkle Gewölbe. Die pfälzische Aussprache des französischen Wortes führte wohl zu der Bezeichnung „Dussma-Keller“. Ein alter Hauptstuhler namens Haberer wußte über das Kellergewölbe gleichfalls eine Geschichte zu erzählen: „Als der Förster Stadtmüller das Forstgut verwaltete, war ich lange Jahre Knecht dortselbst. Eines Tages mußte ich im Keller einen Erdhaufen, der von den Gräbern und vom Kartoffelschutt herrührte, herausschaffen (durch die Bogentür auf der Ostseite, wo man sie heute noch, aber zugemauert, sehen kann). Etwas müde saß ich auf dem Erdhügel und verzehrte mein Vesperbrot. Da sah ich in der Ecke gegenüber ein Männlein stehen, angezogen wie ein Jäger mit Spitzhut und Feder drauf. Es winkte mich her. Ich war erschrocken, stand aber auf und, den Peitschenstock fest packend, näherte ich mich dem Männlein. Das aber zeichnete mit einem Weidenstöckchen ein Viereck auf die Erde und sprach: ‚Hier unten steckt ein Stein, den grabe aus, aber erst um zwölf in dieser Nacht. Unter dem Stein findest du Geld, doch wisse, es ist Blutgeld, und die, denen es gehörte, liegen hier unter unseren Füßen begraben. Die Hälfte des Geldes gehört dir, die andere bringe nach Kirchenarnbach als Sühne für meine Mordtaten.‘ Und weg war das Männlein. Da erwachte ich. Ich war auf dem Erdhaufen eingeschlafen. Alles war ein Traum gewesen.“

Die Sache ließ dem Haberer aber keine Ruhe. Er beschloß, noch in dieser Nacht in den Dußmannskeller zu gehen, um den Schatz auszugraben. Leider hatte er auch seiner Frau von dem Vorhaben berichtet, die es sofort weitererzählte, so daß er bei seinem nächtlichen Unternehmen einige ungebetene Zeugen hatte. Er brach die Schatzsuche ab und setzte sie erst am nächsten Tag fort. In dem Keller waren jedoch kein Stein und kein Geld zu finden. Andere Überlieferungen haben einen mehr realen Hintergrund, berichten von dörflichen Ereignissen und Originalen. Otto Weis, der einer alten und einflußreichen Hauptstuhler Familie entstammte, die ein Gasthaus, eine Schmiede und Wagnerei betrieb, erzählte mehrere solcher Geschichten. Um die Mitte des 19. Jahrhunderts, als viele Menschen noch an Hexen und Gespenster glaubten, handelt die Episode

DER SALZSTUMPEN

„In jenen Jahren ging hier der Salzstumpen nachts ums Dorf herum. Um Mitternacht stand er auf dem Durchlaß an der Hohl. Fast immer kam er über die Steinrossel herunter, die Gewann, die an den Giebel unserer früheren Schmiedewerkstatt stieß. An diesem Giebel war das große Einfallstor. Kam der Salzstumpen an dieses Tor, so schlug er mit einem Stein oder einem Prügel daran, daß es laut in die Nacht hinein schallte und die Leute im Schlafe aufgeschreckt wurden. Das ging eine lange Zeit über so.

Da beschlossen mein Vater, die Schmiede- und Wagnergesellen und noch einige beherzte junge Männer, hinter die Gespenstergeschichte zu kommen. Sie legten sich einige Nächte lang auf die Lauer, und siehe da, kurz vor Mitternacht, da dröhnte das Tor von schweren Schlägen, daß man meinte, es müsse zersplittern. Die Aufpasser sprangen auf und sahen nach. Und schau – da rannten die Salzstumpen im Mondschein übers Feld gegen den Hohlweg. Mein Vater und seine Verbündeten rannten sofort vorn über den Hof hinaus und auf der Kaiserstraße hinunter an die Hohl, und da liefen ihnen die Salzstumpen in die Hände. Zwei von ihnen wurde das Fell so gegerbt, daß die Sache vor dem Friedensrichter ein Nachspiel bekam. Der Dritte war entwischt, aber man konnte noch feststellen, in welches Haus er geschlüpft war.“

Unheimliche Begegnung

Wie sich herausstellte, waren es drei ehrbare Bürger, die sich nach dem abendlichen Kartenspiel einen Spaß daraus machten, als Gespenster aufzutreten. Bei der Gerichtsverhandlung wurden einige der Handwerksgesellen wegen zu kräftigem „Bläuen", vor allem aber die Salzstumpen wegen nächtlicher Ruhestörung zu Geldstrafen verurteilt.

In Hauptstuhl soll um Mitternacht auch der „wilde Jäger" umgegangen sein, der jeweils mit zwei Dackelhunden gesehen wurde. Er wohnte einst in dem Forsthaus, das ein Graf von Sickingen im 17. Jahrhundert in der Nähe der Steinernen Brücke erbaut hatte. Der „wilde Jäger" trieb sein Wesen in den Wäldern um das schöne Lochweihertal oder am Finkenkreuz, wo die drei Gemarkungen Bruchmühlbach, Hauptstuhl und Langwieden zusammentreffen. In früherer Zeit traute sich keine Frau und kein Mädchen, allein den Weg am Finkenberg entlang nach Langwieden oder Martinshöhe zu gehen. Selbst Mannsleute wie der alte Folz, der bei der Familie Weis als Oberknecht diente, hatte da einige Schwierigkeiten.

DER WILDE JÄGER

„An einem Sonntagnachmittag ging der Folz-Onkel, wie wir ihn nannten, nach Langwieden, um bei einigen Bauern, die bei meinem Vater in der Schmiede arbeiten ließen, Geld einzukassieren. Auch sollte er Hafer, den mein Vater von dort bezog, bezahlen. Weil er mit den Bauern gut bekannt war, sah man ihn überall gern. Man bewirtete ihn gut. Da gab es ein Glas gutes Kirsch-, dort ein Glas Zwetschgenwasser oder Schlehenbranntwein. Und der Folz-Onkel war kein Verächter solcher „Geistigkeiten". Auf dem Heimweg kehrte er noch beim Trappe-Jakob ein und tat eifrig beim Kartendrusch mit. Gegen Mitternacht erhob sich der Onkel etwas wackelig und strebte dem Walde zu. Im Finkenkreuz stieß er mit dem „wilden Jäger" und seinen Dackeln zusammen. Der hielt immer gleichen Schritt mit ihm, immer gleichen Schritt.

Den Weg hatte der Onkel längst verfehlt, und bis Tagesanbruch irrte er im Walde umher. Auf einmal war der „wilde Jäger" verschwunden, und dann begegnete dem Onkel ein bekannter Jäger beim Torhauser Garten. Es war der Förster Peter Stadtmüller. Der begleitete den Folz-Onkel nach Hause. Und hier berichtete er sehr wortreich, wie ihn der „wilde Jäger" in der Irre herumgeführt habe. Das konnte ihm, so lange er lebte, niemand ausreden, es war einfach Tatsache. Offenbar hatte der starke Geruch des Kirschwassers den geheimnisvollen Jäger herbeigelockt."

Bei der Entwicklung des Dorfes spielte die Lage zwischen dem Bruch und dem Nordhang der Sickinger Höhe naturgemäß eine beträchtliche Rolle. Eine gewisse Belebung brachte der alte Verkehrsweg der „via regia", der nach der Französischen Revolution zur „route impériale" ausgebaut wurde. Das umliegende Acker- und Wiesenland war wenig ertragreich, so daß viele Bauern nach Amerika auswanderten. Noch 1806 bestand Hauptstuhl aus nur 33 Häusern. Da war es denn doppelt mißlich, wenn die Gemeinde durch leichtfertiges Verhalten einen Teil ihres Eigentums verlor.

Die Geschichte „Wie die Gemeinde um das Milchloch kam" ist keine Sage, sondern eher eine Anekdote. Das Milchloch, das heute durch Sportplatz und Waldbestand ausgefüllt ist, war ursprünglich Weide- und Ackerland. Eines Tages lud der staatliche Förster die Gemeindeväter zu einer Besprechung ein, um mit ihnen über den Ankauf dieser Gewanne zu verhandeln, weil dadurch das Forstareal abgerundet werden sollte. Da er gleichzeitig einen Weinausschank unterhielt, forderte er die Gemeindeväter dabei auf, nach Kräften zu trinken, zumal es heute nichts koste.

Als endlich der Notar erschien, hatten die Männer bereits dem Wein so sehr zugesprochen, daß es keiner großen Verhandlungen mehr bedurfte. Mit einem letzten Nicken bestätigten die Vertreter der Gemeinde schließlich den Verkauf des Milchloches. Am nächsten Tag wurde überdies bekannt, daß sie auch eingewilligt hatten, einen Weg von der Hohl hinauf auf das Bergfeld zu bauen. Zudem hatte man unterschrieben, daß die Bürger im Wald nur noch Leseholz holen durften, kein Grasrecht mehr hatten und der Dorfhirt das Vieh nicht mehr in den Wald treiben konnte. Auf diese Weise haben die damaligen Väter der Gemeinde das Milchloch und die Waldrechte in mehr als einem Sinn „flüssig“ gemacht, was ihnen von Seiten der Bevölkerung noch manchen Spott und Ärger eintragen sollte.

Dreimärker am Finkenkreuz

„... sahen die Leute eine unheimliche Gestalt in ihren Ställen“

VON EINEM BOSHAFTEN MÜLLER UND DEM RITZMÄNNCHEN IN BRUCHMÜHLBACH

Einige Bereiche um den Ort tragen so bedeutungsvolle Namen wie Elendsklamm, Tausendmühle, Frohnbach, Streitwiese und Heiligenwald – Bezeichnungen, in denen sich jeweils eine eigene Geschichte ankündigt. Wie überall im Westrich hat die Landschaft auch hier einige Sagen hervorgebracht, in denen die Menschen die Begegnung mit dem Unheimlichen zu bewältigen suchten. Bei Bruchmühlbach steigt die Westpfälzische Moorniederung allmählich zur Sickinger Höhe an. Im Bruch treiben die Geister des Moores ihr Wesen, auf der Höhe sind die Geschichten vom Schlapphut zu Hause.

Das dazwischen liegende Bruchmühlbach lieferte gleichwohl den Stoff für eigene Sagen, für ausgeschmückte Überlieferungen lokaler Ereignisse, für phantasievolle Erzählungen mit landschaftlichem und geschichtlichem Hintergrund. Sie handeln von Krankheiten bei Mensch und Tier, Gespenstern in Haus und Stall, fleißigen Knechten und geizigen Bauern. Eine besondere Rolle spielen dabei die Mühlen, die sich an den von der Sickinger Höhe herunter kommenden Gewässern Frohnbach und Mühlbach entwickelten.

Die Mühlen stehen sogar im Mittelpunkt des früheren Gemeindewappens. Es zeigt auf silbernem Grund ein rotes Mühlrad, dessen unterer Rand von blauen Wellen bedeckt ist. Auf beiden Seiten des Rades ragt ein Schilfkolben empor, der aus dem fließenden Wasser herauswächst. Südlich von Bruchmühlbach, zwischen Heiligenwald und Elendsklamm, liegt die Tausendmühle, die 1598 erbaut wurde und mit modernen Anlagen heute noch betrieben wird. Sie ist der Schauplatz der folgenden Geschichte, die 1987 von der Klasse 4 a der Grundschule Bruchmühlbach aufgeschrieben und in einer Broschüre mit dem Titel „Westpfälzer Sagen, erzählt von Westpfälzer Zwergen“ herausgegeben wurde.

DER BETROGENE KNECHT

„Vor vielen Jahren trug sich in der Tausendmühle bei Bruchmühlbach folgende Geschichte zu: Eines schönen Tages kam ein Wanderer zur Tausendmühle. Er fragte den Besitzer: ‚Habt ihr vielleicht Arbeit für mich?‘ Der sah ihn erstaunt an und rief sofort seine Frau hinzu. Die Bäuerin kam und betrachtete den Fremden, der ihr unheimlich vorkam, weil er so groß und stark war. Dann einigten sich die Bauersleute und stellten den Burschen als Knecht ein. Überall wo möglich, packte der Knecht zu.

Die Tage nahmen ab und es nahte die Zeit, wo der Knecht seinen Lohn erhalten sollte. Dies war der Martinitag. Im Voraus wurde für die geleistete Arbeit als Lohn festgelegt, daß der Knecht drei Heller, ein Paar Stiefel und drei Schneller bekommen sollte.

Der Bauer überlegte nun, wie er den Knecht um seinen Lohn bringen könnte, denn er war sehr geizig und wollte nichts bezahlen. Da schickte er den Fremden zum Brunnen, den er reinigen sollte. Als der Knecht im Brunnenschacht war, kam der Bauer und warf einen Schleifstein hinein. Er dachte: ‚Jetzt bin ich den Knecht los.' Aber da rief es aus der Tiefe des Brunnens: ‚Vertreibe die Hühner aus der Nähe des Brunnens, sonst scharren sie den ganzen Dreck wieder hinein.' Verärgert überlegte nun der Bauer, wie er den Knecht noch los werden könnte.

Da fiel ihm ein, daß der Schäfer schon öfters einen Rat wußte. Der Schäfer schlug ihm vor, den Knecht zur Teufelsmühle zu schicken, denn er wußte, daß keiner mehr lebendig von dort zurückkam. Am nächsten Tag mußte sich der Knecht zur Teufelsmühle aufmachen. Unterwegs begegnete ihm am Wegrand eine fürchterliche Gestalt, die ein ganz gegerbtes Gesicht hatte. Jeder Mensch hätte sich mit Schrecken auf und davon gemacht. Er aber hatte keine Angst.

Dann kam er zur Teufelsmühle. Immer noch war die komische Gestalt vor ihm. Da plötzlich drehte sie sich um und sprach: „Bisher ist noch kein Mensch lebendig zurückgekommen, sei also vorsichtig!" Da sah auch schon der Knecht lauter kleine Teufelchen an den Fenstern der Mühle lauern. Ganz entschlossen rief der Knecht den Teufelchen zu: ‚Gebt mir die bestellte Ware für meinen Herrn!' Die Teufelchen luden nun den Wagen, den der Knecht bei sich hatte, voll mit Kisten, so daß man meinen konnte, der Wagen bricht fast zusammen. In den Kisten war nämlich pures Gold.

Nun trat er mit dem vollbeladenen Wagen den Heimweg an. Erstaunt blickte der Bauer auf den beladenen Wagen. Bald darauf war Martinitag, an dem der Knecht seinen Lohn erhalten sollte. Der Bauer ließ schnell ein Paar Stiefel beim Schuhmacher anfertigen. Als Material dafür brauchte der Schuster das Fell von zwei Kälbern. Dann gab er dem Knecht seinen verdienten Lohn. Der Knecht hatte das ganz böse Spiel, das der Bauer mit ihm trieb, durchschaut und rächte sich nun an ihm. Er führte den Bauern unter einen Nußbaum und schnalzte einmal so laut wie das Geräusch einer Flinte. Da flog der Bauer hoch in die Luft und drehte sich wie ein Mühlrad. Das zweite Mal schnalzte er so heftig wie eine Kanone. Beim dritten Mal schnalzte der Knecht so gewaltig wie ein Donnerschlag. Ein paar Tage später fand man den Bauern mit einem Genickbruch im Wald. Das war die Rache vom betrogenen Knecht."

Die Müller müssen demnach in früheren Zeiten zuweilen recht zwielichtige Geschäftsleute gewesen sein. Dies mag besonders für die Tausendmühle zugetroffen haben, die im Lauf ihrer wechselvollen Geschichte 26 verschiedene Besitzer hatte. Der Name der Mühle kommt von dem mittelhochdeutschen Wort „tusen", d.h. schallen, sausen. Die schallende, sausende Mühle wurde im Dreißigjährigen Krieg zerstört und nach 1700 wieder aufgebaut. Die Eigentümer kämpften in der Folge wiederholt um das Bannrecht, stritten mit der Gemeinde und den Bauern. Ein besonders schwieriger Müller scheint um 1730 Johannes Gummel gewesen zu sein. Die Gemeinde beschuldigte ihn, er betrüge beim Mahlen, gebe anstatt Mehl pures Schrot, und sei ein überaus boshafter Mann, der mit dem Schießen drohe, wenn man die fälligen Abgaben eintreiben wolle. Seine Frau habe dem Bürgermeister die Zähne in den Hals gestoßen, als er pfänden wollte. Daraus sei zu ersehen, was dieser Müller „vor ein feiner Pursch ist“.

Bruchmühlbach bestand früher übrigens aus zwei Gemeinden, die sich lange Zeit recht unterschiedlich entwickelten. Durch den Frohnbach getrennt, gehörten sie zudem verschiedenen Herrschaften und Bistümern an. Zwischen ihnen verlief die Grenze zwischen dem Bliesgau und dem Wormsgau, zwischen den Diözesen Metz und Worms. Im 9. Jahrhundert soll hier sogar die Grenze zwischen den Reichen Ludwigs und Lothars, den Söhnen Karls des Großen, bestanden haben.

Der östliche Teil mit der Bezeichnung Mühlbach wird 1255 als Mulebac und 1496 als Mülnbach erkundlich erwähnt. Er gehörte zunächst den Grafen von Sponheim-Starkenburg, anschließend den Herren von Sickingen. Über den westlichen Teil mit dem Namen Bruchmühlbach wird berichtet, daß der Graf Ludwig von Saarwerden im Jahr 1186 dem Kloster Werschweiler einen Wald von der Blies bis nach Mulenbach verpfändete. 1402 versetzte Johannes von Homburg den Ort mit drei weiteren Dörfern dem gleichen Kloster. Bruchmühlbach unterstand zunächst der Grafschaft Homburg und danach dem Herzogtum Pfalz-Zweibrücken. Der Dreißigjährige Krieg verwandelte die ganze Gegend in eine Wüstenei. Die Elendsklamm erinnert wohl durch ihren Namen an den notvollen und entbehrungsreichen Aufenthalt der Bewohner aus den umliegenden Dörfern, die während der Kämpfe und Plünderungen zeitweilig hierher geflüchtet waren. Auch nach dem Westfälischen Frieden kehrte keine Ruhe ein, denn die Lothringer fielen in das Land und stahlen das Vieh.

Die heutige Tausendmühle

Bereits 1798 kam Vogelbach im Gefolge der Französischen Revolution zur Marie Bruchmühlbach. Der Ort verdankt seinen Namen wohl dem einstigen Vogelreichtum der Gemarkung. 1211 wird er erstmals in einer Urkunde genannt, als die Grafen Volmar von Saarwerden und Dietrich von Homburg die von ihren Großvätern hier gebaute Kapelle und das von ihnen gestiftete Hospital dem Kloster Werschweiler übereigneten. Bis zur Französischen Revolution unterstand Vogelbach dem Herzogtum Zweibrücken und war Sitz eines Schultheißen.

Das alltägliche Leben der Bewohner verlief weitgehend unberührt von den wechselnden Herrschaften und geänderten Grenzlinien. Der landwirtschaftlich nutzbare Boden der Gegend war nicht besonders ertragreich, so daß nur kleinere Gehöfte entstehen konnten. Gleichwohl bildete die Landwirtschaft einst die hauptsächliche Erwerbsquelle der Bevölkerung. Wenn eine Mißernte eintrat oder eine Viehseuche grassierte, war die Existenz der Bauern unmittelbar gefährdet. Von einem solchen Unglück kündet die folgende Sage, die damit ein Stück erfahrener Wirklichkeit bewahrt und einen seltsamen Vorgang zu erklären versucht.

DAS GESPENST IM STALL

„In Vogelbach sahen die Leute schon oft in der Nacht zwischen zwölf und ein Uhr eine unheimliche Gestalt in ihren Ställen. Sie strich den Kühen mehrere Male über den Rücken und sprach dabei etwas, was nicht zu verstehen war. Dann verließ der unerwünschte Gast die Tiere und machte sich draußen im Garten zu schaffen. Dort stand er an einem Gartenpfahl und hieb mit der blanken Faust darauf los, Flüche und Verwünschungen ausstoßend. Pünktlich um ein Uhr verschwand das Gespenst, und von nun an gaben die Kühe anstatt Milch Blut und gingen bald darauf ein.

In einem Stall war in der letzten Nacht der unheimliche Gast gesehen worden. Das war ein großes Unglück für den Bauern, der sowieso nicht allzu sehr mit irdischen Gütern gesegnet war. Zufällig traf er den Schweinehirten von Sand, von dem man sich erzählte, daß er mit dem Teufel einen Vertrag abgeschlossen hätte. Der riet dem ratlosen Bauern, daß er den Gartenpfahl ausreißen und die blutige Milch dort hineinschütten sollte. Wenn während der Zeit, in der der Pfahl neu gesetzt wurde, ein Mann mit verbundenem Kopfe vorüberkäme, dann sei der Bann gelöst. – Tatsächlich geschah es so, und die Milch der Kühe war wieder wie vorher.“ Die Geschichte ist neben dem abschließenden Text in der von Viktor Carl zusammengestellten Anthologie „Pfälzer Sagen und Legenden“ (Edenkoben 2000) enthalten.

Wirtschaftlich belebend und strukturell bestimmend war eher die Lage an der uralten Durchgangsstraße, an der Verkehrsverbindung zwischen Worms und Metz. Sie trug zu Handel und Gewerbe bei, ließ Bruchmühlbach und Vogelbach zunächst als reine Straßendörfer entstehen. In der Mitte des 18. Jahrhunderts hielt man überdies Krämer- und Viehmärkte ab. Die Munzingersche Posthalterei, die von 1750–1862 bestand, war Mittelpunkt des Dorfes Bruchmühlbach und brachte mancherlei Möglichkeiten des Verdienstes.

Die Elendsklamm

Die vielerlei Verkehrsverbindungen und die durchziehenden Truppen brachten freilich auch manche Krankheiten in die Region, vor denen man sich zu schützen suchte. Das Bemühen der Bewohner, sich mit der erlebten Umwelt und zu fürchtenden Ereignissen auseinanderzusetzen, ließ die Gestalt des Ritzmännchens entstehen. In dieser Sagenfigur manifestiert sich die volkstümliche Vorstellung, daß das Unheil durch die Ritzen eines Hauses hereinkommen könnte – eine vielleicht einfache Denkweise über das Vordringen von Krankheitserregern.

DAS RITZMÄNNCHEN

„Mutterliebe versetzt Berge. Sie ist aber machtlos gegenüber Krankheiten, die das Kind befallen, und sie war erst recht machtlos, als es noch keine Säuglingsschwester und keinen Kinderarzt gab. In Vogelbach verstopfte die treusorgende Mutter alle Ritzen und Spalten am Haus, damit ja nicht das gefürchtete Ritzmännchen herein konnte, jenes Männchen, das sich den Kleinen auf die Brust setzte, ihnen das Blut aussaugte und so den Tod der Säuglinge herbeiführte. Auch vor Erwachsenen scheute das Männchen nicht zurück. Es drückte ihnen die Kehle zu, trank von ihrem Blut, so daß sie tagelang völlig kraftlos das Bett hüten mußten. Draußen im dunklen Wald am Böswieserberg hielt sich das Ritzmännchen verborgen."

Das Ritzmännchen ist wohl so etwas wie eine westpfälzische Verkörperung des allseits bekannten Alp, der Alpdrücken und Angstträume hervorruft. Im Volksglauben spukt er als Nachtmahr oder Drud durch die Lande. In vielen Orten wird er auch Aufhocker oder Drückemännchen genannt, der sich dem nächtlichen Wanderer auf den Rücken setzt, durch die Gemarkung tragen läßt und dabei immer schwerer wird.

„Doch der Bauer fand keine ruhige Stunde mehr"

VON IRRWISCHEN, EINEM BÄCKERJUNGEN UND EINEM ROLLENDEN FASS IN MIESAU

Ein alter Mann wird von einem Irrlicht nach Hause geführt. Ein Bäckerjunge verdient mit Brötchen eine Unmenge Geld. Ein Faß rollt nachts über die Äcker am Schulberg. Zwei Männer begegnen im Bruch einem geheimnisvollen Lichtschein. Eine Frau nimmt einen kostbaren Ring mit ins Grab. Eine betrügerische Wirtsfrau spukt um Mitternacht im Peterswald. Das sind einige der Geschichten über für wahr gehaltene Begebenheiten, die im Volksmund über das Dorf und die Gegend von Miesau erzählt werden.

Am Anfang war eine Au, eine Wiese auf einer kleinen Insel, ein von Wasser und Sümpfen umgebener Hügel, der dem Ort in der zweiten Silbe seinen Namen gab. Über die Herkunft der ersten Silbe stritten sich dagegen die Gelehrten. Der Heimatforscher Theodor Zink sah den Ursprung in dem althochdeutschen „mios" und dem mittelhochdeutschen „mies", was Moos oder Mohr bedeutet. Professor Ernst Christmann war indessen der Ansicht, daß der Ort seine Bezeichnungen „minsoewe" oder „miminesauwe" einem ersten Siedler namens Mimin zu verdanken hat. Aus „Minßauwen" oder „Mimsoewe", Aue des Mimin, wurde in der abgeschwächten und zusammengezogenen Form schließlich Miesau.

Moorlandschaft

1222 wurde der Siedlungsname Munsowen erstmals urkundlich erwähnt. In diesem Jahr stellte König Heinrich VII. in Worms einen Schutzbrief für das Hospital und Kloster in Lautern aus, in dem er die gegebenen Zusagen seines Vaters erneuert. Er bestätigt den Prämonstratensern die Pfarrkompetenz in Lautern und nennt das Dorf Miesau neben Höfen und Mühlen als Besitz des Konvents. In einer Urkunde von 1409, die im Veldenzer Copialbuch enthalten ist, findet sich eine weitere Erwähnung. In ihr teilt ein Friedrich von Brenßbach, Kommentur des Deutschen Ordens zu Saarbrücken mit, daß er dem Grafen Friedrich zu Veldenz und seinen Erben die am St. Peterswald gelegenen Orte Minßauwen und Kebelnberg (Kübelberg) verkauft habe.

1488 wurde in Miesau eine kleine Kapelle errichtet, die dem heiligen Laurentius geweiht war. Kirchlich war der Ort im Mittelalter eine Filiale von Kübelberg. Auch politisch gehörte das Dorf zunächst zum Amt Kübelberg, dem Sitz eines kurpfälzischen Gerichts. 1579 werden in einem Dokument erstmals die „beidten gemeindten zu ober und nider Miesauwen“ genannt. Im Schatzregister des Oberamts Lautern von 1592 sind in Obermiesau zehn und in Niedermiesau sechzehn Familien namentlich aufgeführt. In ganz Miesau lebten demnach Ende des 16. Jahrhunderts 26 Familien oder etwa 105 Einwohner.

Über die Zeit danach heißt es im Pfarrbuch: „Während des 30jährigen Krieges hatten die Einwohner viel zu leiden. Miesau, Schönenberg und Kübelberg wurden hart mitgenommen. Zwischen 1627 und 1647 wurde die Kirche zu Kübelberg zerstört, Miesau zum größten Teil verbrannt, mit Ausnahme der Kapelle. Mit Hilfe der kaiserlichen und der bayerischen Truppen wurde der reformierte Pfarrer vertrieben und ein katholischer Geistlicher eingesetzt.“

Den Dreißigjährigen Krieg überlebten nur wenige Familien; wer nicht fliehen konnte, wurde getötet. Nach den Unterlagen des Staatsarchivs in Speyer gab es erst 1656 wieder acht Herdstellen in Miesau. Eine Schatzungsliste von 1684 verzeichnet bereits 17 Familien mit etwa 70 Einwohnern. Die äußeren Nöte und die inneren Bedrängnisse müssen auch zu dieser Zeit noch groß gewesen sein, so daß man ihnen auf mancherlei Weise zu entkommen suchte. Deshalb wurde der Bevölkerung in einem kirchlichen Erlaß „ein scharfer Tadel nebst Strafe wegen ihres Aberglaubens in Beobachtung eines Hagelfasttages, wegen Fluchens und Saufens ausgesprochen“.

Südöstlich von Miesau lag der einstige Fischweiher Scheidenberger Woog und erstreckte sich das Landstuhler Bruch. Das düstere und geheimnisvolle Moor lieferte den Stoff für einige Sagen, die an lokale Ereignisse erinnern, einen landschaftlichen und geschichtlichen Hintergrund aufweisen. Daß die Geister des Bruches nicht mit sich spaßen lassen, macht die folgende Erzählung deutlich:

VIER KREUZER WAREN AUSGEMACHT

„Über dem Moor des Landstuhler Bruches tanzten die Irrwische. Ein alter Mann verspätete sich bei seiner Arbeit, es wurde dunkel, und er fand einfach nicht mehr den Weg nach Hause. Er wußte nur, daß er sich zwischen Mühlbach, Miesau und Hütschenhausen befand. In seiner Not rief er die Irrlichter an, daß sie ihm den rechten

Weg zeigten. Er versprach, dafür vier Kreuzer zu geben. Da tanzte ein Irrwisch herbei und leuchtete ihm bis zu seinem Haus. Dort wollte sich der Mann schnell verdrücken. Doch er hatte die Rechnung ohne den Wirt gemacht. Das Licht tanzte nämlich draußen vor dem Fenster, stieß gegen die Scheiben, daß es dem drinnen ganz angst und bange wurde. Da zahlte der Mann die vier Kreuzer, und das Irrlicht verschwand im Dunkel der Nacht."

Der Kreuzer war eine kleine Münze mit einem Kreuz im Gepräge, die seit dem 18. Jahrhundert verbreitet war und bis 1871 im Deutschen Reich galt. Das alte Geldstück hatte den Wert von vier Pfennig oder von zwei heutigen Cent. Um ungleich höhere Beträge geht es in einer anderen Sage, die am Rothenhübel in Miesau spielt und von der Bezahlung in Dukaten, alten Goldmünzen von hohem Feingehalt, berichtet:

AM ROTHENHÜBEL

„Jeden Morgen kam der Bäckerjunge an der Sandgrube des Rothenhübels vorbei mit dem Auftrag, im nahen Dorf Brötchen auszutragen. An einem nebeligen Tagesanbruch stand plötzlich ein uraltes Männlein vor ihm und bat, ihm die Brötchen im Korb zu verkaufen. Er bot für jedes Brötchen einen Golddukaten. Das Büblein hatte vor lauter Angst keine Worte mehr. Es gab die Brötchen ab und bekam für sie je einen Golddukaten. Das Männlein befahl dem eingeschüchterten Jungen, ja niemand etwas von diesem Zusammentreffen zu erzählen, auch nicht dem Bäcker und seiner Frau. Morgen solle er die gleich Anzahl von Brötchen vorbeibringen.

Der Junge tat wie es das Männlein forderte, sechs Tage lang. Der Bäckersfrau gab er stets nur einen Dukaten, worüber sie höchst erstaunt war, denn die Brötchen waren bei weitem nicht so viel wert. Natürlich wollte sie wissen, was da vor sich ging. Der Junge erzählte alles, nur über die Dukaten verlor er kein Sterbenswörtchen. Die Bäckersfrau war mit der Auskunft zufrieden, zumal sie ja jedesmal reichlich für die Brötchen entlohnt worden war. 19 Dukaten tat der Junge jeden Morgen in sein bis dahin leeres Geldtäschlein, denn er hatte stets 20 Brötchen abgeliefert. Am siebten Morgen aber kehrte der Junge nicht wieder.

Er blieb verschwunden, da half auch das eifrige Suchen der Bäckersfrau nichts. Sie fand zwar das leere Körbchen und die Kleider des Jungen, doch von ihm keine Spur. Wenn später Leute am Rothenhübel in Miesau am späten Abend vorbeigingen, glaubten sie ein leises Weinen zu vernehmen, das so herzzerreißend war, daß schließlich dieser Platz am Abend und in der Nacht gemieden wurde. Es ist nicht bekannt, ob nicht doch einer des Nachts den Weg dorthin gefunden hat, um dem Männchen aus der Sandgrube zu begegnen und seine Geheimnisse zu erfahren."

Die beiden Geschichten sind in dem Buch „Pfälzer Sagen und Legenden" von Viktor Carl (Edenkoben 2000) enthalten, der umfangreichsten Sammlung hiesiger Überlieferungen. Vorher bereits hatte der Lehrer Helmuth A. Ulrich in seinem Bändchen „Wo es immer noch umgeht" (Otterbach 1962) drei Miesauer Geschichten wiedergegeben, die ihm von seinen Schülern Heinz Sofsky, Theo Steinmann und Gunther

Trautmann mitgeteilt wurden. Vom Moor und seinen seltsamen Lichtern handelt auch die folgende Sage, in der es zwei neugierige junge Männer ganz genau wissen wollen.

DAS GEHEIMNISVOLLE LÄMPCHEN

„Bei Miesau dehnt sich das Bruch. Eines Abends kamen auf dem Weg von Mühlbach her zwei Männer heimwärts gegangen. Sie sprachen von des Tages Arbeit. Dämmerung umfing sie schon. Da gewahrte der eine über dem Bruch ein Licht, und auch der andere erkannte seinen Schein. Die beiden Männer erzählten dies daheim und auch am Wirtstisch. Nur zögernd wollten die andern es glauben. Dann aber überzeugten sie sich an den folgenden Abenden von dem Lichtschein über dem Moor. Jedoch, man wollte es genau sehen, vielleicht sogar danach greifen. Zwei beherzte junge Männer machten sich auf den Weg. Sie kamen auch an den Wald, hinter dessen Gesträuch über dem Moor das Licht leuchtete. Doch wagte keiner einen Schritt auf des Bruches schwankenden Boden.

An einem folgenden Abend kamen jene zwei Männer wieder von Mühlbach zurück und sahen auch diesmal das Licht über dem Bruch tanzen. Was das nur sein mochte? Sie faßten Mut, gingen vom festen Weg ab, am Waldrand entlang und dann dem Licht entgegen. Keiner sah die beiden Männer mehr. Doch auch das Licht leuchtete seit der Zeit nicht mehr über dem Moor.“

Im Mittelpunkt der nächsten Geschichte steht gleichfalls ein neugieriger Bursche, der einem nächtlichen Geheimnis auf die Spur kommen will.

Bruchlandschaft

DAS FASS AM SCHULBERG

„Seit alten Tagen rollt nächtlich über die Äcker am Schulberg in Miesau ein großes Faß. Niemand wagte bisher, danach zu sehen. Zu gewohnter Stunde aber hörte man es donnern. Nur einmal machte sich ein Bursche auf den Weg und verbarg sich im Gebüsch am Fuß des Berges. Hinter einem Sack hielt er den Schein einer Laterne versteckt. Dann kam das Faß angerollt – und blieb in seiner Nähe liegen. Er leuchtete hinein und stieg auch in des Fasses Rundung. Kaum war dies geschehen, so schloß sich die Öffnung, und das Faß rollte bergan. Am anderen Morgen lag der Bursche blutüberströmt oben am Berg."

In einer weiteren Erzählung führt menschliche Habgier dazu, daß sich zwei Burschen aufmachen, um eine Tote zu bestehlen, eine Leiche zu fleddern.

DER GOLDRING

„Eine Frau aus Miesau trug einen kostbaren goldenen Ring, und man gab ihn ihr nach ihrem Tode mit ins Grab. Zwei Gesellen beschlossen aber, den Ring an sich zu bringen. Sie gingen des Nachts zum Friedhof. Da sie den Sarg öffneten, stand die Tote auf. Die Diebe flüchteten und ließen alles liegen. Die vom Tod auferstandene Frau ergriff die Laterne, ging nach Hause und klopfte an die Haustür. Der Mann öffnete das Fenster und fragte herab: ‚Wer ist da?' ‚Deine Frau', kam die Antwort zurück. Er erschrak, sagte aber: ‚Das ist nicht möglich; eher liegt mein Schimmel in der Wiege.' Damit schlug er das Fenster zu. Die Frau ging zu ihrem Grab zurück. Doch der Bauer fand keine ruhige Stunde mehr."

Unmäßiges Streben nach Gewinn verleitet schließlich eine Wirtsfrau der Gegend, den Wein mit Wasser zu panschen. Zur Strafe für das Vergehen muß sie im Peterswald um Mitternacht als Geist erscheinen und ihre Schuld bekennen. Der Dichter Heinrich Kraus hat in unseren Tagen die Sage in einem Mundartgedicht gestaltet und in das Bändchen „Scharfer Tuwwak – Westricher Ballade" (Miesau 1985) aufgenommen.

DIE WÄRTSFRAA

Im Peterschwald bej Miese
fahrt naachts e Bauer hääm.
Im Newwel stehn wie Riese
die hohe alte Bääm.
In Hecke dut's als knacke.
Wejt weg hat's zwelf geschlah.
Dort ... an me helle Blacke,
dort hupst e Geischterfraa!
„E halber Schoppe Wein
un e halber Schoppe Wasser
gibt a e Schoppe Wein."

Dem Bauer stehn die Borschte
all pejlrecht in die Heh.
Die Zung isch hart wie Korschte.
Die Aue dun'm weh.
Sei Gaul tappt riwwer, niwwer
un krejscht. Die Angscht isch groß.
Er haut'm äni driwwer
un holwert nix wie los!
„E halber Schoppe Wein
un e halber Schoppe Wasser
gibt a e Schoppe Wein."

E Wärtsfrau hat vor Zejte
so all ihr Gäscht betroh
un deswäh misse lejde.
Die Strof kommt manchmol noh.
Im Peterschwald bej Miese,
exakt von zwelf Uhr an,
do hat se misse bieße
un laut ihr Fehler sahn:
„E halber Schoppe Wein
un e halber Schoppe Wasser
gibt a e Schoppe Wein."

A hejt dut jeder pitsche,
manchmol daß 's nur so kracht.
A hejt dut äm verwitsche
manch Wärtsfraa, wo scheen lacht.
O jecker, wenn ihr wißte:
die gute Wasserhähn!
Wenn all so bieße mißte,
noht wär de Wald se klän.
„E halber Schoppe Wein
un e halber Schoppe Wasser
gibt a e Schoppe Wein."

Nebel im Bruch

„Und ritt in der nächtlichen Geisterstunde ins Bruch"

OBERMOHR, NIEDERMOHR UND REUSCHBACH IN SAGE UND GESCHICHTE

Die Dörfer Ober- und Niedermohr und der dazwischen liegende Hof Kirchmohr haben ihre Namen vom Mohrbach, der durch das Bruch fließt und in den Glan mündet. Obermohr entstand nach Prof. Ernst Christmann aus der karolingischen „Villa Moraha", die schon 987 erwähnt wird und im Lorscher Codex verzeichnet ist. Moraha war ein Klostergut am „moorigen Gewässer, moorigen Bach", das Herzog Otto von Worms dem Kloster Lambrecht schenkte, zusammen mit zahlreichen Rechten, 179 Morgen Land und 10 Morgen Wiesen sowie einer Kapelle. An das alte Gut und die fromme Stiftung erinnert heute noch der „Jungfernwald", der teilweise auf der Reuschbacher Gemarkung liegt.

Der Besitz von Moraha war so ausgedehnt, daß im 10. Jahrhundert noch die Siedlung Niedermohr und der Hof Kirchmohr darauf entstanden. „More" war 1387 eine Pfandschaft der Grafen von Veldenz, 1428 wurde erstmals ein „Nyeder More" unterschieden. Die Annexe zwischen den beiden Dörfern hatte eine kleine Kapelle, die bereits 1219 erwähnt wird. Der Kirchmohrerhof, der auch Marienberg genannt wurde, gehörte seit 1387 dem Deutschen Orden, der in Einsiedlerhof eine Niederlassung unterhielt. Das dem Heiligen Georg geweihte Wallfahrtskirchlein schien im 18. Jahrhundert zu klein und zu baufällig, so daß es vergrößert, wenn nicht gar verlegt werden sollte. Darüber gibt es eine erbauliche Erzählung, die Viktor Carl in seine Sammlung „Pfälzer Legenden" (Otterbach 1981) aufnahm.

GOTTES WILLE

„Kirchmohr war als Wallfahrtsort bekannt. Mancher Kranke wurde dort nach demütigem Gebet vor dem Gnadenbild wunderbar geheilt. Einst sollte das Kirchlein abgerissen werden. Das Gnadenbild wurde nach Niedermohr verbracht, damit es keinen Schaden erleide.

Doch als am nächsten Morgen der Küster die Frühglocke läuten wollte, stand das Bild am Eingang der Kirche. Es wurde wieder zurückgebracht. Wie groß war aber das Erstaunen, als das Bild wiederum den Weg zurück zu seinem Kirchlein fand! Auch ein drittes Mal stand es vor der Tür. Demnach soll das Bild wohl da bleiben, dachten die von Kirchmohr und brachten es denn auch an den alten Platz.

Die neue Kirche sollte jenseits des Mohrbaches erbaut werden. Fuhrleute brachten die Steine; Fuhrleute mußten dreimal hintereinander die Baustoffe wieder zurückbringen vom alten Kirchlein hin zum ausersehenen neuen Kirchplatz, denn jeden Morgen fand man die Steine tadellos aufgestapelt am alten Kirchlein. Die Kirchmohrer fügten sich dem Willen Gottes und bauten die neue Kirche an den alten Platz."

Niedermohr und Obermohr waren seit dem 14. Jahrhundert kurpfälzisch, gehörten zum Gericht Ramstein und mit diesem zum Oberamt Lautern. Nördlich von Moraha soll eine weitere Ansiedlung, die sogenannte Blickenburg, gelegen haben. Die Burg, das Gehöft und die Kapelle kamen an die Grafschaft Veldenz und danach an die Herren von Sötern. 1433 erwarb Agnes von Flersheim, die Witwe des Amtmannes auf Burg Lichtenberg, den gesamten Besitz. 1601 hatte Obermohr 54 Einwohner und in Niedermohr bestand eine sicher ältere Mühle. Als die Familie der Flersheimer 1612 erlosch, fielen die Güter dem Freiherren von Günderode zu. Hundert Jahre später waren die Ländereien im Besitz des Ramsteiner Schultheißen Everling.

1768 kaufte der kurpfälzische General Freiherr von Hauzenberg sämtliche Güter auf und beanspruchte in einem Prozeß, daß er auch alle früheren Rechte erhalte. Er erreichte schließlich, daß der Obermohrer Besitz wieder als kurpfälzisches freiadliges Lehen anerkannt wurde. 1788 bestand Obermohr aus 35 Häusern, in Niedermohr befanden sich bereits 50 Häuser. Der streitbare Offizier lebte auf dem Porbacherhof, zwei Kilometer nördlich von Obermohr, am Wüstenberg zwischen Jungfrauenwald und Reiselsberg. Er und auch einige spätere Besitzer des Porbacherhofes müssen unbequeme Leute gewesen sein, wie die folgende Sage beweist.

DER ALTE VOM REICHELSBERG

„Mit dem Reichskammergericht, das um 1500 eingesetzt worden war, wollte sich unser Volk gar nicht zurecht finden; es entschied nach neuen, römischen Grundsätzen und achtete wenig mehr Brauch, Gewohnheit und Herkommen. Ein Urteil von dieser höchsten Stelle ließ oft einen Stachel zurück, der tief in das gewohnte Rechtsempfinden eindrang.

So ging es auch in dem Streit zwischen den Gemeinden Reuschbach und Obermohr, der sich um den großen Waldreichtum des Reichelsberges drehte und der den Obermohrern zugesprochen wurde. Der Teufel soll den alten Schulz vom Porbacherhof holen, fluchten die Reuschbacher. Der alte Schulz, der mit seinem Hofe an den umstrittenen Wald angrenzte, wollte aus alten Familienurkunden wissen, daß der Wald in die Obermohrer Gemarkung gehöre und leistete auch so sein Zeugnis vor dem Reichskammergericht. Die Reuschbacher aber verfluchten ihn als einen Meineidigen, der nach seinem Tode umgehen müsse, um diesen riesigen Waldfrevel zu büßen. Und so geschah es auch. Wer um Mitternacht zu Fuß oder mit Fuhrwerk den Reichelsberg passieren mußte, bekam es mit dem alten Schulz zu tun. Meistens saß er den Geängstigten im Nacken und ließ sich bis zur Grenze des Obermohrer Waldes tragen. Den Pferden setzte er so zu, daß sie erst gegen Morgen nach langer Irrfahrt dampfend und zitternd in ihren Stall kamen.

Die jüngeren Reuschbacher scheinen ihren Zorn auf den alten Schulz vergessen und einmal nach einer Kirchweihe mit der Kerb begraben zu haben. Denn der Alte vom Reichelsberg ängstigt heute niemand mehr, zaubert eher ein feines Lächeln auf wissende Gesichter.“

Der Text ist in dem Bändchen „Sagen des Zweibrücker Landes" enthalten, das Hugo Frick in der Reihe „Bayerischer Sagenhort" 1929 in München veröffentlichte. Eine handschriftliche Fassung der Geschichte wird außerdem im Archiv des Pfälzischen Wörterbuchs in Kaiserslautern aufbewahrt. Das Archiv hatte 1930 Fragebogen an die Volksschullehrer versandt und sie gebeten, die Sagen ihres Ortes aufzuzeichnen. Dabei fällt jeweils die unterschiedliche Schreibweise des Berges auf. Der Reiselsberg, wie er heute genannt wird, ist mit seinen 333 Metern der höchste Punkt der Obermohrer Gemarkung, deren tiefster mit 220 Meter im Talgrund des Mohrbaches liegt. In Niedermohr steigt die Dorfflur beim Springerberg sogar auf 392 und beim Maulschberg ebenfalls auf 333 Meter an. Reuschbach schließlich liegt am Osthang eines Ausläufers des Potzberges. In der Gegend mit ihrem Wechsel von Hügeln und Tälern, Feldern und Wäldern herrschte früher die Landwirtschaft vor.

Die Dörfer sind vor allem ein Teil der Westpfälzischen Moorniederung, die in einer zurückwandernden Stufenlandschaft entstand, als das abflußlose Gebiet über undurchlässigen Buntsandsteinschichten vermoorte. Das Gebrüch oder Bruch wurde seit 1745 planmäßig kultiviert und genutzt, wobei man die ein bis vier Meter mächtigen Torfschichten im Frühsommer abbaute. Der sumpfige Teil wurde allmählich trockengelegt und umgewandelt; die ehemaligen Moorgebiete trugen nun Wiesen und Weiden. Die Torfgewinnung war ehedem ein wichtiger Erwerbszweig der Bevölkerung. Unter den drei Sagen, die der Lehrer von Reuschbach nach Kaiserslautern sandte, befindet sich daher auch eine Erzählung über den Torf. Er bemerkte dazu, der Vater eines damals noch lebenden hiesigen Bürgers habe als Knecht im Dienst des Porbacherhofes gestanden und die Geschichte erzählt.

ANGST VOR TORFDIEBEN

„Ein ehemaliger Besitzer des Porbacher Hofes namens Lehmann hatte im Landstuhler Bruch eine große Menge Torf sitzen. Weil er sehr mißtrauisch war, glaubte er die Diebe, die sich an seinem Eigentum vergreifen könnten, bannen zu müssen und ritt in der nächtlichen Geisterstunde ins Bruch, um vor Sonnenaufgang wieder zuhause sein zu können. Das am Morgen im Stall stehende schweißtriefende Pferd zeugte stets von seinem nächtlichen Ritt. Im gleichen Stall fand man des Morgens oft zwei Tiere an einer Kette angebunden."

Reuschbach oder auch Reichsbach hat seinen Namen nach einer Grenzbeschreibung von 1600 von dem Bach, der in das sogenannte Reichsland fließt. In der selben Urkunde wird auch der Reischbacher Wiesengrund genannt, in dessen Nähe die Siedlung Ende des 17. Jahrhunderts entstand. Reuschbach ist damit die jüngste Gründung auf der alten Gemarkung von Obermohr. Die ersten Ansiedler kamen aus Tirol und Frankreich. Das Dorf gehörte gleichfalls zum Gericht Ramstein. 1717 waren in Reuschbach 60 Einwohner und einige Jahrzehnte später 27 Häuser vorhanden. 1762 entstand in Obermohr ein beachtliches Bauwerk, der Obermohrerhof, eine vierseitige Anlage mit Scheune und Stallungen, einem Wohnhaus an der Westfront und einem rundbogigen Eingangstor an der Ostseite. Das Gebäude mit zum Teil klassizistischen

Der Obermohrer Hof

Elementen war ein bemerkenswertes Beispiel hiesigen Bügerstolzes und bäuerlicher Architektur. Der ehemalige Gutshof wurde mehrmals umgebaut und diente danach auch als Fabrik.

Nach der Französischen Revolution und während der napoleonischen Ära wurde Obermohr 1798 Mairie, Bürgermeisteramt. Im gleichen Jahr teilte man Niedermohr und Reuschbach der neu geschaffenen kommunalen Einheit zu. Nach dem Ende der französischen Verwaltung und mit dem Beginn der bayerischen Zeit erhielt Niedermohr 1818 eine eigene Bürgermeisterei, zu der auch Reuschbach gehörte. Bei der Kommunalreform von 1969 kam Obermohr zu Steinwenden-Weltersbach, das mit Niedermohr zur Verbandsgemeinde Ramstein-Miesenbach zählt.

Bereits im 19. Jahrhundert löste sich die landwirtschaftliche Struktur der drei Orte allmählich auf und die Bevölkerung wandte sich nichtbäuerlichen Berufen zu. Damit war aber auch den Sagen ihre Grundlage und ihr Nährboden weitgehend entzogen. Sie sind nur noch in der Erinnerung vorhanden, wie jene dritte Reuschbacher Geschichte, die auch Helmut Seebach in seinem „Pfälzischen Sagenlesebuch" (Annweiler 2003) bringt:

SPIELMANNS DRIESCH

„In einem Waldrevier des östlich von Reuschbach sich hinziehenden Waldgebietes, Spielmanns Driesch genannt, hört man zu gewissen Zeiten heute noch Musik, die mit dem berüchtigten Schulz, dem einstigen Besitzer des Porbacher Hofes, in Verbindung gebracht wird."

„In stürmischen Nächten, wenn der Regen niedergeht"

ZWEI STEINKREUZE, EIN SELTSAMER GAST UND EIN KOPFLOSER GEIST IN TRIPPSTADT

Am 18. Mai der Jahres 1293, dem Montag nach Pfingsten, machte Wirich von Daun, Burgherr auf Wilenstein, und seine Frau Kunigunde dem Orden der Zisterzienser im Kloster Eußertal eine fromme Schenkung. Mit ihr wurde festgelegt, daß die Mönche bei dem jetzigen Lauberhof einen Fischteich anlegen und nützen dürfen. Als Zeugen für die mildtätige Stiftung werden unter anderen Eberhard von „Driebescheit", Hugo von Horbach, Wenz von Wilenstein, Hellinger von „Stolzenberg" genannt. Das Dokument, das den ältesten urkundlichen Nachweis des Ortes Trippstadt enthält, wird heute im Bayerischen Staatsarchiv in München aufbewahrt.

Der Ort, der 1993 sein 700jähriges Jubiläum beging, muß jedoch schon vorher bestanden haben, zumal in der Urkunde ein Leutpriester, Schöffen und Geschworene erwähnt werden. Das Dorf entwickelte sich im Schutz der von den Staufern gegründeten Burg Wilenstein und außerdem an der Grenzlinie von zwei Herrschaftsbereichen, der „Triebscheide" zwischen zwei Weiderechten. Der Ortsname wandelte sich von Driebescheit und Driebschydt über Tribstatt und Drippstatt schließlich zu Trippstatt

Alptraum

und Trippstadt. Das Land um den Wilenstein hatte nicht nur eine, sondern gleich mehrere Obrigkeiten. Um 1350 teilten sich die Falkensteiner und Flörsheimer den Besitz der Burg und der Herrschaft. Die unterschiedlichen Machtbereiche sind selbst noch in dem heutigen Wappen der Gemeinde gegenwärtig, das eigentlich aus drei Wappen besteht. Das Wappenschild ist vertikal geteilt und in der oberen Hälfte gespalten. Das linke Feld enthält ein rotes Schräggitter auf goldenem Grund, das Zeichen der Herren von Daun-Oberstein-Falkenstein. Das rechte Feld zeigt in drei Querstreifen die Farben Blau, Silber und Rot, die Insignien derer von Flörsheim. In der unteren Häfte des Schildes befinden sich auf silbernem Grund zwei gegeneinander gewölbte Regenbogen, das Wappen der Freiherrn von Hacke.

Bei derartigen Besitzverhältnissen blieben Konflikte und Auseinandersetzungen untereinander oder Eifersüchteleien und Reibereien mit den Nachbarn nicht aus. Da gibt es zum Beispiel die Geschichte über die beiden Grenzsteine, die Helmuth A. Ulrich in seine Sagensammlung „Wo es immer noch umgeht“ (Otterbach 1962) aufnahm:

DES JOHANNIS KREUZ

„Ritter Reinhard III. von Hohenecken war Reichsschultheiß, ein mit viel Macht ausgestatteter Mann. Er verwaltete die Kaiserburg zu Lautern und die Reichskleinodien auf dem Trifels und besaß das Wegerecht an den wichtigen Straßen, die von Ost nach West und von Norden nach Süden unsere Heimat durchzogen. Dem Schutz seines Trosses vertraute man sich gern an und scheute nicht das Wegegeld. Die Zeiten waren recht unsicher geworden. Allerlei Raubgesindel trieb sich um.

Ritter Reinhard war sich seiner Stellung bewußt. Er ließ an der Grenze seiner Wälder Steine setzen und sein Wappenzeichen darauf meißeln. Dort, wo die alte Hochstraße durch den Pfälzer Wald führt und sich mit anderen kreuzt, wo anderer Besitz an seinen heranreichte, ließ er ein Kreuz errichten mit seinem Wappen darin. Ein Steinhauer aus Lautern hatte es gefertigt und Troßknechte es den langen Weg dahin gefahren. Ritter Reinhard war Zeuge, als man an dieser bedeutsamen Stelle das Kreuz in der Grube aufrichtete.

Nach einigen Tagen ritt sein Nachbar Johannes von Wilenstein an dem neu gesetzten Kreuz vorbei und fühlte sich dadurch herausgefordert. Er beauftragte seinen Steinmetz, aus den harten Felsen der Gegend ein noch größeres Kreuz zu meißeln und in der Mitte und auf jedem Querarm sein Wappen anzubringen. Als das Kreuz mit den drei Wappen fertig war, ließ er es ebenfalls an der Grenze zwischen den Hohenecker und Wilensteiner Wäldern aufstellen. Wer danach an der Stelle vorbeikam, wunderte sich über die beiden Kreuze, die so nahe beieinander standen. Manche trieben sogar ihren Spott mit dem größeren und unkten: „Schau, des Johannis Kreuz!“ Allmählich entstanden auf der Lichtung im Wald Gehöfte und Rasthäuser, bis schließlich die ganze Siedlung nach dem Kreuz des Johannis benannt wurde.“

Die historischen Steinkreuze

1961

Vor allem sind jedoch weibliche Bewohner der beiden Burgen in die Sage eingegangen. Die unglückliche Liebe des Fräuleins von Wilenstein und das tragische Geschick der Hildegard von Hohenecken werden in anderen Kapiteln geschildert. Im übrigen erlebte das ganze Wilensteiner Land eine wechselvolle und leidvolle Geschichte, es wurde im Dreißigjährigen Krieg fast völlig zerstört und entvölkert. Über die Burg heißt es in einer Chronik aus dem Jahr 1664: „der so genannte halbe berg zue Willenstein ist ruinirt und wohnt niemandt aldar."

Zu Beginn des 18. Jahrhunderts verlieh Kurfürst Johann Wilhelm dem Freiherrn Ludwig Anton von Hacke das Amt Wilenstein, zu dem die Dörfer Trippstadt, Mölschbach und Stelzenberg gehörten. Hackes Sohn Franz Karl erbaute 1752/54 nicht nur die katholische Kirche, sondern 1766/67 auch das Schloß als Landsitz der Familie. Wegen des prächtigen Barockbaus bekamen die Trippstadter alsbald im Volksmund den Beinamen „die Halbherren".

Als sich 1793 die französische Revolutionsarmee Trippstadt näherte, floh die Familie von Hacke nach Mannheim. Die Truppen erstürmten die Schanze am Bartelsberg und besetzten das Dorf und das Schloß. Aus jener Zeit stammt eine Sage mit geschichtlichem Hintergrund, deren Geschehen sich bei der „Kroddesohl" an der Straße von Johanniskreuz nach Kaiserslautern ereignete. Der Heimatforscher Prof. Ernst Christmann zeichnete die Geschichte in alt-trippstadter Mundart auf und veröffentlichte sie zusammen mit zwei anderen Sagen 1929 in der Zeitschrift „Bayerischer Heimatschutz".

DER MORD AN DER MARKETENDERIN

„Wie schun emol Krieg zwische Deitsche unn Franzose war, es am Gräresehlche bei Johanneskreiz e Markedendern dotgeschlah unn ausgeplinnert worr. 's ware a Trippstadter debei. Eener aus Trippstad, e junger Mann – er hot W. geheeß unn war aus dem kleene Haus drunne schreeg gejeniwer vun de Kärch – hot zu de annere gesaht, se selle ufheere; awer se hann's doch gedah(n). Er hot aa net metgemach unn hot sei(n) Hänn im Gräresehlche gewesch.Wie er schun alt war, es'r emol krank worr unn se hann gemeent, er weer gestorb. 's hot schun vor ans Haus gelait unn se wollte 'ne grad in die Lad leje, do hot 'r sich ufgericht unn gesaht, er deet noch siwwe Johr unn neinevärzig Dahe lewe. Unn so es's wärklich geween. Genau noh 7 Johr unn 49 Dahe es' 'r erscht geschtorb."

Die Bevölkerung des Ortes war zunächst überwiegend in der Land- und Waldwirtschaft tätig, außerdem gab es mehrere Mahl- und Sägmühlen. 1724 ließ der Freiherr von Hacke in der Nähe des Aschbacherhofes die „Alte Schmelz" anlegen, später gründete er im Karlstal die Eisenhüttenwerke. Der Standort der Eisenindustrie wurde durch den großen Holzreichtum der Gegend wesentlich begünstigt. Die Trippstadter fanden nun als Hüttenarbeiter oder Köhler ein Auskommen; noch heute feiert das frühere Waldarbeiterdorf und der jetzige Luftkurort alljährlich das Kohlenbrennerfest. Die wirtschaftlichen Verhältnisse waren dergestalt, daß niemand zu hungern brauchte. Allerdings mußte man beim Abendessen warten, bis sich auch das „Drückemännche" als Gast eingefunden hatte. Das Männlein ist eine bekannte pfälzische Sagengestalt, die als Alp oder Aufhocker ihr Wesen treibt. Eine Trippstadter Sage berichtet darüber:

DAS DRÜCKEMÄNNCHE

„Im Ewerdorf am iwerschte Brunne hann Leit gewuhnt, zu dene es'jede Owend 's Drickemännche kumm. Unn wann se se Nacht esse wollte unn's war noch net do, hot's jedesmol geheeß: „Mr kinne noch net esse, 's Drickemännche es' noch net do." Uf ee(n)mol hot's uf'm Disch gesaß; 's war kee(n) Katz, 's war kee(n) Kind, mr kann net richtig beschreiwe, wie's ausgesih(n) not. Wann's dann metgeß hat, war's uf ee(n)mol wirrer ewek, uhne daß mr gemerkt hot, wo's hi(n)kum es'. Awer dann kunnte die Leit ruhig schlofe gih(n)."

Das Straßendorf im Herzen des Pfälzerwaldes bot überdies mit seinen landschaftlichen Reizen und Eigenheiten mancherlei Stoff für Geschichten und Sagen. Die Hochwälder und Wiesentäler, Schluchten und Felsen, Weiher und Bäche bildeten einen idealen Hintergrund für Überlieferungen, in denen das Ungewöhnliche und Übernatürliche in die alltägliche Welt des Menschen einbricht. Von einem Plagegeist, der in der „langen Sohl" nördlich von Trippstadt zuhause ist, handelt die folgende Geschichte.

DER SCHWARZE HUND VON LANGENSOHL

„In Stelzeberg war friher e Schullehre, der hot sich K. geschrebb. Wie 'r emol owends von Trippstadt heemgang es'unn kummt an de Langesohl, springt 'm ebbes uf de Buckel unn 'r hot's trahe misse bes uf Stelzeberg unn das es' doch e langer Weeg. Erscht an de Trepp vum Schulhaus es' 's erunnergesprung, unn wie sich de Schullehre K. erumdreht, war's e großer schwarzer Hund."

In der wilden Karlstalschlucht mit dem rauschenden Bergbach wohnte einst das Felsenweib von Trippstadt, das sowohl Friedrich Blaul in seinen „Träumen und Schäumen vom Rhein", als auch August Becker in seinem Buch „Die Pfalz und die Pfälzer" erwähnten. In Wirklichkeit war es nur ein armes und altes Mütterchen, das in einer Hütte unter einem drohenden Felsen hauste und niemand etwas zuleide tat. Im romantischen Karlstal entstand 1820/21 zudem ein Herrenhaus der Familie Gienanth, die von den Hackes die Eisenhüttenwerke übernommen hatte. Nach dem Niedergang der Werke stand das Herrenhaus zunächst leer und wurde danach als Erholungsheim genutzt. Während des Ersten Weltkrieges beherbergte es eine Ferienkolonie mit Kindern aus Ludwigshafen. Hilda Sauer, eine der Leiterinnen, ließ sich von dem Haus zu einer Erzählung anregen, die 1920 in der Zeitschrift „Wald-Heil" erschien:

„Die Talbewohner können es noch nicht fassen, daß die Glanzzeiten des Hauses verschwunden, daß die, welche einst hier so stolz gelebt haben, hinabgesunken sein sollen in das Schattenreich des Todes. In ihrer Brust lebt die Erinnerung an das Vergangene bis auf den heutigen Tag. Wenn in der Sommernacht das Wasser am Wehre rauscht, bald stärker, bald schwächer, abwechselnd in dumpfen tiefen und hohen hellen Tönen, so glauben sie das meisterhafte Klavierspiel der Freifrau zu hören.

Scheu schweift ihr Blick zu dem ‚Blauen Zimmer' hinauf, wo einstens das herrliche Instrument stand, dem sie die mächtige Sprache entlockt hatte. Und heute noch nach 100 Jahren kehrt ihr Geist zurück, um die Töne hinausrauschen zu lassen in die herrliche Waldesnacht. Aber die Menschen, statt davon gefesselt zu werden, hasten rastlos vorwärts; denn tiefe Angst bemächtigt sich ihrer, sobald sie die geheimnisvolle Sprache des Wehres hören und scheu eilen sie an dem sagenumsponnenen Hause vorüber. Die merkwürdigsten Geschichten fallen ihnen ein, die man sich auch von dem Freiherrn erzählt, den der Volksglaube weiterlebend in dem alten verlassenen Heime wähnt. In stürmischen Nächten, wenn der Regen niedergeht und die uralten Bäume sich unter der Wucht des Windes biegen, dann irrt er ruhelos auf der Veranda umher, den Kopf unter dem Arm tragend. Manchmal auch reitet er auf einem Schimmel durch die Wälder, springt ab, versteckt sich hinter eine uralte Buche und lauert dem Wanderer auf, der von Schmalenberg den Finsterbrunnerwald herab zum Hammer eilt. Blitzschnell hängt er sich ihm auf den Rücken und läßt sich von dem Entsetzten hinabschleifen zum See und von da bis zum Herrenhause. Dann eilt er hinauf auf die Veranda, um dort als kopfloser Geist von neuem die Vorüberschreitenden zu schrecken."

Die Karlstalschlucht

„Das Mädchen ist versunken vor Gram im tiefen See"

DAS RITTERFRÄULEIN UND DER JUNGE SCHÄFER VON BURG WILENSTEIN

Die Felsenburg des Wilo im Karlstal wurde in der Mitte des 12. Jahrhunderts erbaut – vermutlich von Kaiser Friedrich I., der damit die Reichswaldungen schützen wollte. In den folgenden Jahrzehnten zählten die Herren von Wilenstein zu den bekanntesten Ministerialen des Lauterer Raumes. 1334 wurde die Feste in einer Fehde zwischen den Rau- und Wildgrafen zerstört, erstand aber bald danach als Doppelburg mit zwei Eigentümern. Der obere oder vordere Teil gehörte den Falkensteinern, die untere oder hintere Burg den Flörsheimern. Wegen der schwierigen und wechselnden Besitzverhältnisse gab es im Lauf der Zeit manche Händel und viele Streitereien.

Im Wormser Synodale von 1496 wird eine Burgkapelle auf dem Wilenstein genannt. Sie war dem heiligen Georg geweiht und unterstand der Pfarrei von Aschbach, dem damaligen kirchlichen Zentrum der Region. Im Dreißigjährigen Krieg wurde die Burg erneut zerstört, wahrscheinlich 1635 als die Kroaten Kaiserslautern erstürmten. Im 18. Jahrhundert kam die Doppelburg in den Besitz des Freiherrn von Hacke. Das

Das Fräulein und der Schäfer

zu beiden Burgen gehörige Land bildete mit den Orten Trippstadt, Stelzenberg und Mölschbach die Herrschaft und das Amt Wilenstein. Die ehemalige Feste blieb als Ruine erhalten. In ihrer unmittelbaren Nähe entstanden der Wilensteiner Hof und die Wilensteiner Mühle. Die wechselvolle Entwicklung der Burg und Herrschaft Wilenstein, die im Besitz der Familie von Daun, der Grafen von Falkenstein, der Herren von Flörsheim und der Freiherrn von Hacke war, führte zu einigen herausragenden Ereignissen. Die politischen und kirchlichen Veränderungen schufen den Nährboden für mancherlei Geschichten und Anekdoten über die Burgbewohner. So gibt es unter anderem eine wehmütige Sage über den Wilenstein, die im Mittelalter handelt und in der Folge wiederholt von Dichtern in Vers und Prosa gestaltet wurde. Von der traurigen Liebesgeschichte des Fräuleins von Flörsheim mit einem fremden Hirten künden auch heute noch zwei steinerne Zeugen. Wenn man zwischen den Felsen des Karlstals zur Amseldelle hinaufsteigt, kommt man an einer Höhle vorbei, die als Klause bezeichnet wird. Hier soll vor Zeiten der Klausner Karl gewohnt haben, nach dem das ganze Tal benannt wurde. Neben der Höhle ist die folgende Inschrift in den Felsen eingehauen:

dis kreitz bekundt vom wilenstein
dem burgher wel gott gnad verlein
umb seines Töchtleins fruen tod
hie in der flut aus selennot.
zu aschbach iz und gleich im grab
rhut rittersbraut bei hirtenknab.
der klausner wult es gar verhüten
hätt basz gefruchtet sein fürbitten.
die büszer, wandrer, gott befehl
gleich sunst all ellendt, pilgersel.

Die bewegende Sage von den zwei Liebenden, die nicht zusammen kommen konnten, ist auch an der Kirchenruine des Aschbacherhofes in Stein festgehalten. Im mittleren Teil des dreigeschossigen Turmes hat man an der westlichen Ecke einen Schäferstab und eine Hirtenflöte eingemeißelt. Diese Zeichen werden gleichfalls mit der Liebesgeschichte in Verbindung gebracht, nach der die Tochter des Ritters von Flörsheim auf Wilenstein unglücklich in einen schönen Hirten verliebt war. Lange Zeit hatte sie deshalb alle Freier abgewiesen, bis sie auf Drängen ihres Vaters dem Ritter Siegebert doch ihr Jawort gab. Dem jungen Schäfer brach darüber vor Gram das Herz. Das Burgfräulein suchte beim Klausner im Karlstal Trost. Auf dem Heimweg verfehlte sie den Steg über die Moosalb und ertrank. Der verzweifelte Vater ließ zum Gedenken an das tragische Geschehen angeblich das Kirchlein zu Aschbach bauen und an dem Turm Hirtenstab und Flöte anbringen.

Die Sage vom Fräulein zu Wilenstein, die im Lauf der Zeit viele Varianten und mancherlei Deutungen erfahren hat, ging schon vor zweihundert Jahren durch Maler Müller in die hohe Literatur ein. Johannes Friedrich Müller stammte aus Kreuznach, erhielt seine künstlerische Ausbildung in Zweibrücken und ging mit Goethes Unterstützung nach Rom. Er machte sich als Zeichner, Radierer und Maler einen Namen und zählt als Epiker, Lyriker und Dramatiker zu den Vertretern des „Sturm und Drang“. Eine Gesamtausgabe der Werke des bedeutenden Dichters ist derzeit in Arbeit. Müller hat die alte Trippstadter Sage unter seine pfälzischen Idyllen aufgenommen, die 1775 unter dem Titel „Die Schafschur“ in Mannheim erschienen. Der Malerdichter hat die traurige Fabel sehr ausführlich wiedergegeben und außerdem mit Turnierszenen ausgeschmückt. Im letzten Abschnitt seiner Erzählung zieht er gleichsam eine Summe des Geschehens: „So weit geht das Lied. Aber wie sie hernach gestorben und wie die Ritter alle zusammen beider Treue und unglücklichen Liebe zum Andenken eine stattliche Kirche haben bauen lassen und vorn an den Giebel im Stein das Fräulein und den Schäfer mit seinem Hund und Dudelsack haben aushauen lassen – wie man denn dies noch heutzutage alles sehen kann –, können einem alte Männer noch gar ausführlich erzählen. Ei, Kinder, ihr müßt die Kirche gesehen haben, sie liegt rechter Hand am Walde, wenn man auf Trippstadt zu geht. Ihr wißt's ja, gehört dem Baron von Hacke. – Es war euch auch noch an dem nämlichen Felsbrunnen, wo der Schäferknabe dran gestorben sein soll, eine Schrift zu lesen, die, wie man sagt, das Fräulein mit eigener Hand hineingehauen. Sie war gar wehmütig und, mein Treu, nirgends sind euch mehr Liebschaften gemacht worden als eben bei diesem Brunnen. Aber was geschieht? Da reit' euch der Teufel – Gott verzeih mir meine Sünd! – einen von den Kirchenältesten, dem war das Ärgernis und Sünde am Brunnen; der geht euch hin, zerhaut, zerstückt euch die Schrift, daß nirgends mehr was zu sehen war. Und grad als wenn die Quell Leben und Menschengeist gehabt, hat sie ordentlich darüber getrauert, lief schwächer und schwächer, bis sie sich hernach ganz verlor, und ist hernach von diesem so schönen Brunnen nichts übriggeblieben als der kahle Fels, wie er heutzutag noch steht.“

Karl Geib weiß in seinen „Sagen und Geschichten des Rheinlandes“, die er 1836 herausgab, sogar die Namen der unglücklich Liebenden zu nennen, nämlich Adeline und Philidor. Geib war ein überaus rühriger Autor, der zwei Gedichtbände veröffentlichte, Reisehandbücher und Anthologien zusammenstellte, bei Zeitschriften und Almanachen mitarbeitete. Seine Nacherzählung der Sage von Wilenstein ist gleichfalls sehr weitschweifig gehalten und umfaßt nicht weniger als acht Buchseiten. Der Schriftsteller hat die Geschichte romantisch und arkadisch verklärt. Philidor ist bei ihm ein vornehmer Fremder, der an die Hirten des alten Griechenland erinnert. Der Unbekannte verdingt sich als Schäfer im Tal, seine feinen Manieren lassen jedoch darauf schließen, daß er aus edlem Geblüt stammt. Die Begegnung des Burgfräuleins mit dem vermeintlichen Hirten hat Geib so geschildert:

„Der holde Mai schmückte Fluren und Wälder; die Vögel hüpften und sangen froh in den grünen Gebüschen. So oft der rosige Morgen erschien, trieb Philidor eine kleine Schar auserlesener Schafe in das hochgrasige Wiesenthal, das ein duftender Hain umschloß. Ein silberner Quell sprudelte aus dem Felsen, auf den ein hoher Eichbaum seine Schatten warf. Einst, als schon die Mittagssonne zu glühen begann, saß dort der Schäfer, sinnend und einsam, auf dem mosigen Stein, an die Eiche gelehnt, und die Schafe ruhten um ihn her.

Die Schwüle des Tages und das Rauschen der Quelle wiegten ihn endlich in sanften Schlummer ein.

Adeline war schon am Morgen in den Wald herabgegangen, um schöne Feldblumen zu sammeln. Sie hatte sich im Suchen zu weit von der Burg entfernt, trat jetzt auf den Wiesenplan und sah den schlummernden Hirten. Das Fräulein stutzte und warf einen scheuen Blick auf die schöne männliche Gestalt. Sie hatte schon manches zum Lobe des neuen Ankömmlings gehört. ‚Das muß er sein!' So dachte sie – sah noch einmal hin und Röthe stieg in ihre Wangen. Doch aus Furcht, daß er erwachen möchte, wandte sie plötzlich den Schritt und eilte nach dem Schlosse zurück."

Bei Gustav Pfarrius stirbt der Held nicht an gebrochenem Herzen, sondern durch den Biß einer Schlange. Von Haus aus Gymnasiallehrer veröffentlichte der Autor Gedichte und Novellen, die vor allem das Nahetal zum Schauplatz haben. Als einfühlsamer Schilderer von Landschaft und Menschen befaßte er sich ebenso mit dem Schicksal des Fräulein von Flörsheim, dem er die folgenden Strophen widmete:

Im kühlen Grunde da rauschet
Durch Erlenschatten der Quell:
Auf sonnigem Hügel da pranget
Das Schloß so heiter und hell.

Die Flöte des einsamen Hirten
Ertönt durchs friedliche Thal:
Vom Schlosse lauschet die Jungfrau
Herunter in süßer Qual.

Im Schatten ruhet die Heerde.
Der Hirt entschlummert am Bach;
Die Jungfrau schwebet herunter
Und küßt den Schlummernden wach.

Es duftet die blumige Wiese,
Es lacht der Himmel so klar.
Ein Frühlingswehen aus Eden
Umhaucht das glückliche Paar.

Da kam die giftige Schlange,
Die Edens Freuden verdarb,
Und stach in die Ferse dem Jüngling:
Er zuckte zusammen und starb.

Die Jungfrau schwebte herunter,
Sie küßte den Todten nicht wach:
Da sank sie vom schwindelnden Stege
Hinab in den brausenden Bach.

Das war im Thale von Flörsheim,
Das war das Fräulein vom Schloß,
Der Hirte war es vom Kloster,
Deß Glück die Schlange verdroß.

Und selig, wen in der Blüthe
Der Wonne sie tödtlich trifft;
Die Trauernden um das Verlor'ne,
Sie sterben am langsamen Gift.

Von ähnlicher Art sind die Verse, die Johannes Hüll über die Wilensteiner Sage geschrieben hat. Hüll war der Sohn eines Metzgers, der von Trippstadt nach Neustadt übersiedelte. Er veröffentlichte einige Bändchen mit vaterländischen Gedichten, arbeitete bei hiesigen Zeitschriften mit und redigierte das „Pfälzische Museum". Als sein bedeutendstes Werk gilt sein Buch „Dichtungen eines pfälzischen Poeten", das 1882 in Leipzig herauskam. Da Hüll unsere Gegend durch häufige Besuche kannte, enthält der Band auch mehrere Texte über westpfälzische Schauplätze und Ereignisse. Mit der Grafenmaid und dem Hirtensohn beschäftigen sich allein drei seiner Gedichte. Wir zitieren davon das folgende:

Wo ich auch bin und gehe,
Der Sage denk ich oft;
Mein Herz wird mir so wehe,
So traurig unverhofft.
Die Waldeskronen blühen,
Es duftet allerwärts;
Die Liebe sonder Mühen
Erschließet jedes Herz.

Vom Willenstein herunter
Zum Hain das Mägdlein eilt,
Wo bei der Quelle munter
Der schöne Schäfer weilt.
Nicht fragen ihre Herzen,
In stillverschwiegner Haid,
Bei holdem Liebesscherzen
Nach Hirt' und Grafenmaid.

Sie sitzt beim Schäferknaben
In mancher Feierstund.
Was könnt' ihn Süßres laben?
Er küßt sie auf den Mund.

Der Wald hat's nicht verraten,
Der Vogel es nicht sang,
Was sich von Gott erbaten
Die beiden mondelang.

O Schäfer, siehst du reiten
Viel Ritter dort empor,
Die Jungfrau zu erstreiten,
Die sich dein Herz erkor?
Was quälst du so mit Klagen
Den stillen Waldesgrund?
Es ernten deine Fragen
Nur falsche Trauerkund!

O Minne, warum stillst du
Nicht treuer Seelen Pein?
O Born der Liebe, quillst du
Nie klar einmal und rein?
Der Schäfer, schmerzenstrunken,
Erlag der Trennung Weh,
Das Mägdlein ist versunken
Vor Gram im tiefen See.

Johannes Hüll ist es wohl zu verdanken, daß das „Pfälzische Museum" in einem Heft von 1896 eine Prosafassung der Sage vom Hirtenknaben und der Rittersbraut abdruckte, die O. Bach Jahre zuvor für das Gedenkbuch der katholischen Pfarrei Trippstadt aufgezeichnet hatte. Die Geschichte des Fräuleins von Wilenstein wurde selbstverständlich in das „Pfälzische Sagenbuch" von Friedrich Wilhelm Hebel aufgenommen. Die Wilensteiner Sage ist ebenso in der dreibändigen Sammlung „Pfälzer Sagen" enthalten, die Viktor Carl von 1967 an publizierte. Die traurige Mär vom Schloßfräulein wurde ferner von einem so heimatverbundenen Autor wie Fritz Claus dichterisch gestaltet. Unter diesem Pseudonym veröffentlichte der katholische Pfarrer und geistliche Rat Johann Martin Jäger seine schriftstellerischen Arbeiten. Er zählt zu den namhaftesten pfälzischen Mundartdichtern; neben Schauspielen verfaßte er Gedichte und Reisebeschreibungen. In seinen beiden Bändchen „Der Pfälzerwald" berichtet er von einer Wanderung, die er mit Freunden durch unseren Landstrich unternimmt. Nachdem er ihnen die Historie des Fräuleins von Wilenstein in poetischer Form und obendrein in Hochdeutsch vorgetragen hat, fährt er in hiesiger Prosa fort:

„Oh", schnauft Freund Seppel, tief aufseufzend, „isch aw'r das e traurigi Geschicht'. – Do könnt' m'r jo g'rad heule, net wohr Franzel?" „Na", knurrt der, „so heul'halt, wann der's Vergnüge macht, ich hab nicks degege. Wann ich do heule wollt, wann sich zwee net kriege, oder eener oder eeni mit od'r ohne Schuld sich abmorixelt, do käm m'r heut zu Daa meiner Sechs aus'm Heule gar nimmeh 'raus. Losse m'r das also, net wohr, Fritz. Nicks wie fort! Ich kann die Melancholiererei net hawe."

Gleichfalls um die Jahrhundertwende und in ähnlichem Stil entstanden zwei weitere Gedichte über das tragische Geschehen im Karlstal. Das eine stammt von einem Dr. Carl Pusch, trägt die Überschrift „Das Liebesweh von Wilenstein" und erschien 1906 in der „Pfälzischen Heimatkunde", einer Monatschrift für Schule und Haus. Von einem ebenfalls nicht näher bekannten Verfasser namens Carl Heger gibt es eine Ballade mit dem Titel „Das Lied vom Wilenstein". Er ändert darin die Geschichte ein wenig ab und spricht von dem Ritterfräulein Kunigund und dem Junker Willibald als den Personen der Handlung. Die Autoren des vorigen Jahrhunderts gestalten die Sage vom unglücklichen Burgfräulein oft als gefühlvolle und wehmütige Erzählung. So zum Beispiel Max Braun-Rühling in einem Beitrag seines Bandes „Abendrot über der Heimat", der 1926 erschien. Der Schriftsteller gilt als der Senior der pfälzischen Literatur und hat sich in seinen Werken in besonderer Weise mit der Vergangenheit und Gegenwart von Kaiserslautern befaßt. In seiner Geschichte „Das Fräulein von Wilenstein" erzählt er von einem Spaziergang durch das Karlstal und bemerkt dazu:

„Dort auf dem stillen Erker des Schlosse saß auch die Jungfrau von Wilenstein, voll ungestillter Sehnsucht hinüberblickend nach den nahen Hängen, an denen der rätselhafte, schöne Schäferjüngling seine Herde weidete. Die Kunde von seiner Schön-

Gedenkstein im Karlstal

heit, seinem vornehmen Aeußern lief rasch aus dem Tale hinauf in das Schloß. Ein unbekannter Edler soll es gewesen sein aus angesehenem Geschlecht, der da der Jungfrau von Wilenstein zuliebe sich als Schäfer verdingt hatte, um der Angebeteten nahe zu weilen.

Gar zart und lieblich soll die Jungfrau gewesen sein im Gegensatz zu ihrem rauhen Vater, schön und fein wie ihre Mutter, die schon längst unter der Erde ruhte. Die Sage meldet nicht, warum der junge Schäfer-Ritter sich nicht aufs Schloß hinaufwagte, um dem rauhen Alten unter die Augen zu treten, frank und frei, und die Hand seiner Tochter zu begehren. Die Geschichte jener Zeit erzählt viel von blutigen Sträußen der Ritter untereinander, von Todfeindschaft der Geschlechter, von grimmigen Fehden und Trotz und Tod und Teufel.

Die Maienabende sind besonders schön in diesen Waldregionen. Ein solcher Maienabend hatte es der Jungfrau angetan. Sie stieg von der Burg herab zu Tale, schlüpfte durch die Büsche und Bäume, und da lag der Schäfer im Grase und schlummerte. Ein schmerzlicher Gedake durchfuhr sie. Ritterfräulein und ein – Schäfer? Eine schmerzreiche Liebe das! Zwei getrennte Welten. Aber die Liebe schlägt Brücken über die Unendlichkeit. Allmächtig ist die Liebe und stark..."

In ähnlicher Art ist die dichterische Fassung der Sage angelegt, die Willi Gutting unter dem Titel „Der Schäfer und das Fräulein" 1936 in einer Zeitung veröffentlichte. Der Lehrer und Rektor machte sich überdies als Lyriker und Erzähler einen Namen. Er veröffentlichte Kurzgeschichten und Aufsätze, Novellen und Hörspiele, in denen er die Welt des Altrheins für die Dichtung erschloß. Gutting hat die Liebesgeschichte von Wilenstein in den Lauf eines Jahres eingebettet und mit expressionistischen Stilelementen versehen. Bei ihm kommt das Burgfräulein nicht bei einem Unglücksfall um, sondern sucht bewußt den Tod in einem Teich. Ebenso hat die Trägerin des Pfalzpreises für Literatur Erneste Fuhrmann-Stone die Sage um Wilenstein, Karlstal und Aschbacherhof dichterisch umgeformt. Die Schriftstellerin veröffentlichte lyrische und epische Beiträge, Märchen und Schauspiele über pfälzische und elsässische Themen. In ihrem Text „Der Gesang der Flöte", der 1978 im Heimatkalender für Stadt und Landkreis Kaiserslautern zu lesen war, läßt sie den Bach Moosalb die traurige Geschichte erzählen. Über das Flötenlied des Schäfers schreibt sie:

„Als das edle Fräulein eines Morgens auf dem Söller stand und über das grüne Tal hinsah, an einem Sonnentag wie heute, sagte der Bach, vernahm es mit einem Male eine niegehörte Flötenmelodie. Sie füllte das ganze Tal an mit süßem Getön und schwebte auf Windflügeln herauf bis an die Zinnen der Burg. Sie schmeichelte und sang ohne Unterlaß, und das junge Herz des Burgfräuleins begann, vor Freude laut zu klopfen.

Sogleich lief das Jungferlein raschen Schrittes hinab, um die Melodie zu suchen und zu schauen, wer sie blies. Es klang, als wären es lauter Fragen ohne Antwort. Das Mädchen kam mit leichtem Schritt herab auf die Wiese und sah im Schatten einer Linde einen Hirten mit seiner Herde, den Lämmern groß und klein. Es hörte nun ganz nahe die wunderbare Schalmei und erstaunte, woher der Hirte die Gewalt habe, mit seinem Flötengesang zu erzählen und zu rufen.

Der junge Hirte sah die zarte Gestalt auf seiner Lämmerweide mitten unter den grasenden Tieren stehen und glaubte, es sei eine Erscheinung des Himmels. Doch das Mädchen lächelte wie ein Menschenkind und blieb stehen wie im Traum. Der Hirte blies sein seltsames Lied. Und wie es erklang, da war es, als würde ein gleißendes Gespinst gewoben, von Menschenkind zu Menschenkind. Mit einem Male wußten beide, daß sie einander lieb hatten, mehr als alles in der Welt. Von diesem Tage an schlug das Flötenlied immer wieder silberne, luftige Brücken aus dem Tale über Burggraben und Schildmauer hinauf in die Gemächer der Burg. Es war freilich eine gar leichte Brücke, wie ein Mondstrahl so leicht, von keinem gesehen. – In der Morgensonne jubelte die Flöte Dank für den neuen Tag. Um den Mittag tönte sie wie zu einem feierlichen Tanz. Wenn die Sonne sank und die Baumschatten länger wurden, rief sie wehmütig wie ein einsamer Vogel."

Desgleichen haben sich Autoren in unseren Tagen mit dem Sagenstoff der Wilensteiner Burg auseinander gesetzt: so Günter Speyer in einem Gedicht und Hans Kallenbach in einem Schauspiel. Günter Speyer, in Pirmasens geboren und in Hohenecken lebend, erhielt ein Dutzend Preise beim Bockenheimer Mundartdichter-Wettstreit. Seine Lyrik und Prosa erschien in Anthologien und Zeitschriften und liegt in drei Büchern gesammelt vor. Der Gedichtband „Des sieht mer ähnlich" enthält neben anderen Texten auch seine Verse über „Die Saach vom Wilestää". Zur 700-Jahrfeier von Trippstadt verfaßte und inszenierte Hans Kallenbach, Kreisjugendpfleger und engagierter Heimatfreund, das historische Stück „Esther von Wilenstein", das von einer örtlichen Theatergruppe auf die Bühne gebracht wurde. Das Schauspiel führt in das Jahr 1293 zurück und wandelt das Geschehen der Sage ein wenig ab. Es handelt in dem Ort Driebscheid und auf Burg Wilenstein, in einer dörflichen Schmiedewerkstatt und in den Felsschluchten des Karlstals. So hat die Sage des Fräuleins von Flörsheim und des schönen Hirtenknaben in jeder Generation die Gedanken und Gefühle der Menschen bewegt und ist auch heute noch im Gedächtnis der Bevölkerung lebendig.

„Bis kommt zur nächtigen Stunde ein schweigsam Sonntagskind“

EINE SCHLANGE UND EIN HUND BEWACHEN DEN SCHATZ VOM WILENSTEIN

Wer träumt nicht gelegentlich davon, das große Los zu ziehen oder den Jackpot zu knacken; mit einem Schlag reich zu werden, um völlig unbeschwert leben und sich alle Wünsche erfüllen zu können? Das Streben nach dem schnellen Geld ist wohl ein Teil unserer Natur und wurde nicht erst in unseren Tagen durch die Glückslotterie und das Lottospiel geweckt. Auch in früheren Zeiten ging es den Menschen darum, einen überraschenden Fund zu machen, ein lang verborgenes Gut zu entdecken, einen kostbaren Besitz zu gewinnen, um dadurch der täglichen Mühsal ein wenig oder ganz zu entrinnen. Gerade in unserer Region, die durch Reichtümer nicht sonderlich gesegnet war, sehnte sich die Bevölkerung danach, einen vergrabenen Schatz zu finden und zu heben. Karl Kleeberger bemerkt dazu in seiner Schrift „Volkskundliches aus Fischbach in der Pfalz“ (Kaiserslautern 1902):

SCHATZHEBER

„Noch viele Schätze an Gold und Silber liegen in der Erde vergraben. Die Leute hatten sie in Kriegszeiten vor den Spaniern und Franzosen versteckt, starben dann

Burg Wilenstein

oder wurden vertrieben, und niemand weiß jetzt, wo die Goldschätze liegen. Aber manchmal, zur Nachtzeit, da schimmert und flimmert das Gold über der Erddecke und im Grase wie neue Dukaten im Mondenschein. Wenn dann gerade ein Glückskind vorübergeht und deckt die Glut mit einem Kleidungsstücke zu, dann liegen am andern Morgen die baren Gold- und Silberstücke darunter. Aber das Kleidungsstück darf nicht die bloße Haut berührt haben, und die Zunge muß die Nacht über schweigen; sonst nimmt er leicht Schaden an Leib und Seele. War das Geld ehemals durch ein Unrecht oder durch ein Verbrechen erworben, so wird der Schatz von einem Ungeheuer bewacht. Nur Auserlesene können die Seele im Ungeheuer erlösen und den Schatz heben."

Vor allem in Ruinen vermutete man verschüttete Reichtümer. So gibt es in der Pfalz mancherlei Sagen über Burg- und Klosterruinen, in denen geheime Schätze verborgen sind. In unserer Gegend sind es besonders der Klosterschatz von Enkenbach und der Burgschatz von Wilenstein, welche die Fantasie der Einheimischen beschäftigten und beflügelten. Der Lehrer und Heimatkundler Peter Gärtner, der seinerzeit als Abgeordneter des Wahlkreises Kaiserslautern-Kirchheimbolanden dem Bayerischen Landtag angehörte, veröffentlichte eine zweibändige „Geschichte der bayerisch-rheinpfälzischen Schlösser und der dieselben ehemals besitzenden Geschlechter nebst den sich daran knüpfenden romantischen Sagen" (Speyer 1854/55). Darin beschreibt er die über dem Karlstal gelegene Ruine der Burg Wilenstein und fügt dazu die Fußnote an:

EIN HUND LIEGT AUF DER KISTE

„Wie gewöhnlich in solchen Ruinen, müssen auch hier große Schätze vergraben sein. Aber ein Hund liegt auf der Kiste, worin die Reichtümer aufbewahrt sind, und hält den Schlüssel im Rachen. Ein Knecht machte einmal den Versuch, die Schätze zu heben; aber er mißlang. Statt des Hundes läßt sich zuweilen auch ein schwarzer Mann in den Ruinen sehen. Auch der treffliche Wein, der in den verschütteten Gewölben in seiner eigenen Haut liegt, erweckt in der Nachbarschaft nicht selten das Gelüste durstiger Kehlen."

Die unterhalb von Trippstadt auf einer Anhöhe über der Moosalb errichtete Burg Wilenstein wurde wohl Mitte des 12. Jahrhunderts durch Kaiser Friedrich I. zum Schutz des Reichslandes um Lautern gegründet. Sie war zunächst Sitz eines Ministerialen und kam 1347 als Lehen der Grafen von Leiningen zur Hälfte an die Herren von Falkenstein und an die Herren von Flörsheim. Über die unglückliche Liebe eines Fräuleins von Flörsheim zu einem schönen Schäfer gibt es eine Sage, die wir bereits vorgestellt haben. Burg Wilenstein gelangte 1716 als kurpfälzisches Lehen an die Freiherren von Hacke. Die seit 1664 nicht mehr bewohnte Ruine wurde ab 1961 teilweise als Schullandheim und Freizeitzentrum ausgebaut.

Die Sage von dem Schatz auf der Wilensteiner Burg fand zu Beginn des 20. Jahrhunderts eine erste dichterische Bearbeitung. Sie stammte von dem in Martinshöhe geborenen Geistlichen Johann Martin Jäger, der als Stadtpfarrer in Zweibrücken und als Geistlicher Rat in Edenkoben wirkte. Jäger veröffentlichte unter dem Namen Fritz Claus zahlreiche Gedichte und mehrere Schauspiele. Der begeisterte Wanderer, der den Pfälzerwald-Verein mitbegründete, schrieb für dessen Mitteilungsblatt eine Reihe von Beiträgen, dic er 1900/05 in zwei Bändchen mit dem Titel „Im Pfälzerwald" zusammenfaßte. Darin schildert er unter anderem, wie ihm bei einem Gang durch das Karlstal seine liebe Freundin, die Frau Sage, begegnete und ihm folgende Geschichte erzählte:

DER BURGSCHATZ VON WILENSTEIN

Von Epheu grün umwoben,
Im Abendsonnenschein
Liegt sie am Berge droben,
Ruine Wilenstein.

Wo einst die lederne Brücke
Burghof und Schloß verband,
Gähnt tief vor Deinem Blicke
Ein Graben am Felsenrand.

Doch unten in der Truhe
Von glänzendem Marmelstein,
Hält still verborgene Ruhe –
Der Burgschatz von Wilenstein.

Bewacht vom grimmen Hunde
Ruht er im Marmorspind,
Bis kommt zur nächt'gen Stunde
Ein schweigsam Sonntagskind.

Einst kam voll Mut und Hoffen
Ein solches um Mitternacht
Zur Burg. Die Tore offen,
Stand die in alter Pracht.

Erst steht der Knecht beklommen.
Da sieh! – „Das Männlein" dort!
Woher war es gekommen?
Es winkt. Er folgt sofort.

In still unheimlicher Ruhe
Es schweigend abwärts geht,
Bis an der Marmortruhe
Allein er plötzlich steht.

Er sieht mit bleichen Zügen
Sie stehn am Kettenbund,
Und neben ihr dort liegen,
Laut knurrend den grimmen Hund.

Wohl beben ihm die Glieder
Doch denkt er: „Mut! Es glückt!
Nur Schweigen!" – Zur Truhe nieder
Der Knecht sich mutig bückt.

Erschrocken –, fast zu Tode
Gar bange das Herz ihm schlägt,
Da nun der Hund die Pfote
Ihm auf die Schulter legt.

Er schließt. Der Hund versinket,
Hoch auf der Deckel springt.
Hei! Wie das glänzt und blinket
Und leuchtet und klirrt und klingt.

Mit gierigen Händen wühlt er
Im Schatze. Alles sein!
Da – an dem Finger fühlt er,
Den Ring. Welch' leuchtender Stein!

„Herr Jesus!“ Kaum spricht er die Worte,
– O weh! – Ein Donnerschlag! –
Am Burgtor vor der Pforte
Der Knecht bewußtlos lag.

Dort kommt er in der Frühe
Zu sich. Verwirrt er blickt.
War's nur ein Traum? – Nein, siehe,
Der Ring am Finger stickt.

Fort wankt er halb von Sinnen,
Weil ihm entfahren das Wort.
Beschämt schleicht er von hinnen.
Der Burgschatz, der war fort.

Der ruht bewacht vom Hunde
Tief unten im Marmorspind,
Bis kommt zur nächt'gen Stunde
Ein schweigsam Sonntagskind. –

Das Heben eines Schatzes gestaltet sich nicht gerade einfach. Der Schatzgräber oder das Glückskind müssen sich richtig dabei verhalten, kein Wort darüber sprechen, denn der kostbare Fund muß „unbeschrauen“ sein. Meist wird der Schatz von dem früheren Besitzer, der oft geizig und hartherzig war, in der Gestalt einer Schlange oder eines Hundes bewacht. Gelegentlich hütet sogar der Teufel selbst als schwarzer Hund mit feurigen Augen und fletschenden Zähnen das wertvolle Gut. Daran erinnerte auch Friedrich Wilhelm Hebel, der die Geschichte von der Burgruine nacherzählte und sie in seine Sammlung „Pfälzische Sagen“ (Kaiserslautern 1906) aufnahm.

IN DEM GEWÖLBE STEHT EINE EISERNE KISTE

„Auf Wilenstein beim Karlstale zeigt sich den Sonntagskindern an sonniger Stelle auf der moosigen Ruine die Schlangenkönigin mit der goldenen Krone auf dem Haupte. In den unterirdischen Gewölben steht eine eiserne Kiste, worin große Reichtümer aufbewahrt sind, und ein Hund mit feurig glänzenden Augen sitzt darauf und hält den Schlüssel im Rachen. Ein Knecht machte einmal den Versuch die Schätze zu heben, aber es mißlang. Statt des Hundes läßt sich zuweilen ein schwarzer Mann in den Ruinen sehen. Die längst verschütteten Kellergewölbe sollen noch eine andere Kostbarkeit bergen: einen uralten trefflichen Wein, der in seiner eigenen Haut liegt.“

Bei der Wilster Burg handelt es sich um eine kleinere Anlage über einem ziemlich rechteckigen Grundriß. An der Bergseite befindet sich ein breiter Halsgraben und eine starke Schildmauer. Der östliche Teil der Anlage enthielt die sogenannte vordere oder Falkensteiner Burg, die westliche Hälfte die hintere Burg oder den Flörsheimer Anteil. Der ehemalige Palas, der wieder hergestellt und bewohnt ist, zeigt ein frühgotisches und mehrere spätgotische Maßwerkfenster. In der im 14. Jahrhundert abgetrennten vorderen Burg ist die mit Buckelquadern verkleidete Nordmauer des früheren Wohngebäudes am besten erhalten. An sie schließt der spitz vorspringende Bergfried an, hinter dem die Reste eines älteren, runden Turms erhalten sind. Die Burg und ihre Umgebung waren nicht nur ein Ausflugsziel für die Einheimischen, sondern auch eine Sehenswürdigkeit für auswärtige Besucher. So verfaßte der in Ortenberg (Hessen) lebende Dr. Carl Pusch ein Gedicht darüber, das im April 1913 in der Zeitschrift „Pfälzische Heimatkunde“ zu lesen war.

Burgmauer auf Wilenstein

REICHER SCHATZ UND ALTER WEIN

Heissa, hell im Karlstal sprießen
Birken just ihr erstes Grün
Und am Saum der Waldeswiesen
Gelbe Anemonen blüh'n.

Lenz, der schenkt uns Sonne wieder,
Und es sproßt im Frühlingshauch,
Rings erwachen Vogellieder
Und die Störche kommen auch. –

Trieb ein Schäfer grad die Herde
Sonntags unterm Wilenstein,
Sah in tiefem Schoß der Erde
Einen Keller ganz voll Wein.

Und er stieg in Kellerstiefen
Aus der Mittagssonnenglut,
Wo viel edle Weine schliefen,
Die in eig'ner Haut geruht.

Schätze sah er an den Wänden,
Eingefüllt in eich'ne Truh'n;
Doch er traute mit den Händen
Keinen Griff darnach zu tun.

Plötzlich faßte ihn ein Schauern –
Im Gewölb' so ganz allein,
Und er stieg aus feuchten Mauern
Schnell empor zum Sonnenschein.

Und hinfort durch's ganze Leben
Hat als Glückskind Tag und Nacht
Jener Stunde er mit Beben
Doch voll Wehmuth auch gedacht.

Die anschließenden Prosafassungen der Sage versäumten es nicht, die Handlung fantasievoll und poetisch auszuschmücken. Der pfälzische Schriftsteller Leopold Reitz brachte in seinem Bändchen „Sagen um Kaiserslautern und Donnersberg" (München 1929) den Text:

EINE SCHLANGE MIT EINER KRONE

„Wer ein Sonntagskind ist, hat Augen für Dinge, die gemeinhin von den Leuten nicht gesehen werden. Es ist schon viele Jahre her, daß ein armer Bauernknecht von Trippstadt auf seinem Feiertagsspaziergang zu der nahen Burgruine gelangte, auf den Wilenstein. Wie er auf dem moosigen Gemäuer sitzt und träumt so vor sich hin auf einen Fleck, den durchs Gezweig gar traut die Sonne beschien, erhebt sich da stocksteif eine Schlange, die trägt auf dem Kopf ein Krönlein, ein ganzes Königreich wert und schnellt mit ihrer Zunge, als wollte sie geschwätzig etwas sagen.

Alsbald schlängelte sie sich fort und der Knecht ist ihr neugierig nachgeschlichen. So gelangte er unterirdisch in ein Gewölbe und siehe, daselbst lag ein eiserner Schatzschrein, bewacht von einem Hund mit glütigen Augen, der hielt den Schlüssel im Maule und fletschte mit den Zähnen. Ob nun dem Knecht angst war, den Schlüssel an sich zu bringen oder ob er sonst was versehen, jedenfalls kam er mit leeren Händen heim und war doch so nahe daran gewesen, die ungeheueren Reichtümer zu heben, die in der Truhe auf ihren Schatzgräber warteten.

Andere wieder wollen statt des Hundes zur Obhut der Schätze einen schwarzen Mann gesehen haben. Und noch einen wonnigen, sonnigen Schatz sollen die Ruinen bergen, nämlich einen Edelwein so ur-uralt, mithin die Faßdauben schon längst versport und verrottet sind und der Wein liegt in seiner eigenen Haut. Wenn du ein Sonntagskind bist, wohlan versuch einmal dein Glück auf Wilenstein."

Auch Helmuth A. Ulrich, der als Pädagoge in Kaiserslautern wirkte und an der Lehrerbildungsanstalt als Fachkraft für Biologie unterrichtete, bringt in seiner Sammlung „Wo es immer noch umgeht" (Otterbach 1962) einen leicht veränderten Text.

EIN SCHWARZER HUND MIT ROTEN AUGEN

„Ein armer Bauernknecht ging an einem Sonntagnachmittag von Trippstadt durch das Feld und kam zum Wilenstein. Dort setzte er sich zum Ausruhen auf das alte Gemäuer, sann und träumte vor sich hin, dachte aber keinen Gedanken. Da erhob sich keine

Karlstalschlucht

drei Schritte vor ihm eine Schlange steil in die Höhe. Auf ihrem Kopf blinkte von goldenen Zacken eine Krone. Sie lockte den Burschen auf der Mauer, schnellte mit schlangenlistiger Zunge hin und zurück. Dann schlängelte sie über den zwischen dem Gras getretenen Pfad dahin.

Wer aber wäre dem Tier nicht neugierig gefolgt? So auch der Bauernknecht aus Trippstadt. Er kannte ja die Winkel und Gelasse der Ruine Wilenstein. Doch die Schlange raschelte über einen düsteren Gang in ein unterirdisches Gewölbe. Unheimlich war es da. In einer eisenbeschlagenen Truhe lag ein Schatz; davor aber saß ein schwarzhaariger Hund mit feuerroten Augen und hielt im Maul den Schlüssel zu der Kiste. Zwischen gelben Zähnen tropfte giftiger Geifer hervor.

In dem Gewölbe dahinter aber lag edler Wein, uralt. Längst waren die Fässer vermodert, der Wein hielt sich in seiner eigenen Haut. Nun war der Knecht kein Sonntagskind, sonst hätte er von dem Gold nehmen und von dem Wein trinken dürfen. Bist du es?“

Viktor Carl hält sich dagegen in seiner umfangreichen und umfassenden Anthologie „Pfälzer Sagen und Legenden“ (Edenkoben 2000) an die wesentlichen Einzelheiten der Sage, bietet gleichsam ihre Kurzfassung.

EIN GEFÄHRLICHER WÄCHTER

„Da wird viel erzählt von den Schätzen in den Gewölben des Schlosses Wilenstein am Rande des Karlstales. In einer großen, eisernen Kiste sollen unermeßliche Reichtümer aufbewahrt und von einem Hund mit feurigen Augen bewacht werden. Das Tier hält den Schlüssel im Maul. Einmal wollte sich ein Knecht der Schätze bemächtigen, doch es blieb beim Versuch. Oft schon wurde von Sonntagskindern ein schwarzer Mann an Stelle des Hundes und eine Schlangenkönigin mit goldener Krone gesehen. In den Kellern liegt vortrefflicher Wein in eigener Haut.“

„Vom Abendrot vergoldet, verwittert der alte Turm"

VON EINER SÜNDHAFTEN GRÄFIN, LIEBESLEID UND EINEM EDELSTEIN ZU ASCHBACH

Die alte Siedlung und das kleine Gewässer haben ihren Namen wohl von der Esche, einem Baum, der feuchte Niederungen liebt. Der Aschbacherhof, eines der schönsten und beliebtesten Ausflugsziele der Umgebung, ist gleichzeitig ein bedeutender Schauplatz der Geschichte. Umgeben von tiefen Wäldern liegt der idyllische Hof auf einem Hügel, den einst ein Weiher umspülte. Ein geheimnisvoller Turm erinnert daran, daß die Ansiedlung früher den Mittelpunkt eines Kirchspiels bildete. Die Geschichte des Bauwerkes reicht sogar bis in die Zeit der Römer zurück. Der Aschbacherhof lag am Rande der alten Römerstraße, die von Metz nach Speyer, Worms und Mainz führte. Ende des 19. Jahrhunderts wurden in der Nähe des Turmes die Überreste einer Urne gefunden, die auf ein Brandgrab aus der Römerzeit schließen lassen.

Auch während der Zeit der Franken und Salier scheint der Ort bedeutend gewesen zu sein. Der Hügel des Aschbacherhofes stellte einen wichtigen strategischen Platz dar, weil er an dem einzigen Talübergang der Gegend und an der engsten Stelle zwischen Letzberg und Aschbacher Steige lag. Es war deshalb zweckmäßig, auf der natürlichen Plattform einen befestigten Wehrturm zu postieren.

„Aspach" wird bereits in Urkunden des hohen Mittelalters mehrmals genannt. 1215 erscheint der Weg nach Aspach in einem Schriftstück Friedrichs II., in dem er dem Kloster in Lautern seinen Schutz gewährt und dessen Rechte und Besitzungen bestätigt. 1220 wird die Kirche von Aspach erstmals erwähnt, als der Erzbischof Siegfried II. von Mainz einen Vergleich im Streit zwischen zwei Pfarrern herbeiführt. Als Zeuge dieser Regelung ist unter anderen auch der Pleban (Leutpriester) von Aspach angegeben.

Zwei Jahre später erneuert König Heinrich VII. den Schutzbrief seines Vaters Friedrich II. und vermacht dem Hospitalkloster Lautern neben weiteren Besitztümern den Hof Bremenrin zwischen dem Weg nach Aspach und dem Weg über den Leceberg. Als 1303 König Albrecht dem Bürgermeister, den Ratsherren und der gesamten Bürgerschaft von Lautern den südlichen Stadtwald schenkt, wird die Straße in Richtung Aspach als eine der Grenzen angeführt. 1320 schließlich benamt eine Urkunde einen Folmar als Priester der St. Blasius Kirche zu Aspach, die zunächst das einzige Gotteshaus des waldreichen Gebietes war. Die Bewohner von Trippstadt, des untergegangenen Ortes Hilsberg und die Burgleute vom Wilenstein gingen hier zum Gottesdienst, bis im 18. Jahrhundert in Trippstadt zwei Kirchen gebaut wurden.

Der Hof und der Wald gehörten ursprünglich zu der Herrschaft Wilenstein. Im 16. Jahrhundert gibt es noch Edle von Aschbach. 1564 verkaufte ein Philipp von Aschbach die sogenannte Flörsheimer Hube an Friedrich von Flörsheim, der sich hier kurz darauf ein neues Hofhaus baute. 1655 fiel der Hof zu 1/3 von einer Flörsheimerin

Der Turm von Aschbach

durch Heirat an Johann Casimir Kolb von Wartenberg, der 1675 und 1684 auch die beiden restlichen Drittel ankaufte. Die Übertragung des Hofes 1788 an die Reichsgrafen von Sickingen wurde nicht mehr wirksam.

Unter den adligen Damen von Aschbach muß eine gewesen sein, die einen so schlechten Lebenswandel führte, daß sogar die mündliche Überlieferung des Volkes sich mit ihr beschäftigte. Friedrich Wilhelm Hebel bringt in seinen „Pfälzischen Sagen“ (1906) darüber die folgende Erzählung:

DIE VERKEHRTE KIRCHE

„Zu Aschbach bei Trippstadt lebte einst eine sündhafte Gräfin. Auf ihrem Todesbette bereute sie ihren Lebenswandel und versprach ihrem Beichtvater eine fromme Stiftung. Doch wisse sie nicht, was und wie und wohin sie es geben solle. Da riet ihr der Beichtvater, ein ungewöhntes Paar Ochsen laufen zu lassen und auf der Stelle, wo sich dieselben zwischen elf und zwölf Uhr des Mittags lagern, eine Kapelle zu erbauen. Dies sei die Offenbarung von Gottes Willen. Des Priesters Rat ward befolgt und die Ochsen ließen sich auf der höchsten Stelle des Kreuzerberges bei Schmalenberg nieder und hier erstand nun die verkehrte Kirche, so genannt, weil sie nach menschlicher Einsicht nicht hier hätte erbaut werden sollen.“

Die moralische Geschichte gefiel den späteren Herausgebern von Sagen so gut, daß sie die fromme Mär nicht nur in ihre Sammlungen aufnahmen, sondern sogar in epischer Breite ausschmückten. So Leopold Reitz in seinen „Sagen um Kaiserslautern und Donnersberg“, desgleichen Helmuth A. Ulrich in seinem Bändchen „Wo es immer noch umgeht“. Viktor Carl stellt sie in seinen „Pfälzer Sagen und Legenden“ unter die Überschrift „Die Einsicht kam gerade noch recht“.

Ob die verkehrte Kirche auf dem Kreuzerberg je gebaut wurde, ist nicht sicher; die Landkarte verzeichnet jedoch in der Nähe von Schmalenberg ein Kirch-Wäldchen. Die Reste der Kirche von Aschbach sind jedenfalls nicht zu übersehen. Von dem im 13. oder frühen 14. Jahrhundert entstandenen Chor des Gotteshauses haben sich einige Fragmente erhalten. Der aus der Zeit um 1500 stammende spätgotische Turm, der auf den Grundmauern seines Vorgängers errichtet wurde, war lange nur noch eine Ruine, bis ihn vor einigen Jahren ein Kaiserslauterer Architekt zu einer Wohn- und Erholungsstätte ausbaute. An einem Stein im mittleren Teil des dreigeschossigen Turms sind ein Schäferstab und eine Hirtenflöte eingehauen. Das Relief könnte seinen Anlaß darin haben, daß im Wilensteiner Gebiet früher die Schafzucht weit verbreitet war.

Die in Stein gemeißelten Zeichen werden jedoch auch mit einer romantischen Liebesgeschichte in Verbindung gebracht. In einer Sage heißt es darüber, daß die Tochter des Ritters von Flörsheim auf Wilenstein unglücklich in einen schönen Hirten verliebt war. Lange Zeit hatte sie deshalb alle Freier abgewiesen, bis sie auf Drängen ihres Vaters dem Ritter Sigebert doch ihr Jawort gab. Dem jungen Schäfer brach darüber vor Gram das Herz. Das Burgfräulein suchte beim Klausner im Karlstal Trost. Auf dem Heimweg verfehlte sie den Steg über die Moosalb und ertrank. Der verzweifelte

Vater ließ zum Gedenken an das tragische Geschehen das Kirchlein in Aschbach erbauen und an dem Turm Hirtenstab und Flöte anbringen.

Johannes Hüll hat in seinen „Dichtungen eines Pfälzischen Poeten“ mit dem Gedicht „Am Aschbacher Hof“ an die Sage erinnert. Ebenso finden sich bei Fritz Claus im zweiten Bändchen seiner Wanderberichte „Im Pfälzerwald“ die Verse:

Bei Aschbach steht im Tale, umbraust von Wind und Sturm,
vom Abendrot vergoldet, verwittert der alte Turm.
Was soll im Stein die Flöte, der Hirtenstab dabei?
Die künden fernen Zeiten von Liebesleid und Treu ...

Erhard Brenk weist in seinem Buch „Die Geschichte von Stelzenberg“ auf eine weitere Überlieferung hin: „An Stelle des Aschbacher Hofes soll früher eine Burg gestanden haben. Der Ritter dieser Burg wurde einst wegen des Besitzes eines Edelsteins durch einen anderen Ritter bekriegt. Als dieser jedoch der Burg nichts anhaben konnte, erbot sich seine Tochter, den kostbaren Stein zu holen. Es gelang ihr auch und an Stelle der Burg gründete ihr Vater eine Kirche. Die Kirche selbst ist zusammengeschossen worden. Es steht nichts mehr davon als der Turm. Die Glocken und der Glockenstuhl sind nach Speyer gekommen.“

Hirtenstab und Flöte

Um die Kirchenruine von Aschbach rankt sich auch eine jener Glockensagen, die gerade in der Pfalz häufig auftreten. Die Glocken waren ein kostbarer Besitz der Gemeinde, den es vor anrückenden Feinden zu sichern galt. Vor allem im Dreißigjährigen Krieg und während der Raubzüge Ludwigs XIV. verschwanden diese Stimmen der Kirche und Wahrzeichen eines Dorfes. So wurden auch die Glocken von Aschbach zum Schutz vor plündernden Soldaten in einen Brunnen versenkt. Dieser Glockenbrunnen liegt am „Rott“ in der Nähe des Weiherfelderhofes. In dem Sagenbuch von Friedrich Wilhelm Hebel heißt es dazu:

Das Burgfräulein und der schöne Hirte

DIE FLIEGENDE GLOCKE

„Im gleichen Aschbach geschah es, daß man eine Glocke in einen Brunnen versenkte, damit sie vor den Franzosen sicher sei. Als sie nun von den Feinden entdeckt ward, erhob sie sich vor deren Augen und entflog nach Horbach. Sie sahen sie fliegen und verfolgten sie auch dorthin. Da sprach die Glocke zu ihren Verfolgern: ‚Susanna heiß ich, in Horbach bleib ich, wenn ein Gewitter an den Himmel kommt, so vertreib ich's.‘ Das tat denn auch die Glocke einmal bei einem schweren Wetter. Ihren wunderbaren Klang soll man auf drei Wegstunden hören.“

Leopold Reitz und Viktor Carl haben die Geschichte von der fliegenden Glocke in ihren Sagensammlungen erzählerisch verbrämt und weiter ausgeführt. Schließlich handeln einige Sagen von den ungewöhnlichen Erlebnissen normaler Sterblicher und einheimischer Bürger. Die seltsamen Episoden und sonderbaren Begegnungen ereigneten sich vor allem zwischen Aschbach und Stelzenberg. So soll manchem schon am Abhang des Aschbacher Berges eine gespenstische Gestalt erschienen sein, die „der weiße Pfarrer“ genannt wird. Helmuth A. Ulrich nahm in seine Anthologie eine Sage auf, die ihm von einem seiner Schüler mitgeteilt wurde:

DAS GESPENST

„Einst ging ein alter Mann nächtens vom Aschbacherhof durch den Wald nach Stelzenberg. Es war unheimlich in der Finsternis zu gehen. Er vernahm auch ein eigenartiges Brausen und sah ein hageres, graues Gespenst ohne Beine, welches auf ihn zuschwebte. Was nützte ihm sein Stock? Seine Arme waren starr geworden, so daß er sich nicht mehr rühren konnte. In seiner Not rief er die drei heiligen Namen in die Nacht. Dann entfernte sich das häßliche Gespenst. Dies geschah an einem Grenzstein in jenem Wald. Noch heute soll dort um Mitternacht das Gespenst sitzen und predigen. Zu Stelzenberg aber droht man bösen Kindern: Gib acht, dich holt das Gespenst!“

Außerdem wird berichtet, daß ein Stelzenberger, der von einer Hochzeit heimkehrte, spät in der Nacht über den Aschbacher Berg ging. Alles um ihn war ruhig und still. Da erhob sich auf einmal ein Sturm, der nur wenige Sekunden dauerte, und riß ihm den Zylinder vom Kopf. Danach trat wieder völlige Windstille ein. Der Mann konnte seinen Zylinder erst am nächsten Tag und weit von der Stelle entfernt wieder finden. Ob das aber in diesem Fall eine natürliche oder eine übernatürliche Begebenheit war, darüber läßt sich streiten.

„Die Kiste war mit Goldmünzen bis obenan gefüllt"

UNHEIMLICHE GESCHICHTEN VON MITTELBRUNN, BANN UND QUEIDERSBACH

Der Förster im Dienste der sickingischen Grafen war ein unangenehmer Zeitgenosse, ein mürrischer und grober Kerl, der es mit seinen Pflichten gar zu genau nahm und keine Übertretung durchgehen ließ, auch die kleinste nicht. Brach eine Kuh von der Weide durch das Wildgatter in den Wald, verlief sich ein Schwein zwischen die Bäume, sofort war der Förster zur Stelle. Schnitt sich ein Bauer einen Peitschenstecken, gleich hatte ihn der Schleicher beim Wickel – und niemand wußte, wo er gerade herkam. Nirgends war man vor ihm sicher, plötzlich stand er vor einem.

Er wohnte in dem Forsthaus an der Straße von Langwieden nach Landstuhl, wo die Gemarkung links des Weges „Am Torhaus" hieß und die Quelle rechts davon als „Torhauser Brunnen" bezeichnet wurde. Die Namen deuten darauf hin, daß hier ehemals eine Siedlung lag, die aber nach der Französischen Revolution einging. Eines Tages war auch der Förster verschwunden und keiner konnte sagen wohin. Wenn man aber nachts über die „steinerne Brück" ging, hörte man ihn dort umgehen. Er mußte jetzt Schuhe aus Blech tragen, damit er sich nicht mehr an die Leute heranschleichen konnte und man nannte ihn den „Hans mit den Blechschuhen".

Von hier ist es über den Leitersberg nicht mehr weit nach Mittelbrunn. Das Dorf, das im hohen Mittelalter enstand, wird 1230 erstmals urkundlich erwähnt. Um die Wende zum 15. Jahrhundert kam der kleine Zehnte der Bewohner an den Ritter Johann Wolf von Sponheim. Später gehörte der Ort zum Kleingericht der sickingischen Herrschaft. Schon früh gab es in Mittelbrunn eine Kapelle, die der heiligen Verena geweiht war. Das Kirchlein wird im Wormser Synodale von 1496 erwähnt und ist vermutlich nach dem Dreißigjährigen Krieg zerfallen. Die Ruine des Gotteshauses befindet sich rechts hinter dem Ortseingang, wenn man von Landstuhl her kommt.

Von der ehemaligen Verena-Kapelle sind noch einige Reste der Grundmauern, die Pfeiler des Chorbogens und die Trennungspfeiler der Schiffe mit den Scheidbögen sowie die Steintische der beiden Altäre zu sehen. Von der Kapelle berichtet eine Sage, die 1930 in den „Zeitbildern", der Sonntagsbeilage der „Pfälzischen Presse", zu lesen war:

DIE VERSENKTEN GLOCKEN

„Im Dreißigjährigen Kriege kam eines Tages nach Mittelbrunn die Kunde geflogen, feindliche Reiter seien im Anmarsche, die das Dorf plündern und zerstören sollten. In aller Eile schafften die Bewohner ihre wertvollste Habe in die nahen Wälder, wohin sie selbst dann auch flüchteten. Noch fanden die Kirchenältesten Zeit, auch die geheiligten Gefäße ihres Kirchleins in ein Versteck zu bringen. Doch die Glocken, deren ehrwürdiger Mund ihnen so oft Ruhe nach der Arbeit verkündet hatte, sie bei Freud

Die Verenakapelle

und Leid begleitet und sie zur Andacht und dem Nächsten zur Hilfe gerufen hatte, die Glocken, nein, die sollten sie nicht haben, um todspeiende Kanonenschlünde daraus zu machen! Es gelang ihnen noch bei einbrechender Nacht, sie in dem nahen Brunnen zu versenken und sie zu verschütten.

Als die Sonne am nächsten Tage durch die schwelenden Rauchwolken schauen konnte, sah sie kein Mittelbrunn mehr; nur noch ein kleines Häuschen war unversehrt. Darin lag eine schmerzenswehe Mutter mit einem neugeborenen Kinde. Der Landsknecht, der ihr Häuschen verbrennen sollte, hatte sein Herz auf dem rechten Fleck gehabt und an den vier Ecken der Hütte nur kleine Feuerchen entfacht und nasse Tücher darüber geworfen, daß es ordentlich qualmte, um so vorzutäuschen, daß das Häuschen brenne und der Befehl des Obristen vollzogen sei. Die Glocken aber fand man nicht mehr. An der Stelle, wo sie dem Schutz der Mutter Erde anvertraut wurden, hält sich im Winter kein Schnee."

Zum sickingischen Großgericht gehörte dagegen der Ort Bann. 1185 schenkte ein Ritter Emich von Bann dem Kloster Rothenkirchen am Donnersberg ein Stück Wald. Ebenso wird Bann 1364 in einem Teilungsvertrag des Grafen Arnold von Homburg erwähnt, weil das Gebiet an ihn verpfändet war. Von 1519 an unterstand das Dorf Franz von Sickingen und später seinen Nachkommen. Nordöstlich von Bann liegt der Sickinger Wald und die Ruine Perleburg, die um 1200 begonnen, aber wohl nie vollendet wurde. Die Burg wird 1542 erstmals bei der Festsetzung der Grenzen zwischen dem Reichsland und der Herrschaft Sickingen genannt; ein weiteres Mal erscheint sie 1600 in Velmanns Beschreibung der pfälzischen Wälder. Die Ruine der Burg befindet sich etwa zwei Kilometer südlich des Einsiedlerhofes auf einer bewaldeten Anhöhe. Zu sehen sind noch die Grundmauern einer quadratischen Anlage, wahrscheinlich die Reste eines Wachturmes. Friedrich Wilhelm Hebel bringt dazu in seiner Sammlung „Pfälzische Sagen" (Kaiserslautern 1906) die folgende Geschichte:

DIE PERLENBURG

„An der alten Lauterer Straße zwischen Bann und Kaiserslautern findet man auf einem Bergkegel die spärlichen Ruinen der Perlenburg. Gegenüber erhebt sich der Große Berg, auf dessen Gipfel mehrere gehöhlte Felsen liegen. Die Leute von Bann glauben, daß hier ehemals ein Schloß stand. Sie erzählen, die beiden Burgen seien einmal von zwei Raubrittern bewohnt gewesen. Die hätten sich gegenseitig immer die Holzaxt von Burg zu Burg zugeworfen, da sie nur eine einzige besaßen."

Zwei weitere Sagen, die in den „Blättern zur Dorfgeschichte von Bann" mitgeteilt wurden, handeln gleichfalls in der Nähe des Großen Berges. Sie verbinden Personen und Ereignisse mit übernatürlichen Elementen, erheben aber gleichwohl den Anspruch auf Glaubwürdigkeit. Beinahe wie im Märchen geht es in der folgenden Erzählung zu, die wohl an die verschwundene Perleburg erinnert:

DER GEHEIMNISVOLLE SCHLÜSSEL DES SCHWEINEHIRTEN

„Die Holzhauer nannten ihn den „alten Wolf“. Er zog mit seiner Schweineherde in den Wald und kam öfters an den Großen Berg. Eines Tages fand er hier eine schöne Schlüsselblume. Und wie es so üblich ist, steckte er sie an den Hut. Auf einmal wurde der Hut auf seinem Kopf so schwer. Er zog ihn ab und sah, daß die Blume zu einem großen Schlüssel geworden war. Verwundert nahm er den Schlüssel in die Hand. Da sah er auch ganz in der Nähe in einem Felsen ein großes Tor. Er ging hin, der Schlüssel paßte ins Schloß, er drehte um, und das Tor sprang auf.

Eine große Kammer wurde sichtbar. Waffen aller Art hingen an den Wänden: Lanzen, Schwerter, Harnische, Panzer und Helme; alles, was die Ritter ehemals zur Ausrüstung brauchten, auch Musikinstrumente und Jagdhörner. Der „alte Wolf“, der den Schlüssel im Schloß hatte stecken lassen, wollte sich ein Horn abhängen. Er griff danach. Aber in demselben Augenblick ging das Tor zu. Mit einem Sprung konnte sich der Schweinehirt noch in die Freiheit retten. Er war wieder im Wald und das Tor war verschwunden. Hätte er den Schlüssel in den Händen behalten, so wären alle Schätze sein gewesen.“

In der nächsten Geschichte hat ein junges Mädchen eine seltsame Erscheinung. Ihre Vision wurde wohl durch ein Verbrechen an zwei französischen Adligen ausgelöst, die nach der Revolution in die Pfalz emigrierten und hier Zuflucht suchten.

Auf der Sickinger Höhe

DIE SCHWARZE CHAISE

„Als die hohen Bäume zwischen dem Großen und dem Kleinen Berg noch niedrig waren, wuchs dort viel üppiges Gras. Die Frauen und Mädchen von Bann gingen damals gerne dorthin grasen. Eines Tages waren wieder drei dort. Christine, die älteste, leerte gerade das Grastuch am Wegrand aus. Plötzlich sagte sie, über das Gras gebeugt, zu den zwei anderen: ‚Schaut! Ich glaube, da kommt der Oberförster gefahren!' Aus der Richtung von Bann kam eine Kutsche gefahren. Aber sie sah so seltsam aus. Wie angewurzelt starrte Christine in gebückter Haltung auf das Gespann, das immer näher kam. Schon den ganzen Tag hatte sie an den Edelmann aus Frankreich gedacht und an seine Braut, die beide an dem nahen Zollhaus ausgeraubt und in den tiefen Ziehbrunnen geworfen worden sein sollen. Jetzt fuhr der Wagen vorbei. Zwei schöne Rappen zogen ihn. Der Kutscher trug einen hohen Zylinder. Von seiner Peitsche hing statt der Schnur ein feiner, langer Trauerflor herab. Im Wagen saß, ganz in Schwarz gekleidet, ein junges Brautpaar, das Christine freundlich zunickte. In leichtem Trab fuhren sie in Richtung Kaiserslautern. ‚Habt ihr sie gesehen?', fragte Christine verwundert die beiden anderen. Aber die hatten nichts gesehen, sondern nur ein starkes Rauschen gehört. Da wurde es den Graserinnen unheimlich, und sie beeilten sich, aus dem Wald heimzukommen. Aber immer mußten sie an die schwarze Chaise denken, an das adelige Paar und an sein früh zerstörtes Lebensglück."

Zum Großgericht des Geschlechtes Sickingen-Hohenburg gehörte auch Queidersbach, das schon im Grenzgebiet zum Pfälzerwald liegt. Die Siedlung wird schon recht früh bezeugt, als Kaiser Otto II. im Jahr 976 einem Vasallen zwei Hufen und 981 dem Kloster Hornbach sechs Hufen Land zu Queidersbach schenkte. Eine weitere Erwähnung in einem Dokument ergab sich 1434, als Johann von Sponheim sein Landstuhler Eigentum an Stephan von Zweibrücken abtrat, sich jedoch das Anrecht auf den Queidersbacherhof vorbehielt. In alter Zeit wurde in dem Ort ausschließlich Landwirtschaft und Viehzucht betrieben. Von einem Bauern und Viehhändler berichtet auch die Sage, die Helmuth A. Ulrich nach einer mündlichen Überlieferung in seiner Sammlung „Wo es immer noch umgeht" (Otterbach 1962) wiedergibt.

DER GOLDSCHATZ

„Ein alter Bauer aus Queidersbach kam spät abends vom Viehhandel von der Sickinger Höhe heim. Wo sich aber seine und die Straße nach Landstuhl kreuzten, leuchtete in der Dämmerung der matte Schein eines Lichtchens. Der Bauer glaubte, es scheine aus dem nahen Gehöft und ging darauf zu. Das Lichtchen aber wanderte mit dem alten Mann und blieb mit einem Mal stehen. Er trat hinzu. Vor ihm stand eine Kiste, davor ein großes Schloß. Der Bauer öffnete Riegel und Schloß und hob den Deckel. Die Kiste war mit Goldmünzen bis obenan gefüllt. Niemand hinderte den Alten, sich davon zu nehmen, so viel seine Taschen zu fassen vermochten.

Daheim erzählte er von seinem Glück, und bald wußten es auch alle im Dorf. An einem der nächsten Abende aber gingen zwei Burschen auch zu jener Wegkreuzung. Sie sahen das Licht und folgten seinem Schein, stundenlang. Dann verschwand das

Licht. Finsternis umgab die Burschen; sie mußten weitab vom Dorf das erste Leuchten des kommenden Tages abwarten. Dann aber schlichen sie auf Umwegen heimwärts und sprachen zu keinem Menschen von ihrem nächtlichen Erlebnis."

Noch andere Gestalten des Märchens und der Sage soll es in dunklen Zeiten in unserer Gegend gegeben haben: Hexen oder Zauberinnen, von dämonischen Mächten besessene Frauen, die mit dem Teufel im Bund stehen. Sie reisen auf Besen durch die Luft und versammeln sich an abgelegenen Plätzen. Früher geriet schnell ein altes häßliches Weib oder ein junges verführerisches Mädchen in den Verdacht, etwas auf unbegreifliche Weise zu bewirken oder jemanden einen Schaden anzuzaubern. Besonders fremdländische oder auch nur auswärtige Frauen wurden als Hexen angesehen wie in der abschließenden Geschichte, die Viktor Carl in seinen Band „Pfälzer Sagen und Legenden" (Edenkoben 2000) aufnahm.

ÜBER HECKEN UND STAUDEN

„Einige der Frauen, die mit ihren Familien vor dem Revolutionskrieg vom Hunsrück und vom Hochwald auf die Sickinger Höhe kamen, gehörten zu einer Hexengesellschaft. Dem Hansnickel war das sonderbare Verhalten seiner Frau an gewissen Tagen aufgefallen, und er beschloß, ihr auf die Schliche zu kommen. Er stand hinter der Tür, als die Hexen zusammenkamen, er sah, wie sie sich salbten und wie jede mit dem Spruch: „Über Hecken und Stauden" emporgehoben wurde und durch das Fenster verschwand. Was die können, müßte ich eigentlich auch fertigbringen, sagte sich der Lauschende. Also griff er nach der Salbe, machte aber einen Fehler, daß er „Durch Hecken und Stauden" sagte. Gewiß, er wurde auch durch das Fenster getragen, aber er kam am Festplatz an mit völlig zerschundener Haut und gezeichneten Knochen.

Dort ging's hoch her. Donnerwetter, war das ein Gelage! Und wie sie tanzten! Der Hansnickel mischte munter mit. Als der Tanz zu Ende war, ging der Herr des Festes von Gast zu Gast. Ein goldbesticktes Kleid trug er. Gerade wollte er auf den neuen Teilnehmer des Festes zugehen, da gewahrte der Hansnickel den Pferdefuß und rief: „Jesus Christus!" Im Nu war die Versammlung auseinandergefahren. Allein stand der Knecht mit seinen Gedanken."

„Er lässt sich in stürmischen Nächten sehen“

DER SCHLAPPHUT TREIBT SEIN WESEN AUF DER SICKINGERHÖHE

Er war ein finsterer Kerl mit übernatürlichen Kräften, eine hühnenhafte Gestalt mit einem langen schwarzen Bart und großen feurigen Augen. Auf dem Kopf trug er einen mächtigen dreieckigen Hut, in der Hand hielt er meist einen derben Knotenstock. Seine Kleider waren arg zerrissen, der Rock hatte einst eine helle Farbe und war einmal mit zwei Reihen Knöpfen besetzt. In stürmischen Nächten sah man ihn barfuß und ohne Hut, mit nach hinten gedrehtem Kopf und von einem Hund begleitet. Oft kam er auch mit einem Pferdefuß, gelegentlich hatte er überhaupt keine Beine. Dann schwebte er wie ein Irrwisch über dem Boden und erschreckte Mensch und Tier. Die Rede ist von einem wandelnden Geist, der nach seiner Kopfbedeckung „der Schlapphut“ genannt wurde. Die Sagengestalt mit dem breitrandigen Hut ist im Westrich zuhause, wo er auf der Sickingerhöhe zwischen einer ganzen Reihe von Dörfern sein Wesen treibt. Über sein Auftreten berichtet eine Sage:

„Zeit und Weg scheinen dem Schlapphut vorausbestimmt zu sein, denn er läßt sich in stürmischen Nächten im März und November und in der Adventszeit auf dem Weg vom Klingelfelsen bei Großbundenbach durch den Ochsengrund über Käshofen, die

Der Schlapphut

Wacholderhöhe bei Kleinbundenbach, durch die Etzenbach- und die Pendelerklamm über Wiesbach, das Herritztälchen hinauf nach Martinshöhe bis zur Alten Hütte bei Knopp sehen.“ Die vielgestaltige Landschaft der „kleinen Höh“, die sich von Landstuhl über Martinshöhe bis Zweibrücken erstreckt, schien für unheimliche Geschichten besonders geeignet. Die Gegend mit ihrem reizvollen Wechsel von Hügeln und Niederungen, leuchtenden Feldern und üppigen Wiesen, einsamen Wäldern und dunklen Schluchten begünstigte Erzählungen, die von ungewöhnlichen Ereignissen handelten. In den stillen und abgeschiedenen Tälern abseits der Straßen gediehen in der Vergangenheit mancherlei Überlieferungen, die von der Begegnung mit dem Schlapphut erzählen.

So traf ihn einmal ein Mann, der von Gerhardsbrunn nach Martinshöhe ging. Vor ihm eilte etwas auf der Straße hin und her. Als er sich der Stelle näherte, kam eine vermummte Gestalt mit großem Hut auf ihn zu und folgte ihm auf den Fersen. In der Nähe von Martinshöhe verschwand die Gestalt über die Krautäcker gegen die Alte Hütte zu. Ein andermal war ein Mann von Knopp nach Martinshöhe unterwegs. Der böse Geist verhexte ihm die Füße, so daß er den Weg nicht mehr fand und die ganze Nacht durch die Gegend irrte. Morgens um vier Uhr stand er im Krähenberger Wald und wußte nun, daß ihn der Schlapphut genarrt hatte. Manchmal führte der Schlapphut ganze Gespanne in die Irre, wovon die Bauern und Fuhrleute der Gegend ein Lied zu singen wußten. Helmuth A. Ulrich bringt dazu in seiner Sagensammlung „Wo es immer noch umgeht“ (Otterbach 1962) eine Geschichte, die in Mittelbrunn mündlich überliefert wird:

„Zwischen den Feldarbeiten fuhr Bauer Hanjörg aus Knopp an der Ziegelhütte vorbei nach Mühlbach, dort Kohlen zu holen. Da das Fuhrwerk bergabwärts dem Walde zufuhr, schlich eine schwarze Katze vor den Pferden her. Der Fuhrmann hielt an, sie zu vertreiben, daß die Pferde nicht scheuten. Die Katze aber kletterte auf einen Baum am Rand der Straße. Das Fuhrwerk kam wieder in Bewegung. Die Katze sprang den Pferden erneut in den Weg. Der Fuhrmann griff des Zornes voll zur Peitsche und schlug nach der Katze. Sie sprang zur Seite und fing an zu reden: „Du hattest Glück, die Peitsche mit der Linken geschlagen zu haben. Anders hätte es dir das Leben gekostet.“ Dann war das schwarze Tier verschwunden. Wir aber wissen, wer sich dahinter verbarg.“

Eine andere Sage handelt gleichfalls von dem seltsamen Zusammentreffen eines Fuhrwerks mit dem Schlapphut. Vater und Sohn waren abends auf dem Rückweg von Biedershausen nach Zweibrücken. In einem Hohlweg bemerkten sie vor sich ein Licht und freuten sich schon darüber, in der Dunkelheit Gesellschaft zu haben. Je näher jedoch die Pferde dem Licht kamen, desto unruhiger wurden sie. Das Licht tanzte um den Wagen, die Pferde scheuten und rannten die Böschung hinunter. Zum Glück passierte ihnen nichts, und die Fuhrleute konnten ihren Weg fortsetzen. Da gewahrte der Sohn beim Handgaul plötzlich einen großen schwarzen Mann und neben ihm das Licht. Der Junge hieb mit der Peitsche nach dem dunklen Kerl und das Licht erlosch. Vater und Sohn kamen schließlich wohlbehalten in der Stadt an.

Im Westrich war das Leben auf den Anhöhen und in den Tälern oft nicht gerade leicht, obwohl der Landstrich als die Kornkammer und der Kartoffelkeller der Pfalz galt. Die hier angesiedelten Sagen handeln daher mehr von Not und Elend, als von Glück und Wohlergehen. Die Geschichten schildern die Lebenserfahrungen von Generationen, die Bewältigung von Konflikten zwischen einer Person und der bedrohenden Umwelt. Oft geht es in den Erzählungen darum, daß Gesetze verletzt oder Normen übertreten werden. Der Schlapphut erweist sich dabei keineswegs nur als böser Dämon, sondern trägt dazu bei, daß die Regeln der dörflichen Gemeinschaft eingehalten werden. Nächtliche Wanderer und Betrunkene kann er nicht leiden und Waldfrevler schon gar nicht. Bei Holzleserinnen, die gestohlenes Holz in ihrem Bündel hatten, soll er sich so lange darauf gesetzt haben, bis sie alle entwendeten Stücke weggeworfen hatten. In den „Pfälzer Sagen und Legenden“ von Viktor Carl (Edenkoben 2000) ist dazu vermerkt: „Eine Frau aus Martinshöhe gelobte sich, niemals des Nachts in der Nähe von aufgesetztem Sterholz Holz zu lesen, denn ihr erschien der Schlapphut als Hund, der ihr immer im Wege stand, wohin sie sich auch wenden mochte. Sie folgte dem Tier und kam erst gegen Morgen in Gerhardsbrunn an. So lange hatte sie der Irrwisch kreuz und quer geführt.“

Im Archiv des Pfälzischen Wörterbuchs in Kaiserslautern befinden sich in einer Sammelmappe zwei weitere Sagen über den Schlapphut, die bisher unveröffentlicht sind. Als die Wörterbuchkanzlei im Jahr 1930 die pfälzischen Schulen darum bat, die örtlichen Überlieferungen aufzuzeichnen, teilte der Hauptlehrer Wittmann aus Lambsborn

Sickinger Höhe

unter anderem die Sage mit: „Hart an das Dorf grenzt die Gewann ‚Im Rumpf‘. Da sind viele Gärten und hier soll der Schlapphut, dessen schlappiger Hut auf einem mächtigen Körper ohne Kopf saß, sein Wesen getrieben haben. Er soll die Leute, besonders Frauen, die abends durch den Rumpf gingen, erschreckt und sich, wenn es ihm beliebte, in ein dreibeiniges Häschen verwandelt haben. Wollte man dieses fangen, so verwandelte es sich wieder in den Schlapphut, der jetzt aber einen Kopf mit tellergroßen Augen hatte.“ Sein Lehrerkollege aus Hauptstuhl wußte für die Sammlung die folgende Geschichte: „Des Nachts spukt auf dem Wege zwischen der Hub und Hauptstuhl der Schlappmann, eine unheimliche Gestalt mit einem großen Schlapphut. Dem Wanderer kann es begegnen, daß ihm der Schlappmann auf den Rücken springt und er ihn eine Strecke weit tragen muß.“

Im fünften Band des Pfälzischen Wörterbuchs, das 1987 bis 1993 erschien, heißt es deshalb unter den Stichwort Schlapphut: „Eine sich bevorzugt in Wäldern oder Senken aufhaltende sagenhafte Gestalt, die Menschen verfolgt, ängstigt, ihnen auf den Rücken springt und sich tragen läßt oder sonstigen Schabernack treibt.“

Das Westricher Gespenst hielt sich vor allem an der Alten Hütte, einer ehemaligen Ziegelei an der Straße zwischen Knopp und Martinshöhe auf. Der Schlapphut sei oft dort vorbeigekommen, habe sich vor das Feuerloch gestellt und stumm in die Flammen gestarrt. Einmal ging eine Martinshöher Frau spät von Knopp nach Hause. An der Hütte lag ein schwarzer Mann, der nun aufstand und vor sie hintrat. Sie fürchtete sich sehr und rief in ihrer Angst die heiligen Namen Jesus, Maria und Joseph, worauf der sonderbare Geselle in der Hütte verschwand. Ähnlich erging es einem alten Maurer aus Labach:

„Er kam von Mühlbach abends müde des Wegs daher. In der Nähe der Ziegelhütte sah er ein Licht und lief darauf zu. Noch hatte er das Helle nicht erreicht, da wurde er gerufen: ‚Wart einmal!‘ Hannes blieb stehen. Im schwachen Schein des Lichtes erkannte er eine Gestalt mit beiden Händen vor dem Gesicht. Wollte sie etwas verheimlichen? Hannes erkannte zwischen den Fingern, daß jenes Gesicht rot glühte. Aber gar bald fühlte er sich am Arm gepackt und kam nicht mehr los. Am nächsten Morgen fand er sich in der Irre unweit Krähenberg. Der Schlapphut hatte den müden Mann eine lange Nacht gefoppt.“

Der Schlapphut ist indes nicht nur ein heimtückischer Unhold, dem es Spaß macht, Bauern und Handwerker in die Irre zu führen oder Pferde und Fuhrwerke von ihrem Wege abzubringen. Mitunter hilft er auch einem verspäteten Heimkehrer in der Dunkelheit, wie die beiden folgenden Geschichten beweisen:

„Der Hannes von Mühlbach hatte sich für einen Tag zuviel vorgenommen. Er arbeitete zwar wie ein Besessener, doch die Dämmerung kam und er stand noch im Bruch. Wie sollte er nun unbeschadet nach Hause kommen? Zu beiden Seiten des Pfades lauerte doch der Tod! Da fiel ihm ein, daß er vom Schlapphut auch schon manches Gute gehört hatte. Also sprach er: ‚Irrwisch, wenn du mir altem Mann heimleuchtest, gebe ich die drei Kreuzer!‘ Gleich legte sich eine Hand auf seine Schulter, ein Licht leuchtete vor ihm, und er kam schadlos vor seinem Hause an. Schnell hinein und die Haustür zu, dann brauche ich die drei Kreuzer nicht zu geben! dachte der Hannes. Aber da fuhr es um das Haus, die Fensterscheiben klirrten und im Herd rauchte es ganz fürchterlich. Der Hannes zahlte, und sofort wurde es still. –

Die Hochzeit war beschlossene Sache zwischen der Jungfer Marie aus Wiesbach und dem Sepp aus Martinshöhe. Zwischen den beiden Orten war jeweils der Treffpunkt. Letztmals war die Plauderstunde etwas lang geworden. Zwölf Uhr hatte die Glocke schon verkündet, als sie sich trennten. Die Marie machte sich auf den Heimweg, ohne Furcht und ohne Bangen. Doch in der Klamm konnte sie den schmalen Steg nicht finden, trotzdem sie schon oft darübergeschritten war. Da dachte sie an den Schlapphut. Sie bat ihn, daß er sie doch nach Hause bringen möge. Ein Licht leuchtete ihr über das Brücklein; ein kurzes Dankeswort, und bald war das elterliche Haus in Sicht. Erst bei der Hochzeit gab sie das Erlebnis kund."

Beim Schlapphut, dem Geist der Sickingerhöhe, gruppieren sich mancherlei Vorstellungen um einen Kern, verbinden sich vielfältige Erinnerungen mit einer Figur. Wenn man weit in die Vergangenheit zurückgehen will, so erinnert er vielleicht an vorchristliche Gestalten, ist er gewissermaßen ein Nachklang der germanischen Mythologie. Bei unseren Vorfahren zog der Göttervater Wotan oder Odin in der wilden Jagd über die Erde und durch die Nacht. Nach Jakob Grimm, dem berühmten Germanisten, wird Wotan oft mit einem breitkrempigen Hut geschildert, hat er den Beinamen „der Breithütige".

In späterer Zeit wurde die germanische Gottheit durch die regionale und lokale Erscheinung des wilden Jägers ersetzt. Die Vorstellung vom leidenschaftlichen Jäger, der gleichfalls durch die Nacht geistert, verknüpfte sich anschließend wohl mit geschichtlichen Gestalten. Die Kleidung der Sagenfigur läßt an eine Uniform des 17. oder 18. Jahrhunderts denken, wie sie ein in der Gegend marodierender Soldat getragen haben mag. Seine Kopfbedeckung, der Hut mit der herabhängenden Krempe, weckt zudem die Erinnerung an einen schrecklichen Räuber, möglicherweise einen Kumpanen des Schinderhannes, der die Wälder unsicher machte. Bemerkenswert ist übrigens, daß der Schlapphut nur in der Nacht sein Unwesen trieb. Wenn man ihm ausnahmsweise am Tage begegnete, geschah dies nur bei längerem Regenwetter. Dann soll er als armer Handwerksbursche in den Dörfern von Haus zu Haus betteln gegangen sein. Ob Sagengestalt, Sinnestäuschung oder Fieberhalluzination – heute sieht man den Schlapphut auf der Sickingerhöhe leider nicht mehr. Die alten Leute sagen, die Franzosen hätten ihn 1813 beim Rückzug mitgenommen. Selbst das zerfallene Backsteingebäude, die Überreste der ehemaligen Ziegelei, ist verschwunden. In der Pfalz gibt es aber immer noch das Geschicklichkeitsspiel „Schlapp hat den Hut verloren", das vermutlich an ihn erinnert. Und wenn sich jemand auf der Sickingerhöhe verirrt, dann heißt es manchmal heute noch: „Der Schlapphut hat ihn gehabt."

Bibliographie

Baader, Friedrich und Moris, Laurian: Sagen der Pfalz aus dem Munde des Volkes und deutscher Dichter. Stuttgart 1844
Carl, Viktor: Pfälzer Sagen. Band I, Landau 1967; Band II, Landau 1969; Band III, Landau 1976
Carl, Viktor: Pfälzer Legenden. Otterbach 1981
Carl, Viktor: Pfälzer Sagen und Legenden. Edenkoben 2000
Claus, Fritz: Fröhlich Pfalz, Gott erhalt's. Zweibrücken 1901
Frick, Hugo: Sagen des Zweibrücker Landes. München 1929
Friedel, Heinz: Hohenecken. Hohenecken 1964
Frölich, Ludwig: Plaudere wie in Lautere. Otterbach 1980
Gärtner, Peter: Geschichte der bayerisch-rheinpfälzischen Schlösser und der dieselben besitzenden Geschlechter nebst den sich daran knüpfenden romantischen Sagen. Speyer 1854/55
Geib, Karl: Sagen und Geschichten des Rheinlandes. Mannheim 1836
Ginthum, Paul: Pfälzer Sagen und Balladen. Landau 1925
Grimm, Jakob und Wilhelm: Deutsche Sagen. 2 Bände, Berlin 1816/18
Hebel, Friedrich Wilhelm: Pfälzische Sagen. Kaiserslautern 1905
Hebel, Friedrich Wilhelm: Pälzisches Sagenbuch. Kaiserslautern 1912; Neuauflage Speyer 2006
Hüll, Johannes: Dichtungen eines pfälzischen Poeten. Leipzig 1890
Karch, Hermann: Lang, lang ist's her. Otterberg 1983
Kirch, Elisabeth: Eines Tages, Geschichten und Sagen. Saarbrücken 1962
Kleeberger, Karl: Volkskundliches aus Fischbach i.d.Pfalz. Kaiserslautern 1902
Knapp, Gustav: Otterbach-Sambach im Wandel der Zeiten. Otterbach 1938
Kraus, Heinrich: Scharfer Tuwwak, Westricher Ballade. Miesau 1985
Lohmeyer, Karl: Die Sagen von der Saar, Blies, Nahe, vom Hunsrück, Soon- und Hochwald. Saarbrücken 1935
Lohmeyer, Karl: Die Sagen der Saar von ihren Quellen bis zur Mündung. Saarbrücken 1964
Noeldechen, Ernst: Die Glocke um Mitternacht, Spukgeschichten aus der Pfalz. Kaiserslautern 1926
Oberhauser, Fred und Gabriele: Die Saar – Mysteriöses, Geheimnisvolles, Sagenhaftes. Freiburg 2000
Reitz, Leopold: Sagen um Kaiserslautern und Donnersberg. München 1929
Schandein, Ludwig: Die Volkssage der Pfalz. In: Bavaria IV, München 1867
Schandein, Ludwig: Gedichte in westricher Mundart. Stuttgart 1891
Schlundt, Rainer: Sagen aus Rheinland-Pfalz. Köln 1983
Schoeppner, Alexander: Sagenbuch der bayerischen Lande. 3 Bände, München 1874/77

Schreiber, Aloys: Sagen aus den Rheingegenden, dem Schwarzwalde und den Vogesen. Frankfurt 1848
Seebach, Helmut: Sagen in der Pfalz – Geister, Hexen, Teufel. Annweiler-Queichhambach 1996
Seebach, Helmut: Pfälzisches Sagenlesebuch. Annweiler-Queichhambach 2003
Speyer, Günter: Vun allerhand Leit. Kaiserslautern 1984
Speyer, Günter: Des sieht mer ähnlich. Otterbach 1996
Stumpf, Hermann: Geschichten und Sagen des Nahegaus. Kreuznach 1921
Ulrich, Helmuth A.: Wo es immer noch umgeht. Otterbach 1962

Abbildungsnachweis

FOTOS
Sämtliche Fotos wurden von der Bildjournalistin Isabelle Girard de Soucanton, Kaiserslautern, eigens für dieses Buch aufgenommen.

GRAFIKEN
Siegfried Bauer, Erfenbach. In: Helmuth A. Ulrich: Wo es immer noch umgeht, Otterbach 1962. Seite 30, 33, 38, 55, 88, 106, 121, 129, 155, 189.
Johanna Forster. In: Leopold Reitz: Sagen um Kaiserslautern und Donnersberg, München 1929. Seite 17, 21, 63, 209.
Arthur Kohl. In: Friedrich Wilhelm Hebel: Pfälzisches Sagenbuch. Kaiserslautern 1908. Seite 45, 90, 108.
Adolf Kessler. In: Friedrich Wilhelm Hebel: Pfälzische Sagen. Kaiserslautern 1958. Seite 96.
Werner Seeling, Hohenecken. Seite 61, 131.
Udo Weilacher, Fischbach. Seite 80.

Ich danke den Künstlern für die freundliche Genehmigung zum Abdruck ihrer Arbeiten. Einige Urheber konnten leider nicht ermittelt werden: Seite 48, 164, 183, 217. Deren eventuelle Honoraransprüche bleiben gleichwohl gewahrt.

GESCHICHTLICHE DARSTELLUNGEN
Flugblatt von 1537. Newe Zeitung, nach gestalt der Welt viel Nation betreffend. Seite 11.
Belagerung der Feste Landstuhl. Stich von Merian aus Gottfrieds Historischer Chronik. Seite 141.
Die Beschießung des Nanstein. Kupferstich von 1910 nach einem Teppichbild in Heidelberg. Seite 133.
Adhortatio ad Studiosum Literarum. Kupferstich von Paul Fürst in Daniel Meißners Sciographia Cosmica, Nürnberg 1637. Seite 147.
Sickingens Tod. Darstellung von F. Unzelmann (1838) nach einer Zeichnung von Adolf Menzel. Seite 136.
Barbarossa-Darstellung des 19. Jahrhunderts zu einem Gedicht von Friedrich Rückert. Seite 28.
Sickingen zieht in St. Wendel ein. Saarländisches Schulwandbild von Lothar Hügel aus der Serie „Darstellungen saarländischer Geschichte“. Seite 143.
Handschrift des Lehrers Josef Quirin. Pfälzische Wörterbuchkanzlei, Kaiserslautern. Seite 161.